U0557150

本书由北京第二外国语学院资助出版 特此鸣谢

李 翼 著

A STUDY OF
BONNIE S. MCDOUGALL'S
THOUGHTS
ON LITERARY TRANSLATION

杜博妮
文学翻译思想考

SSAP 社会科学文献出版社
SOCIAL SCIENCES ACADEMIC PRESS (CHINA)

前　言

翻译家研究是译史研究的一部分，在整个翻译研究框架中是不可或缺的一环。开展译者研究，有助于彰显翻译家的文化贡献，确立译者作为文化创造者的身份和地位，促进翻译事业的发展。目前，对译者的研究主要涵盖译者生平及贡献介绍、译者翻译思想的研究与考证、译者翻译策略研究、译者风格研究、翻译批评研究等领域。作为“沟通中外文化的桥梁”（黄友义，2010：16）、“中国文学向外传播的主导力量”（姜智芹，2011：10），汉学家在传播中国文化、塑造中国国际形象方面发挥着重要的作用，而这些汉学家却“多数未得到足够重视”（刁洪，2016：1），相关的翻译研究开展得还不够。本书旨在一定程度上和在一定范围内填补这一缺憾。

本书以澳大利亚汉学家杜博妮教授的文学翻译思想为主要研究对象。杜博妮为国际上知名的中国现当代文学研究者、翻译家、翻译理论家，其研究涵盖整个中国现当代文学，集研、译、教于一身。她为中国文学和文化在海外的传播做出了重要的贡献，对中国文学国际影响力和文化软实力的提高功不可没。翻译思想研究是译者研究的基本内容。只有首先对译者的翻译思想有了明确的认识，才能以此为基础去考察在翻译思想指导下译者的各种翻译实践活动。本书通过对杜博妮文学翻译思想的梳理归纳、理论阐发和实践验证，搭建杜博妮完整的翻译思想体系，呈现杜博妮翻译思想的全貌，进一步丰富现有对杜博妮的翻译研究。

全书共七章。第一章从中国现当代文学的研究者、翻译家和翻译理论家以及讲授者三方面对杜博妮的学术轨迹和学术成就进行详细介绍，并指出本研究课题的目标、意义、框架和方法。第二章考察了杜博妮翻译研究的现状、存在的问题，以及未来发展方向。第三章着重讨论杜博妮的译者主体性思想，包括译者的翻译主体地位、翻译过程中译者主体性的体现，以及译者应享有的权利。第四章对杜博妮的读者观进行考察，主要运用接受理论的相关观点对杜博妮“快乐原则”的内涵进行理论阐发。第五章以杜博妮对阿城小说《棋王》中的多样化语言，包括方言俗语、“文革”时期的历史词汇、宗教哲学语汇等内容的翻译为例，结合新历史主义文化诗学理论，探讨杜博妮的翻译语言观。第六章探讨了杜博妮的文学体裁翻译观。第七章在归纳本书研究的主要成果基础上，指出了本书局限之处，并对后续研究进行展望。

本书的研究价值表现在以下几方面：第一，对杜博妮文学翻译思想进行系统研究，可以丰富有关中国文学外译活动的学术话语，彰显中国文学翻译活动的特殊性；第二，杜博妮文学翻译思想能为中国现当代文学作品的海外传播提供有益借鉴，促进中国现当代文学作品更好、更快地“走出去”；第三，有助于唤起学界对海外翻译家这一中国文学对外传播重要力量的关注与重视，进一步推动对该群体翻译理论及翻译实践的研究。

由于个人水平有限，作品难免还存在不足之处，恳请同行专家指教，提出宝贵意见。

李　翼
北京第二外国语学院
2021 年 12 月

目录

第一章
绪　论

第一节　著名汉学家杜博妮其人其事

在中国现当代文学作品英译进程中，西方汉学家起到了十分重要的作用。其中，澳大利亚汉学家杜博妮（Bonnie S. McDougall）是“最早翻译当代中国作品的澳大利亚人”（欧阳昱，2008：114），堪称海外“最为优秀的中国现当代文学批评家和翻译者”之一（Louie，1987：205）。除了进行大量的翻译实践外，杜博妮也是西方汉学家中少有的系统提出汉英文学翻译理论的人。

杜博妮1941年出生于澳大利亚悉尼，父亲是澳共领导人之一。1958～1959年杜博妮赴北京大学学习中文，从此便与中国文学结下不解之缘。杜博妮1970年在悉尼大学取得中国文学博士学位，经过两年博士后阶段的学习，先后在悉尼大学、伦敦大学亚非学院、哈佛大学、挪威奥斯陆大学、爱丁堡大学讲授中国文学和中国文学翻译。2006年在爱丁堡大学荣誉退休后，杜博妮受聘为香港中文大学研究教授，2009～2010年在香港城市大学讲授文学翻译和跨文化研究课程。2010年，杜博妮回到故土悉尼。值得指出的是，杜博妮是少数曾长时间在中国内地生活和工作的西方汉学家之一。她曾于20世纪80年代任职于中国外文出版社（Foreign Language Press）（1980～1983），之后在中国外交学院（1984～1986）讲授文学翻译课程。在此期间，杜博妮对中国有了较为直观的认识，获得了许多关于当时中国社会和中国文学的第一手材料，为其以后的中国文学研究和翻译工作积累了丰富素材。同时，杜博妮还与一些中国作家密切接触，并与其中多人保持了紧密的工作关系。

杜博妮的研究涵盖整个中国现当代文学。她在文学研究领域、翻译领域以及教学领域硕果累累，目前已出版 30 余部译著和研究专著，发表 60 余篇学术论文、60 篇各类译文、48 篇文学评论、32 篇研究报告及百科全书条目，[①] 为中国现当代文学的海外传播做出了卓越的贡献。

一 中国现当代文学的研究者

杜博妮关于中国现当代文学最有分量、最为系统全面的研究专著当数她与澳大利亚汉学家雷金庆（Kam Louie）合著的《20 世纪中国文学》(*The Literature of China in the Twentieth Century*)。该书出版于 1997 年，分为引言（Introduction）、正文、参考书目（Further Reading）、作家作品名中英文对照表（Glossary of Titles）和索引（Index）5 个部分。作者在引言开宗明义地讲道“中国古代诗歌和古典小说在世界范围内享有很高的知名度，而中国现当代文学作品却没有如此受欢迎。一些作品受到忽视，一方面是缺乏知识或者是没有好的译本，另一方面却纯粹是因为对国外读者没有足够的文学吸引力。不管怎样，中国现当代文学为我们观察这个世界上人口最多国家的人民生活提供了内在视角。本书的目的就是希望提供关于中国文学从 20 世纪初到最近十年这段时期的历史画卷，展现中国人民在这段中国历史上最为艰难、激荡和迷茫时期表达自我的方式”（McDougall, Louie, 1997：1）。

作者将 20 世纪中国文学分为 3 个历史时期：1900 ~ 1937 年、1938 ~ 1965 年和 1966 ~ 1989 年。在各个时期，作者首先介绍该时期的社会历史背景，其次将文学分为诗歌、小说和戏剧 3 个类别，分别对这一时期文学的总体特点及代表性的作家作品进行介绍。全书以作家和作品研究为主要支撑，以客观资料为主，评价论述的内容不多。第一部分（1900 ~ 1937 年）包含 4 章，第一章为“走向新文化”（Towards a New Culture），介绍了这一

① 参见杜博妮教授的个人主页，http://www.bonniesmcdougall.squarespace.com/。

时期的社会文化背景，如中国新文化运动的发起、盛行，以及西方文学对当时中国文学的影响等。第二、三、四章则分别是“诗歌：旧形式的转变”(Poetry: The Transformation of the Past)、“小说：叙事主题”(Fiction: The Narrative Subject）和“戏剧：创作的表演”(Drama: Writing Performance)。第二部分（1938~1965年）包含4章，第一章为“重归传统”(Return to Tradition)，这一时期日本全面侵华，作家也参与到拯救民族危亡的活动中，中国共产党的力量日益壮大，其对国家的影响不断增强。此时，社会时局的变化对文学的创作产生了更多的政治影响，文学作品的西化中断。第二、三、四章则分别是“诗歌：寻找典型性”(Poetry: Searching for Typicality)、“小说：大众化的挑战”(Fiction: The Challenge of Popularisation）和“戏剧：为政治表演”(Drama: Performing for Politics)。第三部分（1966~1989年）包含五章，第一章为“重申现代性”(The Reassertion of Modernity)。十年“文革”极大冲击了国家的政治、社会生活，70年代出现的地下文学是对当时极左思潮的反抗。80年代出现的实验运动和先锋文学开创了中国文学新的文学观念、叙述方法和语言经验。第二、三、四章则分别是“戏剧：革命和改变”(Drama: Revolution and Reform)、“小说：探索替代物”(Fiction: Exploring Alternatives）和“诗歌：现代性的挑战”(Poetry: The Challenge of Modernity)。第五章为结语。

这本书对20世纪中国文学进行了全面系统的深度论述，堪称20世纪中国文学的百科全书，展现了杜博妮和雷金庆两位汉学家的深厚功底。此书的出版让国外读者对中国现当代文学有了较为系统的了解，在国外汉学家中广受好评。著名翻译家葛浩文（Howard Goldblatt）这样评价道：“我们一直期待一本可读的、全面的、写作客观的，同时构架好的20世纪中国文学史著作，现在我们终于有了这样一本书。”澳大利亚汉学家西敏（Simon Patton）说：“这部重要著作的务实品质使它成为这一领域入门者的必读之书，同时它对于中国现当代文学的研究者和教授者们来说也必不可少。此书细节丰富，结构清晰，实为不可多得的参考书。”[①] 新西兰中国现

① 葛浩文与西敏的评论见相关网站，https://www.amazon.ca/exec/obidos/ASIN/0231110855/geometrynet-20/ref=nosim。

代文学研究专家哈登（Haddon）认为，“该书对中国文学目前的趋势和未来走向提出了富有洞察力的见解”（Haddon，2000：160）。

杜博妮关于中国文学的其他研究专著还有1971年在日本出版的《现代中国的西方文论介绍：1919—1925》（*The Introduction of Western Literary Theories into Modern China, 1919—1925*），1984年出版的《中华人民共和国流行文学和表演艺术：1949—1979》（*Popular Chinese Literature and Performing Arts in the People's Republic of China, 1949 - 1979*），在这本书中作者探讨了中国文学1949~1979年的发展状况，追寻其文学和非文学原因，并对艺术家、观众和权力机构之间的关系进行思考。

《虚构的作者，想象的读者：20世纪现代中国文学》（*Fictional Authors, Imaginary Audiences: Modern Chinese Literature in the Twentieth Century*）是杜博妮2003年出版的一本中国现当代文学研究论文集，其中收录了杜博妮演讲和发表过的11篇论文。该论文集分为3个部分，第一部分系统介绍了中国文学作品的三个参与者：作者、读者和批评家。杜博妮探讨了中国现代文学在海外遇冷的现状，论述了研究中国文学的必要性。作者将中国现代文学作品的读者分为四类，认为读者并没有受到足够的重视。作家在写作时不会过多关注读者因素，对读者情况并不十分了解，读者只是“想象”（imaginary）中的读者。在第二部分中杜博妮对中国文学作品中的性别因素进行了研究，主要探讨了王安忆“三恋”系列中的女性主体性、陈凯歌导演的电影《霸王别姬》中的反串（cross-dressing）现象，以及茅盾、冰心、凌叔华和沈从文作品中的女性形象。第三部分则与政治和意识形态有关。作者着重探讨了1976~1986年中国的文学艺术。当时“文革”刚刚结束，有些人对个人的前途感到迷茫，对信仰感到模糊，对国家、时代及个体生命有着不同于主流意识形态的看法。他们迫切希望表达自己的心声，其作品因被视为“异端文学”而公开发表无望，因此地下文学开始盛行。杜博妮对1976~1986年的中国诗歌和小说的审查制度进行研究，分析文学作品受到审查的原因，以及为何作者会对其作品进行自我审查（self-cercorship）。

除专著外，杜博妮还撰写了大量关于中国现当代文学的文章，如《何其芳诗歌中的欧洲影响因素》（“European Influences in the Poetry of Ho Ch'i-fang”)、《1976 年的诗、诗人和诗歌：现代中国文学类型的一场演练》（“Poems，Poets，and Poetry 1976：An Exercise in the Typology of Modern Chinese Literature”）、《异端文学：70 年代中国官方文学和非官方文学》（“Dissent Literature：Official and Nonofficial Literature in and about China in the Seventies”）、《地下文学：来自香港的两份报告》（“Underground Literature：Two Reports from Hong Kong”）、《赵振开的小说：文化异化的研究》（“Zhao Zhenkai's Fiction：A Study in Cultural Alienation”）、《北岛的诗歌：启示与交流》（“Bei Dao's Poetry：Revelation and Communication”）、《外来影响的焦虑：创造性、历史与后现代》（“The Anxiety of Out-fluence：Creativity，History and Post-modernism”）、《作为价值的多样性：边缘性、后殖民主义与中国现代文学中的身份特征》（“Diversity as Value：Marginality，Post-colonialism and Identity in Modern Chinese Literature”）等。

值得指出的是，杜博妮不仅在文学研究方面造诣很高，而且对中国文化，尤其是对文学作品中体现出的中国独特的隐私观念与隐私现象有着深入的研究。除了研究和翻译中国现当代文学作品，中国隐私研究也是杜博妮近年来的一个重要的学术方向。她于 2002 年与韩安德（Anders Hansson）合著《中国人的隐私观念》（*Chinese Concepts of Privacy*），书中对陈染、刘恒、孙甘露、邱华栋和朱文的作品进行研究。2000 年外文出版社出版了由杜博妮翻译的《两地书》（*Letters between Two: Correspondence between Lu Xun and Xu Guangping*），杜在此基础上撰写《情书与当代中国隐私：鲁迅与许广平的亲密生活》（*Love-letters and Privacy in Modern China: The Intimate Lives of Lu Xun and Xu Guangping*），该书由牛津大学出版社于 2002 年出版。相关的隐私研究文章则有《现代中国的隐私性》（“Privacy in Modern China”）、《20 世纪末中国女性作家对隐私的话语》（“Discourse on Privacy by Chinese Women Writers in Late Twentieth Century China”）、《英语世界隐私概念综述》（“Briefing Paper：Concepts of Privacy in English”）、《香港小说中的隐私概念、价值与术语》（“Privacy Concepts，Values and Terminologies in Hong Kong Fiction”）、《持久的魅力，未经训练的理解：中国和欧洲的情书》（“Enduring Fascination，Untutored Understanding：Love Letters in China and Europe”）等。

通过以上介绍，我们可以看出杜博妮在中国现当代文学研究方面硕果累累，著作等身。而且，在传播中国现当代文学作品的活动中，杜博妮并不仅仅研究中国文学，她更是一名优秀的翻译家，她将中国的文学作品通过翻译直接介绍给西方读者，并取得了骄人的成绩。

二　中国现当代文学的翻译家和翻译理论家

作为中国文学的研究者，杜博妮认为"搞文学研究和搞文学的翻译研究区别不大，翻译对我来说同时也是一种汉学研究"（McDougall，2010：85）。杜博妮强调翻译的重要性，她认为"世界文学、中国文学和文学翻译这三个概念之间有着密切的关联，在强调中国文学的世界影响力时，翻译是一个不可或缺的条件"（李舫，2010：2）。为此，杜博妮翻译了大量中国文学作品，其中涉及多种文学体裁。

在诗歌方面，杜博妮翻译了多部何其芳和北岛的诗歌集，包括 1976 年出版的《梦中道路：何其芳散文诗歌选》（*Paths in Dreams: Selected Prose and Poetry of Ho Ch'i-fang*），北岛的《太阳城札记》（*Notes from the City of the Sun*）、《八月的梦游者》（*The August Sleepwalker*）、《旧雪》（*Old Snow*），等等。

在小说方面，杜博妮主要翻译了北岛、王安忆、阿城、萧乾、王蒙、董启章等人的作品，包括阿城的小说集《棋王·树王·孩子王》（*Three Kings: Three Stories from Today's China*），北岛的小说集《波动》（*Waves*），王安忆的《锦绣谷之恋》（*Brocade Valley*），萧乾的《邓山东》（*Shandong Deng*），叶圣陶的《遗腹子》（*A Posthumous Son*），董启章的《地图集：一个想象的城市的考古学》（*Atlas: The Archeology of an Imaginary City*）、《梦华录》（*A Catalog of Stuff as Dreams Are Made on*），等等。

杜博妮其他译作还包括：《在延安文艺座谈会上的讲话》（毛泽东）（*Talks at the Yan'an Conference on Literature and Art*）、《两地书》（*Letters between Two: Correspondence between Lu Xun and Xu Guangping*），电影《黄土地》（*The Yellow Earth*）的台本翻译及电影《孩子王》（*King of Children*）的字幕翻译，等等。

除上述译著外，杜博妮还有 50 余篇中国当代各类诗歌、散文、小说译文散见于《译丛》(*Renditions*)、《现代中国文学通讯》(*Modern Chinese Literature Newsletter*)、《中国文学》(*Chinese Literature*)、《曼哈顿评论》(*The Manhattan Review*) 等期刊。

可以看出，杜博妮的翻译作品不仅数量多，而且文体类型多样，内容涉及广泛。杜博妮特别重视译文历史真实性的再现。翻译毛泽东的《在延安文艺座谈会上的讲话》时，在已有几个英译本的情况下，她仍推出自己的翻译。究其原因，前几个英译本依据的都是原作的修改版，杜博妮认为修改版与初版相比有许多局限，因此她决定依据初版进行重译（Chan，1981：292)。杜博妮在翻译过程中重视对原文的忠实，力求在内容、文体和语言上尽可能与原文保持一致。在翻译毛泽东的《在延安文艺座谈会上的讲话》时，译文的句子长度甚至与原文基本一致。此外，杜博妮还高度重视读者因素，努力提高译文的可接受性。在《梦中道路：何其芳散文诗歌选》英译本中，她对何其芳的生平经历和创作经历有长达 25 页的详细介绍。译文末尾附有《何其芳的文学成就》，主要向读者介绍何其芳的创作历程、所受的中外影响以及创作主体的变化，以便加深读者对诗人及其作品的理解。

正是由于杜博妮对翻译一丝不苟以及对译文读者认真负责的态度，其译作在国外广受欢迎，许多译本被多次出版。她翻译的北岛小说集《波动》1985 年由香港中文大学出版社出版，1986 年修订后，1987 年由伦敦威廉·海涅曼（William Heinemann）出版社再次出版，1989 年伦敦赛普特（Sceptre）出版社又出平装本，1990 年重新修订后又在美国出版。阿城的《棋王·树王·孩子王》的译本 1990 年由伦敦柯林斯·哈维尔（Collins Harvill）出版社出版，2010 年修订后由纽约新方向（New Directions）出版社再版。北岛的诗歌一直在国外较受欢迎，曾三次获得诺贝尔文学奖提名，杜博妮作为其作品的主要英译者功不可没。正如李德凤、鄢佳所说，“杜博妮对北岛诗歌的译介在客观上提升了翻译质量并扩大了诗人的声望”（李德凤、鄢佳，2013：36)。

在进行大量翻译实践的同时，杜博妮对翻译理论也有着自己的思考，是一位“既有译，又有论”的文学翻译家。杜博妮对文学翻译的论述最早可见于其 1991 年发表的文章《当代中国文学翻译中的问题及可能性》(“Problems and Possibilities in Translating Contemporary Chinese Literature”)。

在该文中，杜博妮主要聚焦于20世纪70年代以来的中国诗歌、小说、戏剧和电影，分别论述各文学体裁的特点及翻译的难点。

其后，杜博妮对中国现当代文学作品英译的原则与策略做了更为深入的思考，提出了文学翻译的“快乐原则”（The Pleasure Principle）。杜博妮将目的语读者划分为三类：作为普通大众的“公允读者”、了解中国文化的“忠诚读者”和作为英汉语文学专业人士的“兴趣读者”（McDougall，2007：23）。与传统译论相比，杜博妮对译者的地位和作用有着更为激进的态度，且对译文读者更为重视，这为我们探索中国文学作品的译介模式提供了一种新的思路。

当代西方的翻译研究著作多探讨欧美的翻译活动，中国的翻译实践和翻译研究处于边缘地位。国内的研究者也常常不假思索地套用西方的理论来研究本国的翻译活动，忽视自身翻译的独特性。杜博妮反对这种“欧洲中心主义”的翻译话语。她于2011年出版的《现代中国翻译地带：威权—命令与礼物—交换》（*Translation Zones in Modern China: Authoritarian Command Versus Gift Exchange*）堪称“西方汉学界中国文学翻译理论总结的开山之作”（覃江华，2013a：88）。在该书中，杜博妮以自己20世纪80年代在中国外文出版社从事编辑和翻译的工作经历为参考，探讨了80年代前后中国文学翻译的两种模式。杜博妮的这本著作对中国翻译活动有着巨大意义：一方面，作者试图打破翻译话语的“欧洲中心主义”，关注中国翻译活动的特殊性，并对之进行理论思考，介绍翻译机构（外文出版社）及中国文学翻译作品在英语世界的传播、接受情况，弥补了国内外相关研究的不足；另一方面，该书对中国的对外翻译活动有着实质性的帮助，有助于学界较为全面地了解中国文学英译近半个世纪以来取得的成绩以及存在的问题，为中国文学“走出去”提供了有益的参考，为今后官方组织的翻译活动和私人间的非正式翻译活动提供了可借鉴的经验和教训。

杜博妮不仅在现当代中国文学研究方面硕果累累，而且在翻译领域也成绩骄人，有着丰富的翻译实践经验和独特的翻译思想。值得指出的是，杜博妮不仅在文学研究和翻译研究领域成就斐然，在中国文学和翻译的教学方面也颇有建树。

三 中国现当代文学及英译的讲授者

杜博妮在大量译介中国现当代文学作品的同时，也注重中国文学知识和汉英翻译技巧的传授。她曾提出，“中国如果希望扩大自己的世界读者群，就应该多培养文学翻译家”（李舫，2010：17）。她身体力行，在世界多所知名大学讲授中国文学和中国文学翻译，培养了大批人才。

1970 年在悉尼大学取得博士学位后，杜博妮在该校东方研究系担任讲师，教授汉语和中国文学。1976～1978 年赴哈佛大学费正清中国研究中心任职研究员。20 世纪 80 年代初她来到中国，在外文出版社担任 3 年的全职编辑和翻译后，便在外交学院任教，专门讲授汉英文学翻译课程。1986 年离开中国后，杜博妮曾在挪威奥斯陆大学短暂任教，专门讲授中国文学。1990 年杜博妮去往英国爱丁堡大学，就任该校首位汉学教授，开设中国文学和汉英文学翻译课程。她在这所学校任教 16 年，直至 2006 年名誉退休。2006 年，杜博妮受香港中文大学聘请，成为该校翻译系研究教授，同时担任翻译研究中心执行主任一职。2009～2010 年，杜博妮在香港城市大学任访问教授，讲授文学翻译和跨文化研究课程。2010 年，杜博妮回到悉尼大学，在该校中国研究系任汉学客座教授。除在上述大学讲授中国文学和汉英文学翻译之外，杜博妮还应邀在奥克兰大学、芝加哥大学、英属哥伦比亚大学、澳门理工学院等多所学府做学术讲座，并在“中译外”论坛、“中英文学翻译培训班”等主持培训（覃江华、刘军平，2012：51）。这些为海外汉学研究注入了新鲜血液，并为汉英文学翻译领域培养了大批优秀人才。

作为西方汉学界成就斐然的中国现当代文学批评家和翻译家，杜博妮的学术轨迹和翻译人生对我们有重要启示。杜博妮研究中国文学、翻译中国文学、讲授中国文学，为中国文学和文化在海外的传播做出了重要的贡献，对中国文学国际影响力和文化软实力的提高功不可没。具体到翻译领域，对于如何看待译者在翻译中的地位和作用、英语读者有何特征、翻译作品如何吸引西方读者的兴趣、中国的对外翻译活动有何特点、中国现当代文学翻译作品在国外的接受情况以及如何改进等问题，杜博妮都有着自己的见解。她的翻译思想以及在翻译思想指导下的翻译实践对当前的中国文学“走出去”战略有着重要的借鉴意义，值得我们对其进行仔细梳理和研究。

第二节　研究目标与研究意义

翻译研究包括对翻译史的研究，而翻译家研究又是译史研究的重要内容。开展翻译家研究，有助于彰显翻译家的文化贡献，确立翻译家作为文化创造者的身份和地位，促进翻译事业的发展。然而，在相当长的时间内，翻译家研究未得到应有的重视。辜正坤指出“它（指翻译家研究，笔者注）在相当大的程度上数十年来受到了忽略”（辜正坤，2004：59）。穆雷、诗怡也提到“在翻译研究史上相当长的时期，无论是在中国还是在西方，翻译研究的重点一般都集中于对翻译的性质、翻译的标准和翻译的技巧，即‘怎么译’方面的探讨，而对翻译的主体——翻译家本身，则缺乏系统的、有深度的研究”（穆雷、诗怡，2003：12）。而对于“中国文献翻译主力军，帮助世界破除成见，了解中国”“为中国文学‘走出去’发挥着其他群体难以替代作用”的外籍翻译家尤其如此（张贺，2013：15），“多数外籍翻译家还未得到足够重视”（刁洪，2016：1）。杜博妮翻译研究也面临同样的状况。

通过对杜博妮翻译研究现状的考察，[①] 我们发现目前学界对杜博妮的关注不多，杜博妮翻译研究还处于起步阶段。然而，杜博妮作为公认的杰出的中国现当代文学翻译家，其译作被多次出版，在业界广受赞誉。她不仅是翻译实践大家，也是提出独特翻译理论的翻译思想家，她的翻译思想能为中国现当代文学作品的海外传播提供有益借鉴。此外，作为西方少有的提出汉英文学翻译理论的汉学家，其翻译思想还包括对中国文学英译活动近半个世纪以来的理性思考。她为中国翻译实践的特殊性发声，这是对“欧洲中心主义”的翻译史和翻译研究的突破，彰显了中国文学翻译活动的特殊性，且能为今后我国官方组织的正式翻译和个人非正式翻译活动提供经验。然而，目前学界对杜博妮的翻译活动和翻译思想等缺乏系统深入的研究，这一现状应得到改善。应该说，杜博妮翻译研究是重要性和必要性兼备的。

本书将杜博妮文学翻译思想作为主要研究对象，原因在于翻译思想研

① 参见下一章“杜博妮翻译研究现状”。

究是杜博妮翻译研究的基础性内容。只有首先对译者的翻译思想有了明确的认识，才能更好地研究其在翻译思想指导下的实践活动。目前对杜博妮翻译思想缺乏全面、深入、令人信服的研究，对于杜博妮这样汉学底蕴深厚、思想深邃、翻译成就突出的译者来说，梳理清楚其复杂丰富的翻译思想，是研究其翻译活动的前提，对杜译其他领域的研究具有指导性意义。

因此，本书拟对杜博妮的翻译思想进行研究。研究的具体目标主要有以下三点。

第一，通过对相关文献的分析和总结，提炼杜博妮翻译思想的核心观点并进行整合，将其分散的观点条理化和系统化，搭建杜博妮完整的翻译思想体系，并对其进行深入探讨，进一步完善对杜博妮的整体研究。

第二，运用相关理论对杜博妮翻译思想进行深入阐发。具体来说，从接受美学视角阐述杜博妮所主张的译者主体性观点，以及杜博妮的读者观，即文学翻译的“快乐原则”，从新历史主义文化诗学视角阐述杜博妮的翻译语言观。

第三，以杜博妮的翻译实践为例分析验证其翻译思想。在杜博妮的译者主体性思想、读者观、翻译语言观和文体翻译观四个部分中，本书都会以杜博妮较有代表性的翻译实践为例考察她对翻译思想的践行及具体的翻译策略。

此项研究的意义主要体现在以下四个方面。

其一，对杜博妮翻译思想进行系统、有深度的阐发，有利于我们更好地理解其翻译实践活动，是对杜博妮翻译研究的有益补充。

其二，杜博妮身为杰出的汉英文学翻译家，对其翻译思想的系统整理和阐述，可以更深刻地了解她对翻译各阶段的认识及做法，能为面向西方普通读者的中国文学外译活动及中国文学“走出去”提供一定的借鉴。

其三，杜博妮的翻译思想丰富了有关中国翻译活动的学术话语。杜博妮强调中国翻译活动的普遍性与特殊性，试图打破翻译话语的“欧洲中心主义”，力求开启翻译研究的全球话语多声部时代。杜博妮翻译思想研究有助于彰显中国文学翻译活动的特殊性，呈现中国文学和文学翻译的美妙与特殊。

其四，通过对杜博妮翻译思想的研究，指出包括杜博妮在内的外籍翻译家为中国文学海外传播所做出的贡献，为今后系统而深入地研究这一翻译家群体抛砖引玉。

第三节　研究框架与研究方法

通过阅读相关文献资料，本书对杜博妮翻译思想进行梳理归纳，主要将其划分为翻译操作主体、翻译受众、翻译语言、不同文体的翻译四个维度，完整呈现杜博妮的翻译思想。本书以探讨译者思想为主，辅以译例进行分析。

本书共分为七章。

第一章为引言。首先从现当代中国文学的研究者、翻译者和讲授者三个方面介绍汉学家杜博妮，其次阐述本研究课题的背景和动机，以及具体的研究目标、研究意义、研究框架和研究方法。

第二章为文献综述。本章将对杜博妮翻译研究现状进行评述，其中包括对杜博妮翻译思想研究的回顾，以及对杜译其他领域研究的考察，并对其现有研究进行评价，指出本书的必要性和重要性。

第三章论述杜博妮的译者主体性思想。主要论述译者的翻译主体地位、翻译过程中译者主体性的体现，以及译者应享有的权利，最后本章从接受理论的角度对杜博妮的译者主体性观点进行解读。

第四章介绍杜博妮的读者观。首先阐述杜博妮对读者的分类，包括对原文读者和目的语读者的分类。读者不同，对文本的期待也大有不同。其次对杜博妮提出的文学翻译“快乐原则”进行探讨，并从接受理论的角度对其进行分析。本章将“快乐原则”的实现归纳为三点：信任读者、“工具箱”与“玩具箱”兼备以及选择性使用副文本。最后以杜博妮的相关翻译为例考察其对“快乐原则”的践行。

第五章探讨杜博妮的翻译语言观。本章以阿城小说《棋王》中的多样化语言为例，从新历史主义文化诗学视角出发，探讨杜博妮对原文中历史语言及特殊范畴语言的翻译，考察杜博妮对翻译语言的历史真实性和文学审美效果的追求。

第六章探讨杜博妮的文学体裁翻译观。杜博妮具体考察了中国现当代文学中诗歌、小说、戏剧和电影等体裁的翻译难点和翻译方法。她认为文体不同，翻译侧重点及方法也各不相同。诗歌翻译涉及韵律、语域和指称问题，小说的翻译难点主要在于语言的多样化问题。本章分别以杜博妮所译的北岛诗集《八月的梦游者》和《旧雪》、朱湘的诗歌以及北岛小说《波动》为例对其文体翻译思想进行分析、验证与总结。戏剧翻译主要涉及戏剧语言的舞台表演效果问题，电影台本和字幕的翻译则需关注电影语言的简洁通俗性与直观生动问题。

第七章为本书的结语部分。首先对杜博妮翻译思想研究的重要性和研究发现进行总结，其次考察杜博妮作为汉学家，其汉学研究对翻译活动的影响，最后对本书的未尽之处和未来可拓展空间进行说明。

本书聚焦于杜博妮的翻译思想和翻译实践。在总体思路上以阐述杜博妮的翻译思想为主，辅之以杜博妮的翻译实践为例证。

本书主要采取以下三种方法。

第一，归纳与演绎结合的方法。在大量阅读相关文献著作的基础上整理归纳杜博妮的翻译思想，提炼其翻译思想的核心观点，将其条理化，并由此展开进行演绎阐发，最后对杜博妮的翻译思想进行总结。

第二，理论与实践结合的方法。在对杜博妮翻译思想进行描述的同时，以相关文学理论为依据对其思想进行深入解读，并以其翻译实践为例，验证杜博妮对其翻译思想的践行。

第三，对比分析法。在相关译例探讨中，本书会将杜博妮对不同风格的作者、不同特色文学作品的翻译进行对比分析，揭示杜博妮的翻译思想。另外，由于一些作品属于经典文学，有着出自不同译者之手的多个翻译版本，如小说《棋王》的杜博妮译本和詹纳尔（W. J. F. Jenner）[①] 的译本。本书将杜博妮译本与其他译本进行对比分析，以此凸显杜博妮的翻译特色与风格。

---

① 詹纳尔（W. J. F. Jenner），英国汉学家，译有《西游记》（*Journey to the West*）（全6卷）、《鲁迅诗选》（*Lu Xun: Selected Poems*）、《苏菲女士的日记》（*Miss Sophie's Diary and Other Stories*）、《从皇帝到公民——爱新觉罗·溥仪的一生》（*From Emperor to Citizen: The Autobiography of Aisin-Gioro Pu Yi*）等。

第二章
杜博妮翻译研究现状

第一节　杜博妮翻译研究回顾

中国的翻译家研究大致分为五种类型：一为各种刊物上发表的文章，主要介绍翻译家的生平经历和译著成果；二为翻译家传记，以已故著名文学翻译家为主要研究对象；三为翻译家辞典，简明扼要地叙述翻译家的生平和翻译成果；四为以评介为主的文学史和翻译史中的翻译家论述；五为专题翻译家研究，包括赏析研究里的译家研究（穆雷、诗怡，2003：13）。笔者通过对相关海外翻译家研究和中国现当代文学海外传播出版物的搜索整理，以及对多个电子数据库[①]的检索，发现目前对杜博妮翻译的研究主要分为四种：对杜博妮生平与贡献的介绍、对杜博妮翻译思想的研究、对杜博妮翻译策略的探讨以及对其译作的评介。

---

① 电子数据库具体包括：CALIS 外文期刊网、万方数据库、中国期刊网、超星数字图书馆、香港大学学位论文库、台湾学术期刊数据库、ProQuest 博硕士学位论文库、Cambridge Journals Online、EBSCO、Gale 电子书、JSTOR 西文期刊全文回溯库、Oxford University Press 电子期刊、Project MUSE 学术期刊、SAGE Premier 现刊库、Springer Link 全文期刊和图书数据库、Taylor & Francis SSH（人文与社科类）期刊数据库、Wiley Online Library。其中，绝大部分资料集中于 CALIS 外文期刊网、万方数据库、中国期刊网、超星数字图书馆、Cambridge Journals Online、JSTOR 西文期刊全文回溯库、Oxford University Press 电子期刊和 Taylor & Francis SSH（人文与社科类）期刊数据库，其余数据库中有关杜博妮的研究零星散见，而在香港大学学位论文库、台湾学术期刊数据库、ProQuest 博硕士学位论文库、Springer Link 全文期刊和图书数据库中笔者尚未检索到有关杜博妮翻译的文献。

一 杜博妮生平与贡献介绍

翻译家生平与贡献研究是翻译家研究的基础性内容，主要包括对译者生平经历、翻译活动、取得的成就以及对翻译的感悟等内容的介绍，有助于外界对翻译家有初步的了解。目前，对杜博妮生平与贡献的介绍主要包括：①对杜博妮生平与翻译成就的总体论述；②对具体作品翻译情况的介绍。

对杜博妮生平与翻译成就进行较为翔实的总体介绍的主要有刘江凯和姜智芹。刘江凯充满诗意地描述道，“从事不同民族国家间的文化交流工作，正如辗转迁徙的燕子，每到一处，必然衔泥筑巢，以点滴的积累营造出一片暖人的春意来。英国爱丁堡大学荣休教授杜博妮正是这样一只衔泥之燕”。作者将杜博妮与中文结缘的经历一一道来，详细介绍了“杜博妮最有分量的研究专著”《20 世纪中国文学》，以及杜博妮对毛泽东、何其芳、朱光潜、北岛、阿城、陈凯歌等人作品的译介情况（刘江凯，2015：202～209）。姜智芹同样较为详细地介绍了杜博妮对中国现当代文学的翻译和研究成就，指出杜博妮的“翻译非常出色”，并以杜博妮翻译阿城小说时在译文前所作的 18 页作品详细阐释和译文后 80 条名词解释为例，阐述了译者审慎认真的工作态度和为读者着想的精神，指出其“翻译力求在内容、文体和语言上尽可能地与原著贴近”（姜智芹，2011：42），并引用中国文学研究专家雷金庆的评语，评价杜博妮为一位“出色的批评家和翻译家”（Louie，1987：205）。

还有一些文章对杜博妮的经历及翻译成就进行简要论述。张台萍（2006）介绍了杜博妮 1986～1990 年在挪威奥斯陆大学的任职情况，以及 1986 年前曾在中国外文出版社担任编辑和翻译的经历。葛文峰对杜博妮在《中国文学》和《译丛》的工作经历进行简述，评价杜博妮为“引领海外汉学研究与潮流的汉学家”（葛文峰，2014：103）。雷金庆介绍了杜博妮在 20 世纪 50 年代作为青年学生在中国学习的经历，以及杜博妮对当代中国文学的关注，指出杜博妮是“最早向西方介绍‘文革’后新涌现作者的学者之一”（雷金庆，2004：54）。通过她的翻译和研究，人们对北岛、阿城、王安忆、陈凯歌等有了更多的了解。金介甫（Jeffrey C. Kinkley)[①] 在《中国文学（1949—1999）的英译本出版情况述评》（“A Bibliographic Survey of Publications on Chinese Literature in Translation from 1949 to 1999”）一文中提到杜博妮对毛泽东、北岛和阿城作品的翻译，指出她对《在延安文艺座谈会上的讲话》进行翻译和研究时“透彻阐述了毛泽东的列宁主义文学观和文学功利观”，对北岛作品集《八月的梦游者》《波动》《旧雪》的翻译“译笔非常地道”，“做到了理想中的优雅与准确”（Kinkley，2000：240）。李德凤、鄢佳（2013）对中国现当代诗歌的英译进行梳理，其中列出了杜博妮对何其芳、北岛、郑敏的作品和朦胧派诗歌的翻译情况，包括诗作名称、出版社及诗作特点，有利于人们对具体诗集及译本的考察。提及杜博妮文学翻译成就的还有曹文刚（2015a）、杨四平（2013）、江帆（2008）、宋晓英（2006）等的文章。

除了对杜博妮的生平与翻译成就进行总体概述，现有的杜博妮生平与贡献研究还包括对杜博妮具体翻译情况的介绍。此类文献数量较少，主要集中于对杜博妮翻译的何其芳、王安忆和毛泽东作品的考察。其中，欧阳昱和蒋登科对杜博妮翻译的何其芳诗歌作品做了介绍。杜博妮曾对诗人早期（1931～1942年）的32首诗进行翻译，结集为《梦中道路：何其芳散文诗歌选》。欧阳昱提到，杜博妮在书中对何其芳的身世和创作经历有长达25页的详细介绍，并在书的末尾撰写《何其芳的文学成就》一文，加深了英语读者对何其芳及其诗歌的了解（欧阳昱，2008：114）。蒋登科指出，杜博妮的译本是“目前见到的唯一一部何其芳作品英译本”。他对译文给予高度评价，并对杜博妮译作的“前言”和“结语”部分做了详细介绍（蒋登科，2012：70～71）。曹文刚考察了王安忆作品在海外的译介情况，对杜博妮翻译的王安忆“三恋”系列作品之一《锦绣谷之恋》进行了介绍。作者认为该译作之所以在西方广受关注，主要原因在于“‘三恋’是中国当代文学较早触及性题材的作品，也是女性主义作品，……其中体现的女性优越于男性的观点引起了国外研究者的关注”（曹文刚，2015b：147）。介绍杜博妮对毛泽东作品翻译情况的研究主要有《英语世界的毛泽

---

① 金介甫（Jeffrey C. Kinkley），美国汉学家和沈从文研究专家，美国圣约翰大学历史系教授，译有沈从文、李锐、陆文夫、郑万隆的多部作品。

东译介研究》。作者介绍了杜博妮翻译的《在延安文艺座谈会上的讲话》(下文视情简称《讲话》)英译本的主要内容，认为杜博妮的译本是“1943年《讲话》发表后近40年的第一个英译全本”，“译文文本严格忠实于《讲话》文本”（杨玉英，2014：69）。

通过以上研究，我们可以看出，杜博妮的译介情况已受到学界关注，开始对这位译者的生平经历、翻译活动、翻译成就、翻译效果等进行介绍。然而，目前对杜博妮生平与贡献的研究存在两个问题。其一，当前研究主要集中于对译者生平和翻译活动的整体概述，对具体作家作品翻译情况的论述不足。目前该部分主要集中于杜博妮对何其芳、王安忆和毛泽东作品翻译情况的介绍与评价。学界不应忽视杜博妮对其他作家作品的译介，应对其具体的译介背景、译介历程、译介感悟、翻译作品的接受和反馈情况等进行深入考察。唯有如此，读者才能对杜博妮的具体译介情况有较为清晰的认识。其二，在对杜博妮生平与翻译成就的总体论述上，专题研究还较为缺乏。除上文提到的刘江凯和姜智芹的作品外，其余文献对杜博妮相关信息介绍得较少，大多为寥寥数行，系统性不强。而对翻译家的生平经历、翻译成就、翻译活动等进行系统的整理与介绍，是进一步研究其翻译思想、翻译策略、翻译风格的基础，是翻译家研究的首要工作，应当引起重视。

二　杜博妮翻译思想研究

翻译思想是译者对翻译工作的宏观认知，是译者对翻译活动的总体体现，对其翻译实践起着指导作用。研究译者的翻译思想有助于人们更好地认识其翻译实践活动。

目前，已有学者开始对杜博妮的翻译思想进行介绍。李翼（2017）对杜博妮的译者主体性思想、“信任读者”的观点及不同文学体裁的翻译要点等进行介绍。覃江华、刘军平（2012，2013）对杜博妮有关中国文学翻译的主体、中国文学翻译的受众和文学翻译模式的思想进行了阐述。在他们看来，杜博妮认为译者是翻译操作的主体，提倡一种积极的译者主体性；译本读者通常分为“忠诚读者”、“兴趣读者”和“公允读者”三类。最后，作者指出杜博妮翻译思想的一些不足。作者认为要辩证地看待市场因素和读者接受情况，不能一味地强调读者，而且译者的主体性也应有度。作者还指出，杜博妮提出的两种文学翻译模式在解释其独特的翻译经历方面比较有效，但能否用其来描述如今复杂多样的社会化翻译现象还有待进一步商榷。付文慧在考察朱虹的翻译实践时对杜博妮有关译文读者的思想进行阐述，她认为朱虹“瞄准的正是杜博妮所谓的‘公允读者’”，在翻译中译者应“尽量调整修饰西方读者感觉冗长的内容和表达方式，使译文更具可读性”（付文慧，2014：126～127）。

陈奇敏对杜博妮的文学翻译“快乐原则”与奈达的“读者反应论”及“动态对等”原则进行比较。作者认为二者有诸多相似之处：两人都承认语言的共性和可译性的存在，认为译者应尊重译语的表达习惯和特征，两者均关注读者对译文的反应。差异之处在于杜博妮的翻译原则所关注的目标（普通英语读者）更为具体，操作性和指导性更强；杜博妮赋予了译者更多的“再创造”的自由；杜博妮更信任读者的理解力与判断力。作者以杜博妮的翻译原则为基础，考察了汪榕培对《归园田居》的英译，指出译作传神达意、风格贴切，既演绎出原诗的主题与风韵，又符合英语诗歌的行文规范，找到了中西文化交流的间区与平衡点（陈奇敏，2010：133～134）。

杜博妮曾以自己20世纪80年代在中国外文出版社从事编辑和翻译的工作经历，以及工作之余与作家进行私人间翻译活动的经历为参考，在《现代中国翻译地带：威权—命令与礼物—交换》一书中探讨了20世纪80年代前后中国两种特殊的翻译模式——政府主导的“威权—命令翻译模式”和译者与作家间的“礼物—交换翻译模式”，并对翻译与权力、翻译与文化进行思考。覃江华和马会娟对杜博妮书中论及的两种翻译模式思想进行介绍与评价。覃江华认为杜博妮的观点“视角新颖，观点独特”，然而“套用固定的模式有其缺陷”，且“研究视野仍显狭窄”（覃江华，2013a：90）。马会娟则对杜博妮的思想给予更为积极的评价，认为其“有助于学界较为全面地了解中国文学翻译近半个世纪以来取得的成绩和存在的问题”，但同时最后也指出“作为一个外国人，作者看待问题的角度和她对我国政治、历史和文化的了解有一定局限性”（马会娟，2013a：92）。

覃江华采用社会学的交互报偿理论对杜博妮的“礼物—交换翻译模式”进行解读。礼物—交换翻译模式是“作家和译者私下进行的、不受监管的非政治性、非营利性翻译活动”，具有有来有往、等值回报的特点，而“交互报偿有宗教性、对等性、交互性、层次性、对象性和延宕性等六大典型特征，这些特征也是翻译的典型特征”，“个人之间的翻译行为就是一种交互报偿”。作者指出，“用交互报偿理论来观照翻译，可以对翻译的本质产生更为深刻的认识”，而且可以对“被主流翻译话语忽视的边缘化翻译现象”进行解读（马会娟，2013b：24～30）。

杜博妮在《现代中国翻译地带：威权—命令与礼物—交换》一书中曾将中国现当代文学英译分为四种类型：学术翻译、商业翻译、政治动机翻译和私人翻译（McDougall，2011：5－7）。王颖冲基于杜博妮的四种翻译分类，分别介绍了以香港中文大学《译丛》和美国各大学出版社出版的翻译作品为代表的“学术引导的中文小说英译”、以企鹅出版社（Penguin Press）和哈珀·柯林斯出版社（Harper Collins Press）旗下的威廉·摩罗（William Morrow）出版社出版的作品为代表的“商业驱动的中文小说英译”“官方组织的中文小说英译”，以及“个人主持的中文小说英译”（王颖冲，2014：79～85）。

综上所述，目前对杜博妮翻译思想的研究既有对其思想的归纳介绍，又有对其思想的理论探讨。这代表着杜博妮翻译思想研究的深化，但综合来看，目前对杜博妮翻译思想进行解读的研究成果仍然较少，而且杜博妮翻译思想较为庞杂，现有介绍仍然不够全面，需进一步系统地梳理、总结和解读。另外，研究杜博妮的翻译思想，还需考察杜博妮的翻译作品，以此来审视其对翻译思想的践行，验证这位译者“知”与“行”合一的程度。

三　杜博妮翻译策略探讨

陈吉荣分析了杜博妮在翻译阿城小说《棋王》的文化特色词时所采用的方法。这些文化特色词（如“组织”“插队”“运动”等）对普通英语读者来说比较难懂，杜博妮在翻译中常常使用“自然的英语词汇”，“将关键词进行大写”，然后在正文后的术语附录或是脚注中进行解释，力求实现翻译的“语言真实性”（陈吉荣，2012：150～156）。

李慧将《棋王》的杜博妮译本和詹纳尔译本在翻译方面进行比较。作者认为杜博妮的翻译凸显了原文的文化意义和文学特征，比詹纳尔更加忠实于原文，更贴近原语文化和作者，忠实再现了原文的文化心理、主题意义和语言特色（李慧，2014：137～145）。相比之下，詹纳尔的译本多有误读硬译。究其原因，杜博妮采取“以中国为中心的”批评和阐释立场，使得中国文化意义和文学价值在译本中再现和重生。

邓海丽借助热奈特的副文本概念，对杜博妮英译《在延安文艺座谈会上的讲话》的副文本进行研究，发现译者借助密集丰厚的副文本还原了《讲话》的历史语境和原初面貌，提升了《讲话》与西方文论的通约性，构建了正副文本的互联互释关系，实现了译语语境中《讲话》文艺美学思想的重构（邓海丽，2021：71～77）。

应当指出，当前对杜博妮翻译策略的研究还处于起步阶段，有影响的研究成果尚不多见。现有的翻译策略研究多集中于对杜博妮少数译作，如北岛诗歌集《八月的梦游者》和阿城小说的研究，译者其他有影响的译作被忽视。另外，目前的翻译策略研究多局限于对具体词汇和语言片段的考察，未来应从译本整体语言特征来研究杜博妮的翻译策略，研究视角也可以更加多样化，如从叙事学、文化学、译介学、文学等角度对其翻译进行深入分析。

四 杜博妮译作评介

翻译作品评介属于翻译批评的范畴，是翻译理论与实践联系的一条重要纽带。对译作的批评包括对所有体裁书籍、文章等的评论，既可全面评论，又可从某一角度分析某一译品（文军，2000：66）。对翻译作品的评介“可以帮助读者理解名家名作和译作，有助于提高翻译质量，为翻译教学提供实例，帮助阐明特定时期和特定领域内的翻译观念，并能比较原语和译语在语义和语法上的异同”（Newmark，2002：185）。

经过分析归纳，本章将杜博妮译作的评介分为三类。第一类译评集中于对原文背景、章节内容、作者生平经历和文学成就的阐述，以及对原作文学特色的赏析，对杜博妮翻译情况进行点评的内容较少。如匡特（Quan）（2010）对杜博妮翻译的阿城“三王”系列的评论、拉弗勒（LaFleur）（1993）对杜博妮《锦绣谷之恋》的译评、凯利（Cayley）（1990）和豪夫

(Hauf)(1991)对杜博妮译作《八月的梦游者》的评介、雷(Lee)(1989)和波拉德(Pollard)(1987)对杜博妮翻译的北岛小说集《波动》的介绍等均属于此类。一些文章对杜博妮的翻译略有提及:寇志明(Jon Eugene von Kowallis)① 对杜博妮的《两地书》译本进行介绍。他着重描述鲁迅与许广平的私人生活和情感经历,认为“杜博妮是一位严谨又充满活力的翻译家”(Kowallis,2004:159)。科普(Koepp)主要介绍了《旧雪》的创作背景,指出与北岛前期诗歌饱含怀疑批判以及孤独英雄式痛彻淋漓呐喊的风格相比,后期的诗歌更为沉郁、“孤寂”。作者指出“杜博妮和陈迈平的翻译使北岛诗歌容易被英语读者理解”(Koepp,1992:578)。杜迈可(Michael S. Duke)②(1986)分析了杜博妮《波动》英译本的故事内容和主人公形象,指出小说通过独特的叙述视角、生动的人物刻画和起伏跌宕的情节,揭露出“一个空虚、难懂、迷茫而又疏离、孤独和绝望的社会”。相比之下,作者对杜博妮翻译的评论则显得不够充分。此类对翻译论述较少甚至缺失的还有雷(1990)、杜迈可(1984)、张(Cheung)(1978)等的评介文章。

对于这一类文章中翻译评论内容缺失的状况,笔者猜测,除汉学家撰写的文章外,还有一些评论者不懂中文,其作品无法从翻译角度做出评价。如约翰·凯利(John Caley)在评介杜博妮《八月的梦游者》译本时,将组诗《太阳城札记》的最后一段“生活网”中“网”的汉语拼音写为“gang”,不得不使人对其汉语水平生疑。覃江华、刘军平也指出,“(西方各大报刊)书评多出自不懂翻译、甚至是不懂汉语的人之手”(覃江华、刘军平,2012:53)。葛浩文曾提及“(书评)忽视译者的角色和翻译本身的质量”(Goldblatt,1999:41),由此可看出杜博妮提议的“译评应由有资格的文学翻译家承担”的重要性(McDougall,2007:26)。

第二类评介仍是以对原文的解读为主,但与第一类评介文章相比,对

① 寇志明(Jon Eugene von Kowallis),澳大利亚汉学家,澳大利亚悉尼新南威尔士大学中文系主任,鲁迅研究专家,著有《微妙的革命:清末民初旧派诗人》《诗人鲁迅:关于鲁迅旧体诗的研究》等。

② 杜迈可(Michael S. Duke),加拿大汉学家,著有《现当代中国女作家评论》(*Modern Chinese Women Writers: Critical Appraisals*)、《繁荣与竞争:后毛泽东时代的中国文学》(*Blooming and Contending: Chinese Literature in the Post-Mao Era*)等。

于杜博妮的翻译有了更为深入的分析。帕兰德里（Palandri）（1978）和波拉德(1977）对杜博妮译作《梦中之路：何其芳诗歌散文选》进行简要评论。帕兰德里高度赞赏了杜博妮所译的何其芳诗歌，指出这是目前唯一一部较为系统完整的英文版何其芳诗歌集。该书收录了何其芳 1931 ~ 1942 年所作的 32 篇诗歌、22 篇散文诗和随笔。在此之前，何其芳诗歌英译文散见于不同的“中国现当代诗歌集”[①] 之中。作者认为杜博妮的翻译不仅准确，而且成功跨越语言的藩篱，很好地传达了原诗的内涵。文末作者指出了译文的一些不足，如脚注过少，普通读者可能会有阅读障碍等。波拉德则主要介绍了何其芳的人生经历和创作历程，指出杜博妮的译文贴近原文，但并不拘泥于原文，并举例加以说明。詹纳尔和奚密（Michelle Yeh)[②] 都高度评价了杜译的北岛诗歌集《八月的梦游者》。詹纳尔指出译者“态度认真”“忠实于原文”（Jenner，1990：195），奚密更是表明“我们很幸运拥有杜博妮这样一位北岛诗歌译者。作为世界知名的现代中国文学理论专家，她给我们带来了一部优美的诗歌译著，而且附有简明、有洞察力的引言部分。与上一部译著《太阳城札记》相比，她在《八月的梦游者》中对一些首字母大小写、标点、词序等进行了微小调整。这些调整总的来说使译文更加准确、更富于感染力。……这本书我强烈推荐给所有对诗歌感兴趣的读者”（Yeh，1990：192）。奇克（Cheek）在《毛泽东与中国革命：简史与文献》（*Mao Zedong and China's Revolutions: A Brief History with Documents*）一书中选用杜博妮的译本来介绍毛泽东《在延安文艺座谈会上的讲话》，他认为杜译本“与其他译本相比，更好地保留了毛泽东《讲话》的论述特色和质朴风格”（Cheek，2002：113）。对杜博妮译作进行简短评介的还有福（Fu）（2015）、巴顿（Patton）（1993）、雷金庆（1987）、波拉德（1984）、赛奇（Saich）（1982）等。

---

① 具体诗集包括：哈罗德·阿克顿（Harold Acton）和陈世祥（Ch'en Shih-hsiangh）编写的《中国现代诗歌》（*Modern Chinese Poetry*）（1936），罗伯特·佩恩（Robert Payne）编写的《中国当代诗歌》（*Contemporary Chinese Poetry*）（1947），K. Y. 许（K. Y. Hsu）编写的《20 世纪中国诗歌》（*Twentieth Century Chinese Poetry*）（1963）。

② 奚密（Michelle Yeh），美国华人学者，美国加州大学戴维斯分校教授，研究领域为现当代汉语诗歌、东西方比较诗学，著有《现代汉诗：1917 年以来的理论与实践》《现代诗文录》《从边缘出发：现代汉诗的另类传统》《诗生活》等。

第二类评介文章与第一类相比，对杜博妮译文的翻译质量、翻译方法有了更多的介绍，但不可否认，这些阐述的深度还有所欠缺。纽马克（Newmark）曾对翻译批评的内容进行探讨。在他看来，翻译批评应包含五个方面的内容：第一，分析原文，着重分析其写作意图及功能；第二，考察译文，研究译者对原文目的的阐释、译者的翻译方法及译文读者的接受情况；第三，比较原文和译文有代表性的部分，如标题、句子结构、词类转换、比喻、专有名词、新词、语义模棱两可的词、音韵效果等；第四，评价译文的质量，运用译者所遵循的翻译标准衡量译文的相关准确性和实际准确性；第五，评价译文在译语文化中存在的价值（Newmark，2002：186）。第一、二类译作评介主要集中于对原文思想内容和文学特征的分析，以及对译文质量的简要评价，却忽视了对译者翻译目的、翻译策略与方法、译文接受效果、译文地位影响等内容的分析，以及需将译文与原文进行细致对比以考察翻译的准确和流畅程度的问题。

需要指出的是，关于杜博妮译作评介的一些文章采取了更为周详、深入的翻译批评方式，本书将其归为第三种译评类型。

曾文华比较了鲁迅与许广平的通信集《两地书·原信》（以下简称《原信》）、《两地书》以及杜博妮的英译本，发现杜博妮英译本中信件的称谓情感发生了二度隐退。作者首先将《原信》与《两地书》的称呼与署名进行对比，发现经过鲁迅与许广平编辑修订的《两地书》的称呼和署名在类别和情感强度上都出现了减弱，如《原信》中的“小白象”“小刺猬”“乖姑”等戏称和昵称均被删除或是修改。杜博妮以《两地书》为原文进行翻译，译文的尊敬、正式、亲疏程度虽紧随原文，风格和情感表达也力求与原文一致，但是由于语言转换“丢失”的必然性，以及文化差异造成的情感变化，在杜博妮译文中称谓语出现了不同程度的情感减退，如《两地书》中的称呼语“My Dear Teacher”和署名“Your H. M.”，“这些英式信函套语在中文语境下蕴含着特别的意义，含蓄而张扬，明确表达出‘吾心属于你’的内心真情”，而切换到英语模式，则“回归为英文再平常不过的信函套语，中文视角下的微妙亲昵之情也随之消失”，《两地书》特有的称谓情感在语言文化转换过程中发生再度隐退（曾文华，2016：55～61）。

陈（Chan）对杜博妮的《在延安文艺座谈会上的讲话》英译本进行评

论，分析杜博妮选择《讲话》1943 年版本，而非 1953 年版进行翻译的原因。他指出，译者翻译之时 1943 年版本已有一些英译本，但均为节译本且准确性欠佳，而 1953 年版本已有杜博妮认为“非常准确”的中国官方译本（Chan，1981：292－294）。谈及杜博妮的翻译特色，作者认为与大多数强调毛泽东《讲话》政治内涵的著作相比，杜博妮的译作注重传达毛泽东提出的文艺理论，如“文艺要面向人民”“革命文艺工作者必须到群众中去”等思想。作者指出，“（杜博妮）善于翻译长句。当官方译本表达较为生硬时，她会采用英语口语进行传达”。作者将译文与原文进行仔细对照，将杜博妮翻译的不足之处归纳为误译、省略不当、有问题的措辞三类，并举例说明，其后附上更为准确的 1953 年版官方译本的译法或是自己的翻译。作者认为杜博妮的译本“能够帮助希望进一步了解《讲话》中毛泽东文艺理论思想的英语读者”，但论及翻译的精准程度，官方译本更胜一筹。

威廉姆斯（Williams）对杜博妮翻译的北岛小说集《波动》进行点评。作者赞赏了杜博妮在正文后添加“原文说明”（Note on Sources）的行为（Williams，1991：179）。杜博妮详细列出了每一篇译文所对应原文的出版信息，这为研究者们查找和阅读原文提供了便利。《波动》于 1985 年由香港中文大学出版社出版，中间两次在英国再版后，1990 年修订后又在美国出版。作者指出，在美国出版之前，杜博妮专门对译文进行细致修改，将原来译文中的英式俚语改为美国英语常用的口语表达方式（如“Guv'nor”改为“Boss”），这样的调整使得译文对目的语读者来说可读性大大加强，作者认为“这本译作足以成为当代中国文学课程的必须书目之一”。此外，对杜博妮翻译进行详细评介的还有北塔（2010）。

综上所述，本章将对杜博妮译作的评介文章分为三类——主要面向原文、简要评价译文和对译文进行深度解读，希望借此从林林总总的评介文章中缕出一条线索，为审视对杜博妮译作的批评提供一个较为清晰的视角。通过分析这三类评介文章，我们可以看出：①现有评介所涵盖的杜博妮翻译作品较为全面，杜博妮的主要译作——北岛诗歌集《太阳城札记》、《八月的梦游者》和《旧雪》的英译，北岛小说集《波动》和阿城“三王”系列作品的翻译，王安忆小说《锦绣谷之恋》及毛泽东《在延安文艺座谈会上的讲话》等的译介均有专家学者和评论家进行介绍；②这些评介者对杜博妮的翻译基本持肯定与赞赏的态度，评介文章多刊载于国际著名文学、文艺评论期刊，如《当今世界文学》（*World Literature Today*）、《哈佛书评》（*Harvard Book Review*）、《亚洲研究杂志》（*The Journal of Asian Studies*）、《中国季刊》（*The China Quarterly*）等，从中我们可窥见杜博妮翻译作品的质量和译者本人的影响力；③三类译评的数量呈递减态势，第一类最多，第三类最少，由此可见，虽然对杜博妮译作进行评介的文章较多，但多数集中于对原文的解读，对翻译进行深入探讨的文章仍然较少；④绝大部分评介文章为国外文献，为此国内应进一步加强对杜博妮译作的介绍与研究。

第二节　杜博妮翻译研究的不足

综上所述，杜博妮翻译研究已取得一些成就，目前在译者生平和贡献介绍、翻译思想研究、翻译策略研究，以及译作评介方面均取得一定进展，但仍然存在一些不足之处。

首先，研究类型较为有限。在穆雷、诗怡（2003）提出的五种翻译家研究类型中，现有的杜译研究主要介绍翻译家生平经历和译著成果，并对译著进行评介，而翻译家传记、翻译家辞典和专题翻译家研究尚无人问津。这反映出杜译研究尚处于起步阶段，还需进一步地深化拓展。

其次，研究的深度还需拓展。对现有研究进行横向比较可发现，四类研究中对杜博妮生平与贡献的介绍和对杜博妮译作进行评介的文献数量最多，翻译思想研究次之，翻译策略研究最少。这反映出目前对杜博妮的翻译更多地停留在介绍层面，更深层次的研究还有待进一步加强。

从现有研究来看，在杜博妮生平和贡献介绍方面，目前研究绝大多数为对杜博妮生平经历和翻译作品的简要概述，缺少对这位翻译家译介活动、翻译成就、翻译感悟等方面系统全面的介绍，而对杜博妮的具体作家作品翻译活动的论述则更为少见，未来应进一步加强对译介背景、译者翻译目的、译介历程、译作的接受和反馈情况等内容的考察，使读者获得关于杜博妮翻译活动的更为深刻的认识。在翻译思想研究方面，杜博妮的翻译思想较为复杂，现有研究多是对杜博妮翻译思想的某一部分进行介绍和解读，表述较为分散，整体性和系统性不足；而且缺乏相关译例分析，侧重对翻译思想的阐述，而忽视对翻译实践的考察，未能从实践中验证杜博妮对其翻译思想的践行。在翻译策略研究方面，有影响的研究成果较少，现有研究多局限于对杜博妮具体词汇翻译策略的考察，且研究视角较为集中，多从改写理论、翻译规范等角度探讨杜博妮的翻译作品。在译作评介方面，虽然对杜博妮译作进行评介的文章数量较多，但绝大部分侧重对原文内容、文学特色的阐述以及对作者生平经历和文学成就的介绍，对杜博妮翻译情况进行深入分析的文章较少。今后的评介文章应加强对译者翻译目的、翻译策略与方法、译文接受效果、译文地位和影响等内容的考察。

再次，现有研究的广度还需拓展。杜博妮翻译研究目前主要集中于上述四个方面，但杜译研究不应仅仅局限于此，比如我们不应忽视对杜博妮译者主体性的研究。译者主体性是指作为翻译主体的译者在尊重翻译对象的前提下，为实现翻译目的而在翻译活动中表现出的主观能动性，其基本特征是翻译主体自觉的文化意识、人文品格和文化、审美创造性（查明建、田雨，2003：22）。译者是翻译活动的主体，在翻译过程中起了至关重要的作用。译者主体性贯穿于翻译活动的全过程。杜博妮认为译者可以而且应该在翻译中发挥主体性，“译者应享有更多的翻译决定权”（McDougall，2007：23），译者主体性研究对于杜译研究而言有重要意义。此外，杜译研究也不应该忽视对杜博妮译者风格的考察。译者风格受到译者的翻译思想、翻译目的、审美取向、个人经历等因素的制约。研究杜博妮的译者风格也有助于揭示译者的翻译思想和翻译目的等。我们可以从杜博妮的翻译语言特征分析和翻译策略研究入手，探讨其译者风格。总之，未来的杜译研究有必要拓展新的研究领域，以拓展这一研究的广度和深度。

最后，史料方面还需进一步挖掘。现有研究中对杜博妮有关翻译的论述还不够全面和充分，第一手材料考察不足，多是引用其论述的某些片段或是借鉴二手材料，因此较难形成全面、系统的整体性翻译研究。史料的掌握是杜译研究的第一步，必须穷尽式搜索第一手材料，系统地梳理归纳，并在研究中充分利用。

本章主要对杜博妮的翻译思想研究进行了简单介绍。一方面，现有翻译思想研究较为分散零乱，相关史料的挖掘、细读、分析不足，缺乏对杜博妮翻译思想系统的归纳与总结。另一方面，翻译思想研究是杜译研究的基本内容。穆雷、诗怡曾提到对翻译家翻译思想进行研究的重要性，“翻译家研究只有在一定的理论思想指导下进行，才可以避免盲目和肤浅。除了发现和整理翻译家的译作成果外，研究重点应放在探索他们成功的内在动因、心路历程、外部环境、社会需求和素质准备上，了解他们对翻译的认识及对翻译理论中一些基本问题的看法等，……这样的研究才能避免流于简单的成果介绍，才能对翻译史研究具有更大的作用，才能把翻译家的主体地位和翻译家研究的重要意义体现出来，才能从根本上提高翻译家及翻译家研究的地位”（穆雷、诗怡，2003：17）。只有首先对译者的翻译思想有了明确的认识，才能以此为基础去考察在翻译思想指导下译者的各种翻译实践活动。尤其对于杜博妮这样一位翻译思想深邃、翻译成就卓越、影响力大的翻译家来说，梳理其复杂的翻译思想尤为迫切和重要，这对有关杜博妮翻译的其他领域的研究具有指导意义。可以说，杜博妮翻译思想研究重要性和必要性兼备。

第三章
杜博妮的译者主体性思想
——“译者应有更大的权利”

本章重点对杜博妮的译者主体性思想进行论述，首先对主体与主体性和译者主体性研究进行解读与回顾，其次对杜博妮的相关思想进行介绍与理论阐释。

第一节　主体与主体性

主体与主体性是哲学方面的概念，对它们的讨论最早可以追溯到17世纪笛卡儿的“我思故我在”。笛卡儿的这一论述引发了哲学史从古希腊本体论向认识论的转向，确立了“我”即人作为认知主体的决定性地位，可以相对于客体而存在，其“主体性”是“坚实的”“可靠的”（Descartes，2000：60）、“绝对被给予的实体”（Frier，1997：9）。具体来说，主体是“以一定的客观存在为对象，主动发出并正在对客观对象进行认识和实践者”；客体是“正在被主体认识或实践的客观存在”（刘守和，1992：61）。主体一般是现实中的人，客体可以是事物、人或某种精神客体。主体与客体相互依存，互为前提而存在，缺一不可。

主体性则是主体的属性，指主体在对客观对象的认识和实践活动中所体现出的种种特性。具体来看，主体性是“主体在对象性活动中本质力量的外化，能动地改造客体、影响客体、控制客体、使客体为主体服务的特性”（王玉樑，1995：35）。可以看出，主体性最为突出的特征是能动性，即人在实践活动中体现出的自主性、主动性、创造性、目的性等。人将能动性作用于客体，对其进行支配、控制和协调。需要注意的是，主体能动性的发挥并非没有任何限度。在主体发挥能动性认识和改造客体的实践活动中，主体还会受到客体对象以及自身条件的限制和制约，因此主体性还具有受动性的一面。受动性是“能动性的内在基础，既表现为人对客体对象的依赖性，又表现为客体对象对人的制约性”（魏小萍，1998：24）。因此，发挥主体性不能片面强调人的能动性，而忽视了客体对象的客观实在性及客观规律，应认识到主体性的受动性因素，主体性只能是适度的能动性。

可以看出，主体性是受动性基础之上的能动性，是能动性与受动性的辩证统一，是主体能动与客观规律的辩证统一。

第二节 译者主体性

译者主体性即译者在翻译活动中所体现出的主体性。上文提到，主体是“主动发出并正在对客观对象进行认识和实践者”，主体性是主体改造、影响和控制客体的本质属性，是能动性与受动性的统一。译者作为翻译的主体，被其认识和实践的客体是原作，其对象性活动是将原作由源语转化为目的语。要完成这一翻译活动，译者必然要发挥能动性。能动性是译者主体性最为突出的特征，但其能动性的发挥也会受到种种客观因素的制约，因此也具有受动性的一面。译者的主体性是能动性与受动性的统一。由此，我们可将译者主体性理解为：在翻译的客观因素的制约下，作为翻译主体的译者在翻译活动中体现出的主观能动性，具有自主性、创造性、目的性、受动性等特点。

尽管如今译者在翻译活动中享有主体地位，译者主体性的客观存在日益成为业内共识，越来越多的学者开始关注并探讨译者主体性的内涵、表现、限度，及其对整个翻译操作过程的影响，如许钧（2003），查明建、田雨（2003），屠国元、朱献珑（2003），陈大亮（2004，2005），仲伟合、周静（2006）等，但译者主体地位的获得却殊为不易，译者曾长期处于

“边缘化文化地位”（查明建、田雨，2003：19），译者主体性更是无从谈起。

在传统译论中，译者的主体作用往往被忽视，译文被认为从属于原文，是对原文的模仿与拷贝，译者须亦步亦趋于原文作者。自柏拉图以降，原文与译文、原作者与译者一直处于某种尊卑、主从、创造与模仿等对立关系之中（廖七一，2006：90）。如 18 世纪法国哲学家夏尔·巴特（Charles Batteux）认为原文作者是思想、用词的绝对主人，译者只是原作者的“仆人”，必须处处跟随原作者，如实地反映原作者的思想和风格（谭载喜，2004：100）；英国桂冠诗人约翰·德莱顿（John Dryden）认为翻译是“戴着脚镣在绳索上跳舞”，把译者视为“在别人庄园劳动的奴隶，装扮整理葡萄园，但是酿出的酒却属于主人”（Robinson，2006：175）；英国诗人亚历山大·蒲伯（Alexander Pope）强调译者必须最大程度上忠实于原作，译者不应企图超过原作者（Robinson，2006：124）；歌德把译者比为“媒人”，“他们给你带来对某个轻纱半掩的美人的称赞，从而引你很想一见其人本来面目的欲望”（郑海凌，2000：26）；等等。

杜博妮在论述中国现当代文学作品英译活动时，曾一针见血地指出译者过去所处的艰难处境：

> 文学翻译生产体系之中，译者在权力谱系中大体处于弱势地位。作品风格和内容呈现上的微观管理给予译者极小的创作空间，译者在翻译中的创造性和想象力往往受到限制。（McDougall，2007：25）

在杜博妮看来，在整个出版业的权力网络中，译者处于弱势地位，在翻译活动中难以发挥主体性。

总的来说，传统翻译理论中译者主体性被遮蔽，主体性无从体现与施展的状况主要体现为以下几点。

首先是对译者能力的轻视，而这往往是出于人们对翻译这一活动的误解。传统译论认为翻译只是两种语言之间的转换活动，译者被看作转换语言的“速记员”“文化搬运工”“媒人”等。“似乎只要懂一点外语，有一本双语词典，任何人都能从事文学翻译。”（谢天振，2014：126）根据传统翻译工具论和机械论，译者主体性的丢失使发挥的资格和空间丧失。

其次是对译者权利的限制。如杜博妮所言，译者在出版业的权力体系中处于弱势地位：具体的翻译选材往往由出版社决定，译者在翻译过程中主观能动性的发挥有诸多限制，最终的翻译成品也要经过编辑及各部门的层层审查和修改。在物质报酬方面，译者与出版商签订翻译合同，后者通常会竭力将翻译成本压至极低，轻视翻译，无视译者的创造性劳动，大部分译者的收入十分有限。韦努蒂曾在《翻译之耻：走向差异伦理》（*The Scandals of Translation: Towards an Ethics of Difference*）一书中开门见山地指出“翻译作为一种书写形式受尽了耻辱：版权法限制它，学术界轻视它，出版商、公司、政府和宗教组织剥削它”（Venuti，1998：1），翻译和译者的艰难处境可见一斑。

再次是对翻译作品地位的贬低。长期以来，翻译被认为是模仿和拷贝，译作的价值低于原著，属于原著的派生物；译者必须尊崇原著的权威，对原文作者亦步亦趋，在翻译中要最大限度地重现原文的内容和风格，使目的语读者产生与原文读者相似的阅读感受。这种对作者主体性的张扬使得译者与译本长期以来屈从于作者与原文本的权威，成为作者和原文本的奴隶（葛校琴，2006：220）。译者在翻译过程中发挥能动性无疑会受到排斥和限制。

最后，译者主体性被忽视还直接表现为翻译时要求译者形象“隐形”。传统译学认为翻译是一种临摹、拷贝，译文必须是原文内容和风格的再现，所以译者在翻译过程中“必须制造出一种译文透明的错觉，同时还要掩盖这种错觉，让人觉得翻译作品浑然天成，不是翻译之作”（Venuti，2004：5），韦努蒂称这种情况为译者的“隐形”。在韦努蒂看来，“隐形”主要表现在两个方面：一是译者自己对译文的操纵，倾向于将译文处理成通顺流畅、有透明感错觉的英语；二是英美国家以及其他非英语国家的阅读和评价习惯都倾向于有透明感的译文（Venuti，2004：1）。韦努蒂在著作中进一步论述道：

> 无论译作是散文还是诗歌、小说还是非小说，只要它读起来通顺流畅，去掉了原有的语言或句法特色而使译文显得透明，让人觉得它

> 反映了原作者的个性、意图或是原作的本质意义，即译文实际看上去不是译作，而是“原作”，那么大多数出版商、评论家和读者都会予以认可接受。(Venuti，2004：1)

由此可见，英语国家的出版商、评论家和读者青睐流畅透明的翻译作品，要求译文读起来不像是翻译而来的，更像是原创文本一样通顺自然。目的语文化中这种追求译文透明感、要求译者“隐形”的主流思想无疑会加剧译者的文化边缘化，译者的工作价值会被遮蔽。正如韦努蒂所说，它会“掩盖生成译文的种种因素，掩盖译者对原文的关键性干预，是一种古怪的自我消灭”(Venuti，2004：2－8)。译者的“隐形”抹杀译者在翻译过程中的想象力和创造力，使得译者作为翻译主体的能动性严重受限，进一步恶化译者主体性受忽视的状况。此外，“译者隐形的背后是一种贸易不平衡，这种不平衡不仅强化了英美文化及英语在全球的统治地位，而且通过限制外语文本的译入数量和采用归化翻译方法进行修订，减少异国价值观在英语中的文化资本。译者的隐形彰显出英美文化在与文化他者关系中的一种自满情绪。毫不夸张地说，这种夸张情绪对外表现为帝国主义，对内表现为排外主义”(Venuti，2004：17)。我们要警惕这种翻译中的译者“隐形”现象，并在翻译实践中予以正确认识。译者不论是“隐形”还是“显形”，都要根据译者的具体翻译目的和译文读者的需求来慎重选择。

20 世纪 60 年代以来，西方的翻译研究出现了以译语为中心的“文化转向”，翻译和译者的地位有了显著改变。西方学者把翻译从以往单纯的语言研究中扩展开来，把翻译置于一个宏大的跨学科、跨文化语境中进行考察，例如从多元系统理论、女性主义、后殖民主义、解构主义等文化视域对翻译进行研究。如女性主义作家哈沃德认为“翻译要突出女性，为女性说话”(葛校琴，2006：163)，她在翻译法语作品时采取“加粗 e 突出词语的阴性特征”、创造女性词汇等方法表达“为女性赢得一种文化上的与男性之间的平等地位”的内心诉求(葛校琴，2006：163)。

可以看出，翻译不再仅仅被视为两种语言之间的转换活动，而是受特定历史文化语境影响的、带有一定目的的跨文化交际行为。翻译活动被视为“译入语社会的一种独特的政治行为、文化行为、文学行为”(谢天振，

2014：56）。此时译者不再被看作原文作者的“仆人”、“奴隶”或是沟通原作者与目的语读者的“媒人”，而是能按照自身的翻译目的充分发挥能动性的翻译活动的主体，在翻译这一跨文化过程中占据中心地位。翻译研究也从以往只关注原文、原文作者、原文意义的状态转移到关注译文和译者中来，译者主体地位和译者主体性等问题成为当下翻译研究的热点。译者终于摆脱目的语文化要求译文透明、译者“隐形”的桎梏，走到翻译活动的幕前，逐渐“显形”。杜博妮也指出，如今译者的地位有所提高，且翻译的外部环境也日益开放和自由，译者可以发挥自身作用去影响中国文学作品英译的出版商，使翻译作品获得更大的影响（McDougall，2007：25）。

需要注意的是，译者在翻译中可以充分发挥能动性，为实现翻译目的而改造、控制和影响原文，但主体性中的受动性决定着任何主体的能动性都会受到一定客观因素的制约。译者主体性也不例外，译者的能动性并非毫无约束，否则翻译将会滑向无规则、无限制、胡译、误译的深渊。具体来说，译者能动性的制约因素包括以下几个方面。①原作的语言、文化和风格特征。虽然翻译是改写，是创造性叛逆，但这种创造性不是任意的，翻译必须以原作为基础，作品的思想内容、文化特色和审美风格必须在译作中最大限度地得以体现。译者不能摆脱原作，对原作任意窜改。②目的语文化语境。译作想要获得成功，译者必须在翻译中考虑到目的语文化语境，包括目的语意识形态、目的语诗学等，从而选择合适的翻译策略、翻译选材和翻译方式，使译文适应于目的语文化语境的规范。③目的语读者。译者翻译活动的最终目的是让目的语读者接受译作，因此在翻译中译者要考虑到读者的阅读习惯和需求，有目的性和方向性地发挥主观能动性，选择合适的翻译策略，使得译文贴近目的语读者，符合其阅读期待。④译者自身的认知状况，包括译者的文化先结构、知识水平、双语能力等。其中，文化先结构包含“地域环境、社会背景、民族性格、文化渊源、意识形态等，（它们）在某种程度上决定了译者对原文的理解”（仲伟合、周静，2006：44），因此在客观上也对译者主体性的发挥起着限定和制约的作用。

由此可见，译者主体性中的受动性总是制约着译者的能动性，译者的自由只是一定程度上的自由。译者在翻译实践中要把握好能动性发挥的限度，在承认受动性的基础上充分发挥主观能动性，走译者主体性发挥的理性之路。在杜博妮的翻译论述中，她强调“译者应享有发挥主体性的空间”（McDougall，2007：23）。在自身的翻译实践中，杜博妮也身体力行，在尊重翻译对象、目的语文化语境及读者阅读感受的前提下积极发挥主观能动性。本章将从选择原文、理解原文和表达原文三个方面探讨杜博妮在翻译过程中译者主体性的体现。

第三节　杜博妮在翻译过程中译者主体性的体现

译者的主体性源自译者在翻译过程中的主体地位。有关译者的地位，国际译联主席贝蒂·科恩（Betty Cohen）有过精彩论述，“没有翻译和翻译工作者，理解就无从谈起。我们可以预见，未来几年，翻译和翻译工作者的需求将会越来越大。因此，我认为我们翻译行业正处于一个黄金时代。贸易、文化、和平、人道等都离不开翻译，翻译在历史上从未如此不可或缺。然而，翻译工作者一般都隐身幕后，不知道如何宣传自己的技能。我们的工作性质要求我们传递完信息之后就消失，不能让读者觉察到翻译的痕迹。我们已经习惯隐身而去，以至于我们都忘了自己有多么的不可替代。如果有一天没有翻译，联合国、世贸组织、各种非政府组织、跨国公司、电视台、报纸等，都将鸦雀无声。她强调译者就像‘电线中的电流、水管中的水流，直到失去他们才发现他们对我们有多么重要’。对于传统译论认为翻译就是两种语言之间的转换，懂得两种语言的人即可进行翻译工作，科恩反驳道：‘专业的翻译非常关键……我们翻译协会的任务就是使公众意识到专业翻译的必要性，并推翻懂两种语言就能做翻译的谬论。如果翻译这样容易，我们还用得着设立翻译专业学位吗？’”（Cohen，2005：8－9）。

杜博妮同样强调译者的翻译主体地位，在她看来，译者有三重身份，是沟通原作、出版商与目的语读者的桥梁。首先，译者是原作的读者，参与对源语文本的解读；其次，译者是译作的生产者，参与对译文的创作，与出版商有共同的利益诉求；最后，译者了解自己的目标读者群，往往还能代表译语普通读者，能有效指导出版商吸引此类读者的阅读兴趣。因此可以说，译者同时代表出版商和目的语读者以满足各自利益需求。提高译者的地位，使其在翻译过程内外拥有更大的权利与自由，目的语读者及出版商均可从中受惠（McDougall，2007：22－25）。

鉴于译者的主体地位以及译者主体性发挥对于出版社和目的语读者的重要作用，杜博妮提出在翻译过程中译者应拥有“更大的决定权”、更大的译者主体性发挥空间（McDougall，2007：23）。各方应充分尊重和相信译者的专业能力和素养，在翻译中给予译者更多的自由去靠近、吸引其目标读者群，使译本符合读者的阅读期待，满足目的语环境的交流需求。在翻译实践中，杜博妮的译者主体性主要通过文本选择、文本解读和文本表达体现出来。

一　文本选择

译者的翻译选材主要取决于译者的翻译目的和动机，因此译者在选择翻译何种文本时往往需要发挥主体性。

谈到自己的翻译选材标准，杜博妮提到主要是出于“文学上的喜爱”——当我接触到一部作品，如果发现它真的非常吸引我，我接下来会大量翻译这位作家的作品。比如董启章的《地图集：一个想象的城市的考古学》，这本书非常优美，又非常特别。作者对历史非常了解，书中有许多有趣又发人深省的观点，比如对“边界”的阐释。什么是边界？边界真的存在吗？还是人们脑中固有的观念造成了边界？如果是人为造就，那就可以被改变，可以被消除。董启章的这本书给人们提供给了一种有关“可能”的设想。人们可以打破常规，没有什么是必然存在的，变好、变坏都有可能。杜博妮喜欢这本书，希望能将它介绍给英语读者（李翼，2017：96）。

由此可见，杜博妮对董启章作品的翻译主要是出于对作品思想深度和文学品质的欣赏，翻译的目的是希望传播作品的思想意蕴，使英语读者也能获得相似的审美体验。在笔者对杜博妮的访谈中，她曾谈到目前的翻译计划是与先生安德斯·韩安德合作翻译董启章的另一部作品《梦华录》。这位翻译家对董启章作品的喜爱可见一斑，这也反映了杜博妮选择文本时对作品文学认同感的坚持。

杜博妮对北岛作品的翻译同样源于文学上的钟爱。谈到北岛诗歌，她提到“北岛的诗写得很好，感情充沛、充满力量，‘我不相信，天是蓝的'，他对不相信的事很清楚，可是他相信的是什么呢？他一直没有说出来。这让他的诗别具魅力。他的诗对我影响很深，我翻译了很多”（李翼，2017：96）。杜博妮欣赏北岛诗歌中独特的冷峻孤独、朦胧隐约而又激烈壮阔、富于理想主义的气质。北岛 1989 年出国前的全部诗歌，以及出国后的部分诗歌杜博妮都予以了系统翻译。除诗歌外，杜博妮还翻译了北岛的中篇小说《波动》，以及短篇小说《旋律》《稿纸上的月亮》《交叉点》《幸福大街十三号》等，并就北岛的作品撰写了一系列的研究文章。除北岛外，杜博妮出于对作品的欣赏还翻译了卞之琳、李广田的许多诗歌。

杜博妮的翻译选材观体现了译者自身的审美标准、文化意识和文化期待。译者希望借翻译去影响、感染目的语读者，促进不同文化特质之间的交流，让读者获得有关异域文学美的感受。杜博妮对源语文本的选择体现了译者主体性的自主性、主动性、目的性、计划性的特点。

然而，杜博妮的翻译选材并非无制约因素，这种制约主要来自出版商的干预。出版商往往事先制订好出版计划，确定翻译某部作品，再根据需求招募或是邀请译者进行翻译，此时译者的翻译选材在很大程度上不再是自我挑选的结果。杜博妮的一些翻译作品属于此种情况，如对阿城的《棋王》《树王》《孩子王》的翻译即由伦敦柯林斯・哈维尔出版社所指定。杜博妮作为译者还有一段特殊的经历，在 20 世纪 80 年代杜博妮曾在中国外文出版社任专职译员和从事编辑工作。作为中国外文局的重要成员单位，外文出版社是我国官方主要的对外出版机构，其翻译选材紧跟国家的大政方针和社会生活热点，具体选材主要由出版社领导、高级编辑和中国作协决定（McDougall，2011：70－71），基本不会参考译员的意见。因此，这一时期杜博妮所翻译的作品基本由出版社指定分派，不是其甄别选择的结果。同时需要指出，在杜博妮的整个翻译生涯中，这种翻译选材受干预的情况较少，绝大部分作品为其自身主动的选择。杜博妮曾谈道，“翻译只是第二职业”，“教学和研究是我的主要工作，我并不从翻译里获取物质回报，或者说只有很少的回报。这也同时意味着我可以自由地选择作品来翻译，我可以自己做决定”。

可以说，杜博妮的文本选择同时体现了译者主体性之能动性与受动性并存的特点，是主动选择与被动接受的结合，其中译者主动地甄别、鉴赏、选择占据主要地位。

二 文本解读

译者进行翻译活动时，首先是作为读者对原文进行解读，其次在理解原文的基础上创作译文。在文本解读阶段，译者会“发挥自身的文学鉴赏和文学批评的能力对作品进行阐释，发掘作品的思想内涵和美学意蕴，分析作品的文学价值和社会意义，体现自身的审美创造性”（张敬，2009：99）。可以说，译者理解和解读原文的过程正是译者发挥主体性的过程。

在翻译活动之前，杜博妮会对原文作者的生平经历、文学成就、所属流派、艺术态度、文化素养等进行充分了解，对原文历史、政治、宗教等背景进行仔细考察，对作品的文学主题、思想内容、现实意义等深入研究，从而确保对原作的透彻理解。例如，在翻译《梦中道路：何其芳散文诗歌选》时，杜博妮探究了何其芳的人生经历、文学思想及艺术观念，对何其芳作品的内涵进行充分挖掘。在译著前言部分她撰有《何其芳的早年生活》（“The Early Life and Times of Ho Ch'i-fang”）、《何其芳和新文化运动》（“Ho Ch'i-fang and the New Literay Movement”）、《文学转向政治：抗日战争》（“Literature into Politics：The War of Resistance to Japan”），在后记部分附有《何其芳的文学成就》（“Ho Ch'i-fang's Literary Achievement”）、《爱、思考与自我牺牲》（“Love，Thoughtfulness and Self-sacrifice”）等研究文章。文章详细介绍了何其芳童年“孤独”的成长环境，以及 15 岁外出求学、20 岁到北京大学学习哲学、其后在南开中学及山东莱阳任教的经历。文章指出何其芳早期文风细腻、敏感、精致，散文集《画梦录》以及与卞之琳、李广田的诗歌合集《汉园集》等均反映了这一特点，而抗日战争作为何其芳创作生涯的转折点，使这位文学家从“一位个人主义者转变为社会主义者和国家主义者”（McDougall，1976：15）。1938 年，何其芳从四川来到延安，系统学习了马克思主义理论，认为自己以往的作品是“贫瘠的荒地”，必须停止空洞地描述“云”、“月”和“星星”，应“投入到人民运动中去”（McDougall，1976：28），成为一名马克思主义作家，因此这位作家前后期的写作风格有着巨大差异，翻译时需要谨慎对待。杜博妮还指出何其芳的诗歌创作理念，作家认为“诗歌不仅仅是个人感受的表达，或是与自然或人交流的一种形式，而是要去创造美。这种美主要通过使用意象或象征来实现，使用不同的韵律手段也可以增添额外的效果”（McDougall，1976：223），可以说，杜博妮对原作及原作者进行细致考察，充分发挥了主观能动性去解读原文，为下一阶段译文的创作打下了良好基础。

杜博妮翻译北岛诗集《八月的梦游者》时，同样首先认真解读原作和原作者北岛。杜博妮认为北岛的诗歌属于“自由诗”，无论在“语言、意象、句法还是结构”上都是对1949年后中国主流文学的挑战，其诗的主旨通常反映了“真善美的理想世界”和“残酷、恐怖、充满敌意”的现实世界（McDougall，1990b：10－11）。杜博妮认为北岛的诗精髓在于“力量充沛的意象”和“重要的结构”，其中的意象多具有现实生活中的普遍性，基本不会对国外读者造成阅读障碍，而结构往往也“具有普遍性的几何或逻辑模式”，且诗歌的语言并不强调音韵效果，因此北岛的诗具有“可译性”（McDougall，1990b：14）。在翻译阿城的《棋王》《树王》《孩子王》、王安忆的《锦绣谷之恋》、北岛的《波动》等作品时，杜博妮均会发挥译者主体性去解读原文，不仅理解作品语言层面的意义，而且发挥主动性和创造性去挖掘原文字里行间的隐含意义和文化内涵，考察原文作者的人生经历、文学追求、艺术态度，探索其对作品的影响。可以说，杜博妮对原文的解读充分体现了译者主体性中的“艺术人格自觉”和“文化、审美创造力”（屠国元、朱献珑，2003：9）。

译者理解原文的过程是译者发挥能动性的过程，但不可否认，这一能动性的发挥不是随意的。译者对原文的解读首先受制于译者自身的知识、文化、审美结构。后者在一定程度上决定了译者对原文的理解。“译者在接受、反映、思考和处理异域文本（异域文化）时，潜意识中常常会带着自己所熟知的意识形态、文化传统和审美标准去解读和判定另一种文化”（仲伟合、周静，2006：44），因此译者自身的水平和结构往往会在译者解读原文过程中所发挥的主观能动性上起到一定的制约作用。其次，译者对原文的解读还受制于原作及原作者。虽然“一千个读者，就有一千个哈姆雷特”，不同的译者可对原文有不同的理解，但解读原作必须以原作为基础，不能脱离原文、否认原作及挣脱原作者的约束，否则阅读则会陷入无限制、无规则以及最终失去意义的泥潭。因此，译者对原文的解读也是能动性与受动性的统一。

三 文本表达

在原文理解阶段，译者通过发挥主观能动性对原文的思想内容、文学价值、审美意蕴等进行解读和领会，形成自己独特的感受与看法。在下一阶段的文本表达中，译者则需使用目的语将自己对原文的感受与看法表达出来，这一活动必然会涉及译者的主体性。

谈到杜博妮在具体翻译过程中译者主体性的发挥，我们有必要首先介绍杜博妮关于译者角色的观点。杜博妮曾将译者比作“剧本改编自小说的电影导演”（McDougall，2007：26）。电影导演的表演根植于原著小说，但同时自身也拥有充分的创作自由。与电影导演类似，译者也是集继承与创造于一身，其自身的知识和经验往往能拓展翻译作品的深度。杜博妮的观点表明，在文本表达阶段，译者可以在尊重原作的基础上，充分发挥能动性去创作译文。杜博妮其后又提出了译者的“乐团指挥”（the conductor of an orchestra）之喻，进一步表达她对翻译开放性和译者创作自由的看法——作曲家创作一首乐曲后，可由不同的指挥家进行指挥，虽然曲子是同一首，但不同指挥家可将乐曲的风格演绎得完全不同，听上去也没有高低之分。翻译也是如此，两人翻译同一部作品，产生的译文能给人不同的感受，可能都非常好，也可能都非常糟糕，或者一好一坏，这都是可能出现的状况。翻译不应是封闭的、唯一的。译者可以发挥能动性对文学作品做出属于自己的阐释（李翼，2017：96）。可以看出，杜博妮认为在尊重翻译对象的前提下，译者们可以发挥各自的创造性和想象力去表达、重构原文。

杜博妮的翻译实践正是对这一思想的践行。在翻译特色语言，如双关语、同音词时，杜博妮注意把握原文的修辞特点，力求在英语中也塑造出同样的语言效果，如《孩子王》中的一句：“女老师说：‘德育嘛。’我说：‘是嘛，我看汉语改德语好了。’”文中“女老师”认为书本内容是对学生的“德育”，而“我”不满语文书本与当时的政治斗争结合，不教学生们识字断句的真正本领，用同音的“德语”戏谑表达出内心对这种“德育”的嘲讽和不满。杜博妮译为：“Well，it's character building，isn't it?”

"That's exactly it：I'm building up their characters." 译者将"德育"译为"character building"，为再现原文中的同音修辞效果，将"德语"字面意义予以颠覆，创造性地使用"building up their characters"进行翻译，如此一方面较好再现了原文中的谐音修辞特点，增强了审美效果，原作的语言特色不至于流失，另一方面"character"兼有"品格"与"汉字"之意，"building up their characters"所蕴含的"教他们识字"正契合原文含义。可以说，杜译对原文的这一改写不仅取得了音韵上的审美效果，而且在意义表达上也顺畅自然，契合原文的整体语境，体现了杜博妮深厚的语言功底以及译者主体性发挥必不可缺的想象力和聪明才智。

在文化意象的处理上，杜博妮在尊重原文的基础上同时考虑目的语读者的阅读习惯和阅读需求，对读者难以理解的文化意象进行适当改写，以目的语文化为依归，以适应西方读者的阅读和认知习惯。如《遗腹子》中"一种厌胜的宝物"，"厌胜"中的"厌"通"压"，指压制、抑制、制服，"厌胜"是中国古代的一种巫术，指通过诅咒或是祈祷达到制胜人、物或魔怪的目的。杜博妮在翻译中将其处理为"a kind of guarantee of obedience"，表达出这一文化特色词的内涵，即祈祷上天使得祈祝得以实现。文中的"红蛋"译为"celebrated red-dyed eggs"，将"红蛋"背后的特殊文化含义予以明示，即女子生育后向亲友分发、庆贺吉祥的喜蛋。《孩子王》中"……逼我说使了什么好处打通关节，调到学校去吃粮"。"打通关节"是中国社会文化语境中特有的表述，指拉关系，说人情，打通其关键的环节。"吃粮"即"吃饭"，此处的"吃饭"泛指生存、生活或谋生。这两处文化意象对目的语读者来说较为陌生，杜博妮在翻译中创造性地偏离原文，采取英语读者更为熟悉的表达习惯，"…and insisted that I tell them what strings I had pulled to make the school payroll"，将"打通关节"译为"pull strings"，"调到学校吃粮"译为"make the school payroll"，使译文更贴近读者的表达方式，体现出译者对于翻译的操控能力。还有《棋王》中的"夺头把交椅"，杜译为"seize the crown"，"土眉土眼"译为"local peasant faces"，"路道粗"译为"crude tactics"，等等。这些对原文的改写都体现了杜博妮在翻译过程中译者主体性的发挥，体现了杜博妮对原文内涵的思考，对目的语读者阅读期待的把握，以及对合适翻译策略的追寻。

杜博妮对原文特色语言和文化意象的处理充分体现了译者在语言、文化和审美上的创造性，即“自觉的文化意识”和“文化、审美创造性”（查明建、田雨，2003：22）。此外，译者主体性所蕴含的“人文品格”（查明建、田雨，2003：22）在杜博妮的翻译和翻译论述中也得到了展现。杜博妮曾在一次访谈中提到“译者的责任”，她说“译者有许多责任，对作者负责、对原作所处的社会历史语境负责、对目的语读者负责、对目的语文化负责……”。为对原作者负责，杜博妮在翻译前大量阅读相关文献，详细考察作者的生平、文学思想、艺术流派、创作背景等，并对原文进行深入解读，力求把握原文的思想内容、文学内涵及审美风格，为下一步的翻译奠定基础。在具体的翻译中，杜博妮尽量忠实于原文，不随意窜改原文内容和风格，同时又考虑到目的语读者的阅读期待，使译文能被目的语文化语境所接受。作者的作品在异域受到欢迎，得以广泛传播，这也是对作者负责的一种体现。

为对原作负责，杜博妮首先在文本解读阶段会深究原文，确保透彻理解原作，不歪曲原文本意。在文本表达阶段，杜博妮尽可能忠实于原作内容和风格，重视原文中每一处语言细节，不随意修改原文，尽可能完整地传达原文的思想内容和文化内涵；翻译策略往往以异化翻译为主，力求保留原文独特的文化元素，强调原文文化的异质性。只有当原文的这种异质性阻碍目的语读者的顺畅阅读，陌生化与可读性发生冲突时，杜博妮才会适当改写原文，以适应目的语读者的阅读习惯。这一改写也是出于文化交流的目的，是为目的语文化和目的语读者接受原作而采取的折中手段，是另一种形式的对原作负责。

为对目的语读者负责，杜博妮在每一部译作前都撰有详细的前言及译者序，介绍作品的创作背景、主题内容、文学风格、作者信息及对翻译的观点与感受。译文后一般列有术语表，统一对文中的特殊词汇进行解释，以方便读者查阅；译文还常常附有后记，进一步阐明译者自身对作者、作品以及翻译的看法。前言、译者序、术语表、后记都体现了杜博妮对翻译审慎认真的负责态度，有助于读者更好地理解原文及译者的翻译活动。杜博妮在翻译中还充分关注读者的阅读感受，对目的语读者有理解障碍的异质文化意象会进行解释性的归化处理，如上文中对“厌胜”“路道粗”

“红蛋”的翻译。当原文内容有意义和用法大致相当的对应英语表达时，杜博妮会适当采用英语惯用语进行翻译，例如将“人事真不可预料”译为“Man proposes, God disposes”，译文贴近目的语读者的表达习惯，能给目的语读者带来更为顺畅的阅读体验。

由此可见，杜博妮在翻译中对原作者、原作及目的语读者负责，其译者主体性深具“人文品格”。另外，原作者、原作及目的语读者也是译者主体性发挥的制约因素。在翻译过程中译者必须时时考虑原作、原作者以及目的语读者，考虑其对译者翻译活动的限制，不能只讲能动性，而忽视了译者主体性受动性的一面。译者的创造性如同空中的风筝，而原作、原作者、目的语读者等制约因素如同牵引风筝的绳线，一飞一拉，如此翻译的风筝才能顺利放飞。

在译者的翻译过程中，往往还存在另一种制约力量，即出版商。出版商常常对译者的翻译进行规定、审查和修改，制约着译者主体性的发挥。在杜博妮看来，虽然在翻译中出版商这一制约因素必然存在，但她反对出版商对翻译过多的干涉，主张译者在翻译过程中享有创作的自由和更大的翻译决定权。

杜博妮在《中国诗歌和小说的审查与自我审查》（“Cencorship and Self-cencorship in Chinese Poetry and Fiction”）一文中以自己在外文出版社任专职译员的经历为例，详细描述了出版社的文学作品翻译审查制度。杜博妮回忆在翻译王蒙短篇小说《春之声》时，编辑人员将其“杨子荣咏叹调”的译文“Yang Zirong's arias”改为“opera arias”，对此修改杜博妮有不同意见（McDougall，2003：210－212）。在她看来，保留原文“杨子荣咏叹调”的意象，将其译为“Yang Zirong's arias”，即使目的语读者不知杨子荣为何人，也不难从上下文语境中的“京剧”“锣鼓”等推测出“Yang Zirong's arias”属于京剧，读者的阅读理解并不会出现障碍，编辑的这种替换抹杀了原文文化特色词的含义和色彩。杜博妮认为“读者并不需要了解小说里每一个词的确切意思”（...readers do not need to understand the exact meaning of every word in fiction, whether in translation or not），编辑此举是对翻译的干涉。此外，杜博妮援引理查德·金（Richard King）的文章来说明出版社对文学译作的干涉。理查德·金曾将《上海文学》出版的朱林小说与朱林的手稿进行对比，发现出版社对作品进行了部分修改，对部分内容进行了删减，对一些情节进行柔化处理等（McDougall，2003：210－212）。

杜博妮反对出版社对文学作品过多干涉。在她看来，这样会导致文学作品变得平淡无趣、枯燥乏味，而且，许多有创造性和想象力、富于冒险精神的作家也开始倾向于保守写作，中国文学作品的质量会受到影响（McDougall，2003：211）。同理，翻译亦然，出版社对译者翻译作品的过多干预会影响译者创作的积极性，其能动性受限，必然会累及文学翻译作品的质量，中国文学翻译作品在海外传播的接受状况也会受到影响。为此，杜博妮呼吁要信任译者的专业能力，赋予译者更多自由，给予译者主体性发挥以更大的空间。

本节主要探讨了杜博妮翻译过程中所体现的译者主体性。可以看到，无论是在翻译的文本选择、文本解读还是文本表达阶段，作为翻译活动的主体，杜博妮的整个翻译过程充分体现着主体性的目的性、计划性、主动性、创造性等能动特点。同时，各个阶段的能动性也受到多种客观和主观因素的制约，具有受动性的一面。可以说，杜博妮的整个翻译过程是能动性与受动性的统一。

第四节　译者主体性之接受理论解读

译者作为翻译活动的主体，在翻译中可以而且应该充分体现其主体的本质属性，译者可以利用自身“本质力量”去影响、支配甚至控制翻译活动（王玉樑，1995：35）。杜博妮认为，译者可以发挥主体性对原文做出自己的解读与阐释。为何译者在文学翻译中可以充分发挥主体性？本节认为接受理论的观点可以对此做出解释。

接受理论又称接受美学，兴起于20世纪60年代后期，创始人为德国南部康士坦茨大学的教授汉斯·罗伯特·姚斯（Hans Robert Jauss）和沃尔夫冈·伊瑟尔（Wolfgang Iser），他们连同其他几位被称为“康士坦茨学派”的代表人物。接受理论直接源于解释学文论，也与现象学、存在主义和俄国形式主义有密切的关系。该理论强调读者的作用和地位，认为离开读者，任何文本都没有实际意义可言。特里·伊格尔顿（Terry Eagleton）指出，“文学作品并非存在于书架上：它们是仅在阅读实践中才能被实现的意义过程。为了使文学发生，读者其实就像作者一样重要。……没有读者就根本没有文学作品”（Eagleton，2004：65）。另外，不同的读者对文本会有不同的解读，因而文本意义不是固定、一成不变的。这种文论尝试了从读者理解与接受的角度研究文学的方法，建立了一套新型的文学理论，实现了西方文论研究从“作者中心”向“文本中心”再向“读者中心”的转向（朱立元，1997：271）。

长期以来，传统译论认为文本意义是客观存在的事物，具有确定性和一元性。译者只需抓取到原文固有的文本意义，将其忠实地用目的语表达出来即可。译者完成的工作仅仅是技术层面的语言识别和转换，不需要发挥创造性和译者主体性。原文和作者占据绝对中心地位，译者需顶礼膜拜于原作者，亦步亦趋于原文，充当原文和作者意图的传声筒。对此，接受理论有不同的观点。

在翻译活动中，译者具有多重身份，既是原文的“读者”，同时又是译文的“作者”。其中前者重点在于译者对原文的理解功能，后者重点在于译者对译文的表达功能（胡庚申，2004：13），即译者需要首先作为“读者”对原文进行解读，其次作为“作者”对解读的内容进行表达。在第一阶段，即译者充当读者理解原文这个过程，原文向译者提供有待具体化的意义潜势，而译者则根据自己的经验、审美、想象和前理解等来填补原文的“未定点”（spots of indeterminacy）和“空缺”（gap），与原文对话，调整自身既有视域（horizon），与原文的视域融合，使文本意义潜势向文本意义转化。在其后的第二个表达阶段，译者将具体化了的原文意义潜势用目的语进行阐释。在文学翻译中，这一阶段译者不仅要传达原作内容的基本信息，而且还要传达原作的审美意蕴。由此可见，无论是第一阶段的理解过程还是第二阶段的表达过程，都需要译者发挥主体性才能实现。另外，不同读者有着不同的“理解的前结构”，且个人经验、审美、心境等主观要素各不相同，因此在读者排除未定点、填补空白和文中图示化结构时，即在读者阅读的具体化过程中，这种具体化必然是因人而异的，绝不会存在对文本相同的具体化情况，文本意义具有不确定性和开放性。在译者获得文本意义之后的文本内容表达阶段，不同译者基于对文本不同的理解必然会创造出不同的译文，因而翻译也具有开放性，而非封闭的、唯一的。这为杜博妮的译者“乐团指挥”之喻提供了解释依据。

对于文学翻译活动中译者主体性的发挥，我们需要认识到文学翻译的独特性。译者在翻译文学作品时，不可能用目的语将原作的内容一字不动地搬到目的语文化语境中。正如胡开宝、胡世荣所指出的，“文学语言的符号是能指优势符号，具有返回能指性、情感性和伪指性。伪指性即文学语言符号用于描写再造的或虚构的事物。文学语言能指和所指之间不存在强烈的对应关系，表现为象征性、形象性和隐喻性等特点，文学文本因而存在诸多空白和未定性”（胡开宝、胡世荣，2006：11）。在文学作品的翻译中，上文所提到的翻译第一阶段的理解过程和第二阶段的表达过程充满着崎岖坎坷，译者需要充分发挥自身想象力和创造力，对原文进行剖析和重构。译者不同，其理解和表达各不相同，产生的译文也存在或大或小的差异。由此可见，文学作品的翻译为译者主观能动性的发挥提供了相当大的空间。

应当指出，虽然接受理论认为文本意义具有开放性和多元性，不同读者可对文本做出不同的解读，但这种多元性始终被限制在一定范围之内。读者的解读不能超越本书、离开文本。文本的开放性不代表原文可以被随意解读，文本的意义仍然具有不同程度的定向性，否则片面强调文本意义的多元性最终会让文本意义走向虚无。在翻译中，译者主体性的发挥终归要受到原文意义的引导和制约。译者主体性不等同于翻译的任意性，我们要充分认识到译者主体性始终存在受动性的一面。

另外，在理解原文的阶段，译者虽然可被视为原文的读者，可以对原文的意义潜势做出自己的解读，但仍与普通读者有所区别。译者是带有明确翻译意图和实施翻译任务的读者，其对原文的理解和表达会受到“源语文本的定向性、文本的确定部分以及阅读语境的制衡，而且还为翻译本质、目的语语言文化系统、赞助者、译本读者等因素制约”（胡开宝、胡世荣，2006：13）。可见，译者并不等同于普通读者。因此，虽然接受理论指明了译者在翻译中的能动作用，但我们不可机械套用接受理论的读者中心论来强调译者的中心地位，不可过度强调译者的能动性，而忽视了译者主体性的种种受动因素。

第五节　译者“应有更多权利”

在第三节的“文本表达”中，杜博妮提到了出版社对译者主体性发挥的种种限制，她反对出版社对译作的过多审查与干涉，主张译者在翻译中拥有更大的决定权。此外，杜博妮还主张进一步增加译者的其他权利，以便更好地彰显译者在翻译中的主体地位。

> 中国的出版商有责任提高中国文学英译作品的质量。在此我呼吁：
>
> 出版商作出正式承诺，将提高译者地位纳入其使命之中；
>
> 想要实现这一目标，出版商应在每一出版物的封面和标题页署译者名；
>
> 当作品封面或书中出现作者资料时，译者的相关信息也应一并进行介绍；
>
> 只要有可能，每一部翻译作品都应有译者所作的前言，以及译者的其他作品列表；
>
> 翻译作品的评论工作应由有资格的文学翻译家承担。（McDougall，2007：26）

杜博妮指出，出版商应致力于提高译者的地位。为达到这一目标，首先出版商应在翻译作品中署译者名。这也是韦努蒂强调的译者要从“隐形”走向“显形”的重要条件之一。译者是译作的作者，应该享有译作的署名权。韦努蒂明确指出，“译者必须修正造成译者被边缘化和被剥削的各种规范，包括文化规范、经济规范和法律规范。译者可以通过开创变革性的翻译实践，使作品在读者面前显形，并在序言、文章、讲座和访谈中为这些实践提出精深的理论依据，以此修正把翻译贬低到英美文化边缘的个人主义著作权观。……译者在谈判时最好坚持与翻译文本的著作关系。他们应该要求合同将翻译定义为有‘著作权的原创作品’，而不是‘雇佣作品’，以译者的名义取得译作的著作权，取得与作者同等标准的经济待遇，即获得版税预付款，并享有销售利润的附属权份额”（Venuti，2004：311 -312）。译者对翻译作品署名权的主张是译者的正当权利，也是其地位提升的必然要求之一。

其次，杜博妮还认为当译作中介绍原文作者信息时，也必须附上译者的信息，而且译作还应附有译者的序言及译者其他翻译作品的介绍。

再次，对于翻译作品的评介，应由有资格的文学翻译家来承担。这一点尤其应引起人们的重视。杜博妮指出，当前许多译评由不懂源语、未读原著的文学界人士撰写，评论者往往单纯从翻译作品的阅读感受出发，忽视对原文的考察，如此译评难免失之偏颇，有流于主观和片面之嫌，而这些有影响的国际译评“主导着欧美文化语境中跟阅读翻译作品相关的舆论，影响并塑造着目标读者的阅读选择、阐释策略及价值判断”（刘亚猛、朱纯深，2015：5）。对许多依靠译评来挑选翻译作品进行阅读的大众读者来说，失之偏颇的译评往往会起到误导作用。以翻译家葛浩文为例，葛浩文是美国著名的汉学家和翻译家，译有莫言、姜戎、苏童、毕飞宇等作家的多部作品，是“公认的中国现当代文学之首席翻译家”（夏志清，1996：5）。美国著名小说家约翰·厄普代克（亦有学者译为“约翰·厄普戴克”）（John Updike）曾在《纽约客》（*The New Yorker*）杂志上发表长篇书评《苦竹》（“Bitter Bamboo”），对葛浩文的莫言小说《丰乳肥臀》和苏童小说《我的帝王生涯》的英译本进行评论。对于葛浩文译作中的“So it was a certainty that Duanwen was now licking his wounds in theresidence of the Western Duke, having found safe haven at last”（原文：“几乎可以确定，端文现在滞留于西王府邸中舔吮自己的伤口，他终于找到了一片相对安全的树荫”），厄普代克认为葛浩文使用了英语中“lick wounds”的惯用表达，认为“英语里的陈词滥调好像太过令人厌倦了”。对此，葛浩文有不同的看法，他反驳道“他（指约翰·厄普代克）不懂中文，凭什么批评翻得好不好？所以他能提出的唯一的例子是‘舔吮他的伤口’，认为是滥套。对他而言，这在英文里是个陈腔滥调，但中文原文就是这么写的，他无法对照苏童原文，以为我用了什么滥套把苏童小说译坏了。其实，我并不觉得这是什么滥套，他不过是吹毛求疵”。而且“香港某读者看了厄普戴克的书评，照单全收，写文章质疑我的翻译。我不敢自大说我的翻译绝对完美，但我不懂这位读者为什么相信厄普戴克说的就一定是对的”（舒晋瑜，2005：2）。葛浩文还批评了约翰·厄普代克在文学批评上所持的欧洲中心论，他指出“这位酸老头的基本心态是欧洲中心，用非常狭隘的、西方的文学标准来衡量中国文学。一旦发现有不同之处，并不认为是中国文学的特色，而是贬为中国文学不如西方/欧洲文学”（舒晋瑜，2005：2）。我们可以看出，对于因不懂原文而对翻译作品进行的有失公允的评价，以及由此对读者造成的影响，杜博妮所提出的应该由“有资格的文学翻译家”来承担译作评论工作具有相当的必要性。

关于译作的批评，翻译家格雷戈里·拉巴萨（Gregory Rabassa）（2005）曾指责许多译评家是“翻译警察”和“吹毛求疵的学者”，指他们仅关注翻译中微观层面的错误，而忽视译本的文学价值。文学翻译家在撰写译评时，需要以审慎的态度对待翻译作品，要注意分析原文的语言特征和主要思想，以及译者所采用的翻译策略和方法，并阐述译文在目的语文化中的地位和影响。其中，对于翻译是否忠实准确这一关键问题，译评者尤其应全面考察，不能片面而定，必须综合考虑译者的翻译思想、翻译目的、目的语社会文化语境以及翻译作品的目的语读者群。韦努蒂的观点也许能给我们一些启示，“对翻译的评论不应根据现在流行的潜在准则对其准确性进行评价。评论者应该考虑译者在其作品中设定的准确标准，应根据当时目的语文化中外国文学的标准，来评判翻译或出版原作的决定”（Venuti，2004：312）。

第六节　小结

本章主要探讨了杜博妮译者主体性思想以及杜博妮有关译者地位的观点。

译者主体性是译者作为主体在翻译实践活动中所具有的本质属性，最突出的特征是译者的主观能动性，即译者在翻译活动中可以发挥主动性、自主性、创造性、想象力去影响、支配原文，完成翻译任务，实现自身的翻译目标。主体的能动性只是主体本质属性的一方面，主体能动性的发挥要受到包括客体在内的种种因素的制约，因此也具有受动性。主体性是能动性与受动性的有机统一。同理，译者主体性既会受到客观因素如原作、目的语文化系统、目的语读者等的制约，也会受到主观因素的限制，如译者自身的双语水平、文化和审美结构等。杜博妮的译者主体性就是这种能动性与受动性的结合。在翻译选材上，杜博妮主要基于对文学作品的欣赏与喜爱，体现出自身的审美要求和文化意识，但有时其文本选择也会受到出版社的限制。解读文本时，杜博妮充分发挥主动性和创造性去挖掘原文的思想内容、文学内涵、审美意蕴和创作背景，考察作者的文学态度、艺术追求等，但译者这一能动性的发挥必须以原作为基础，同时也受制于译者自身的知识、文化、审美水平。表达文本时，译者应充分发挥语言、文化、审美上的创造性，同时也需考虑原作者、原作、目的语读者以及出版商的要求。

为深化对译者主体性的理解，本章基于接受美学理论，论证了译者在文学翻译中充分发挥主体性、对作品进行解读与阐释的合理性。当译者首先作为读者对原文进行理解时，译者需要结合自身的前理解、审美、经验等对原文中的“未定点”“空白”“空缺”进行填补，调整自身“视域”，争取与作者达到尽可能多的“叠合”，使得文本意义“具体化”。不同读者有着不同的前见、经验、想象等，因此对文本的“具体化”必然各不相同。在译者作为作者进行文本表达时，译者将具体化了的文本潜势通过目的语进行阐释，表达必然存在差异。因此，翻译具有开放性。译者在翻译过程中需要充分发挥主观能动性对原文做出自己的解读与阐释。虽然文本意义具有不确定性，但译者对文本的解读不能完全脱离文本。文本如同意义的“内核”，译者仍需遵循文本构成过程中的形式结构、审美特点等对文本意义进行解读与把握。因此，译者发挥主体性必须以原文为基础，尊重原文。译者作为特殊的读者，其对文本的解读与创造还受到目的语文化系统、目的语读者、赞助人等多种因素的制约。我们必须充分认识到译者的主体性还有受动性的一面。

杜博妮还就译者地位的进一步提高提出了一些建议，认为译者应享有更多的权利，如翻译作品的署名权，在翻译作品中介绍译者信息以及译者其他翻译作品信息，翻译评论应由有资格的文学翻译家来撰写等。

可以看出，杜博妮强调译者的主体地位，主张在翻译中充分发挥译者主体性，呼吁译者在翻译过程中享有更大的主体性发挥空间以及更多的自由与权利。

第四章
杜博妮的读者观
——文学翻译的“快乐原则”

法国作曲家查尔斯·卡米尔·圣桑（Charles Camille Saint-Saëns）曾说：“失去听众的自我讴歌，也许算不上音乐。”失去读者的文学作品也是如此。离开读者，作品也就谈不上被人接受与产生效应。杜博妮十分关注翻译的接受主体，目的语读者的特点及其接受情况一直是其翻译考虑的重要因素之一。本章着重论述杜博妮在翻译时对读者因素的重视，探讨杜博妮有关读者的思想。

第一节　文学作品和文学译本的读者

无论是文学作品还是文学译本，其目的都是让人阅读，故而都离不开读者。无论是对文学作品的批评、评价还是对文学作品的翻译，都需要对读者进行考量与关注。然而，长期以来，人们在评价一部作品时，更多的是使用“文本中心论”或“作者中心论”的传统批评方法。人们认为，作者创造了文本，因此，对一部作品的批评，理所当然应该紧紧围绕“文本—作者”的模式展开，脱离这种模式的其他方法都是无意义的（胡安江，2003：51）。以传统的阐释学为例，这一文论认为阐释的目的是要回到作者的本意，因此它要求解释者超越历史环境的影响和制约，以期达到完全不带主观成分的透明的理解（胡安江，2003：51）。可见，这一理论将作品置于真空环境中，以作者为中心，强调对作品本书进行内部阅读，较少关注文学作品产生的历史文化语境、读者阅读感受抑或是读者对作品的影响。

20 世纪西方哲学发生了语言论转向，从认识论的主体哲学转向了语言论的解释哲学。这一转向使人文科学摆脱了科学主义的统治。主客体的二元对立关系被消解，变成了主体与主体间的对话关系。这一转向使西方文论从作者中心论转向文本中心论，后又由文本中心论转向读者中心论（金元浦，2002：67）。兴起于 20 世纪 60 年代末的接受美学即“读者中心论”范式下的一种理论潮流。接受理论充分重视读者的作用与地位，认为以往的作者中心论和文本中心论文学批评模式“割断了文学作品与读者的联系，没有考虑读者的能动的参与作用，将艺术作品误解为与读者无关的客观存在”（曹英华，2003：100）。事实上，一部作品被创作出来即呼唤读者的阅读，渴望与读者对话，“作品本身仅仅是一种人工的艺术制品（artifact），只有被读者印入脑海，经过领悟、解释、融化后再生的艺术形象，才是真正的审美对象”（张廷琛、梁永安，1989：33）。接受理论在文学研究中将作品与读者的互动关系置于首位进行考察，充分承认读者对于文学作品本意、审美价值和历史地位的重要作用。该理论认为，一部作品如果缺少读者的积极解读和阐释是没有任何价值和意义可言的，而且“作品之所以成为作品，并作为一部作品存在下去，其原因就在于作品需要解释，需要在多义中‘工作’”（姚斯、霍拉勃，1987：19）。文本被创作出来之后，在读者进行阅读之前，其意义是不确定的，充满了各种“空白”、“空缺”和“未定点”，读者可以发挥主动性和想象力对文本进行解读，将文本意义潜势“具体化”。不同的读者可对同一文本做出不同的解读，同一读者在不同时期甚至也可能对文本做出不同的阐释。这种意义诠释的开放性赋予了文本无限的生命力，文学作品的历史生命离不开读者的积极参与。

与此相似，美国学者奈达的功能对等理论也提出要重视读者因素，他认为翻译不应追求文字表面的对等，而应要求译文读者对译文的感受与原文读者对原文的感受大致相当（Nida，2004：24）。可以看出，翻译评价的标准已不再局限于译文与原文形式上的对等，而是重视读者对文本的反应，即追求译文的交际效果。虽然功能对等理论在翻译实践中往往难以把握，但奈达对译文读者反应的重视可看作对传统翻译理论的一个突破。英国翻译理论家纽马克曾提出文本类型翻译理论，他按照文本的功能和目的将文本分为表达功能型文本、信息功能型文本和呼唤功能型文本。其中表达功能型文本“以作者为中心”，强调作者的权威；信息功能型文本强调文本思想内容的“真实性”；而呼唤功能型文本则是“以读者为中心”，把读者的阅读感受放在首要位置，强调文本的可读性，讲求通俗易懂，通知、告示、宣传手册、通俗文学等都属于这一范畴（Newmark，2002：12－15）。

中国的翻译理论，如严复的“信、达、雅”，鲁迅的“忠实、通顺”和“求其易解，保存原作丰姿”，傅雷的“神似”，钱钟书的“化境”，林语堂的“忠实、通顺、美”，许渊冲的“三美三似三化”等，虽然主要从艺术的角度提出翻译的标准和境界，没有直接点明读者对作品文本意义的影响和读者历史地位的重要性，但大多要求翻译通顺晓畅，要保存原作的风味意蕴，而对于译作的这些评判离不开读者的参与。只有符合读者阅读习惯的译文才能称为通顺晓畅，对译作风味的判定也需要读者来完成。由此可见，这些翻译理论仍然强调读者的阅读感受，以及读者的反应对于文本的价值。

在翻译活动中，虽然文学译本不由读者创作，但读者作为翻译过程的主体之一，对翻译活动和翻译作品有着重要影响。总的来说，读者的重要性主要可以归纳为以下三方面。

首先，文学译本的读者不是作品的被动消费者，而是翻译活动的“接受主体”和“审美主体”（赵小兵，2011：54）。正如接受理论所指出的，读者对于作品的意义、价值和历史地位有着重要影响，离开了读者，作品也谈不上被人接受、鉴赏和产生效应。正是由于有了读者的关注，特别是来自异域读者的关注，一部作品才显现出特有的影响力和生命力，作品的生命力就体现为读者的主动接受和潜移默化地被教化，读者对作品的阅读，仿佛实现着将作品中蕴含的能量向人身上转移与再生（赵小兵，2011：58）。可以说，是读者赋予了文学作品永恒且历久弥新的品质。

其次，译文读者影响译者的翻译过程。文学翻译作品想要获得成功，译者必须观照其目标读者群体，了解其实际情况，满足其阅读需求，使译本具备可读性和可接受性。具体来说，译文读者对翻译行为的影响包括：译文读者的社会背景对翻译选材的影响，译文读者的美学标准对翻译语体风格的影响，译文读者的价值标准对翻译思想内容的影响，译文读者的阅读习惯对翻译形式的影响（周兰秀，2007：111～112），因此，在翻译中译者必须对目的语读者的具体情况进行全面把握，照顾到读者的阅读习惯和阅读需求，根据读者的状况灵活处理源语和目的语之间的语言差异和文化冲突。但需要指出的是，译者对目的语读者的观照应避免走入极端，迁就译语读者只是读者观照的一个方面，另一方面是致力于向读者输入新的、异质的文化思想，引导读者接受新文化，两方面的完美结合才是对读者观照的完整理解（赵小兵，2011：57）。译者在保证译文可读的前提下，可以留给读者一些阅读和想象的空间。

最后，在文学翻译活动中，读者并非孤立存在的个体，而是与原文作者和译者紧密相连的。在翻译过程中，原文作者—原作—译者—译作—读者构成了翻译活动的整体。这一过程始于原作者的创作，终结于译文读者的阅读。原文作者是作品的创作主体，译者则是原作的阅读、诠释主体，同时又是译作的创作主体，读者则是译作的接受主体和审美主体。原文作者、译者与读者在翻译链条中紧密联系，离开了原文作者的创作，译者的翻译无从谈起；离开了读者，译者的翻译则失去了价值。可见，作者、译者与读者共同作为翻译活动的主体，缺一不可。三者相互关联，相互作用，形成了和谐的主体间的关系，即翻译的主体间性。读者在这一关系中占据重要一环，不能不引起人们的重视。

第二节　读者分类及各自特点

一　中国现当代文学作品的读者分类及其特点

对于中国现当代文学作品的读者，杜博妮称其为“想象的读者”（imaginary audiences）（McDougall，2003：5）。之所以是“想象的读者”，原因在于读者——这一文学作品的服务对象长期以来未被明确。杜博妮指出：

> 从 20 世纪 50 年代到 90 年代，甚至之后相当长的一段时间内，文

化官员（指中国政府文化部门官员，笔者注）决定着出版的文学作品及出版的数量。不管是政府官员还是作者自己，都没有去考虑圈子之外的读者群体。（McDougall，2003：4）

读者因素在这一时期一直受到忽视，中国政府文化部门对作品出版事宜拥有主导权和决定权。杜博妮还补充道，尽管在20世纪80年代后期中国开始有一些小规模的读者习惯调查活动，但是对于系统研究而言，这些调查仍显不足（McDougall，2003：4）。对于读者信息的空缺，研究者们只有依靠观察来进行推断和填补，因此是“想象的读者”。

所以，基于有限的、可获得的资料和自身的经验判断，杜博妮将中国现当代文学作品的读者按时间顺序分为四类（McDougall，2003：4）。

20世纪50年代至80年代末，主要的读者是知识青年（educated youth），其次是文学界人士（literary circles），主要包括编辑、批评家、学者等专业读者。这一类读者与第一类的知识青年读者相比在文学作品出版事宜上拥有更大的权利，其阅读反应直接关系到作品能否出版、出版数量以及出版的效果，因此作家们会格外留意此类读者的需求与反馈。这两类读者组成了这一时期中国文学作品的主要阅读群体，占人口绝大多数的普通大众则不属于此范畴。

20世纪70年代末至90年代，中国现当代文学作品又新添两类国外读者：作为第三类读者的西方汉学家、学者和海外中国读者，以及第四类国外普通读者。杜博妮指出，尽管第三类读者与作者所处的社会不同，社会、历史、文化等背景有着诸多差别，但在文学认知上与作者有许多共同点，能较为深刻地领会文学作品所传达的精神（McDougall，2003：5-6）。作为第四类读者的国外普通大众是一个特殊的读者群体，他们受文学评论家和学者的影响较大，阅读主要是出于兴趣，不在乎作品的国别和年代，其阅读选择主要参考畅销书排行榜、学术著作和文学评论。尽管改革开放后中国现代文学作品在国外的传播有了一定改善，但国外普通读者的接受情况仍不尽如人意，这也是目前中国文化“走出去”战略亟须反思和改进之处。

二 翻译作品的读者分类及其特点

针对中国现当代文学作品的译介情况，杜博妮进一步对文学翻译作品的读者进行细致划分，这一分类可方便我们在翻译活动中更好地观照读者。

在杜博妮看来，20 世纪下半叶在中国官方主导的文学作品英译活动中，组织者过分关注“专业读者”（professional readers），而忽视了“真正的读者”（actual readers）（McDougall，2007：23）。“专业读者”包括出版商和编辑、文化官员、审查员、刊物评论员，以及编写教科书和课程的学者。这类读者的影响力较大。他们不仅能决定哪些译作能进入市场，而且在很大程度上决定着译本对读者的影响。然而，杜博妮认为这些“专业读者”并不能完全代表中国文学作品英译的真正读者，真正的读者包含但不限于上述读者。

杜博妮从自身经验出发，将中国文学作品英译的“真正读者”划分为三类：①有志于了解中国，特别是对中国文化抱有兴趣的英语读者，她称为“忠诚读者”（committed readers）；②学习英语的汉语读者、研究文学和翻译的英语或汉语专业人士、文学批评家，即“兴趣读者”（interested readers）；③对文学价值有普适性期待的英语读者，即“公允读者”（disinterested readers）（McDougall，2007：23）。前两类读者拥有较多相似点——对中国抱有兴趣，作为读者富于耐心，能够包容翻译中的错误，他们被杜博妮统称为“受制读者”（captive readers）。

杜博妮的读者分类思想可以在英国翻译家西奥多·萨瓦里（Theodore Savory）提出的“读者分析法”（reader-analysis）中找到共鸣。在萨瓦里看来，不同读者水平不一、爱好不一，且阅读或使用翻译作品的目的也不尽相同。译者有必要考虑到不同读者类型，相应为其提供不同的译本，这就是“读者分析法”。萨瓦里将译文读者分为四类：第一类是对源语一无所知的读者，他们的阅读主要是出于对异国文学的好奇或是文学上的喜好；第二类读者是学习源语的学生，他们阅读译文的部分原因是希望借助翻译来了解源语国家的文学；第三类是过去对源语有所了解，而后来又遗忘了的读者；第四类读者是精通源语的学者。萨瓦里认为，每一类读者都有着不同的阅读目的，其阅读目的的实现需要译者采取不同的翻译方法。在他看来，第一类不懂源语的读者青睐较为灵活的翻译，译文需流畅易懂，能满足读者的好奇心。当翻译面对学生读者时，译者最好逐字翻译，以使他们掌握源语语言不同结构的含义，以及一些生僻字的使用方法。面向第三类曾掌握源语的读者时，译文不妨略带一些翻译腔，这能使读者回忆起曾经学习源语的经历，唤起其对源语的熟悉感觉。第四类读者则偏爱学术化、规范化的翻译风格，他们对译文的评判也往往更为严苛（Savory，1960：57－59）。

杜博妮的读者分类与萨瓦里的读者分析有着诸多共同点，比如都以读者对源语语言的了解程度来划分读者类别，对读者类别特征的分析大致吻合等，但杜博妮的分类更有针对性（面向汉英文学翻译）、更为简洁实际，比如在翻译时人们很难将目标读者细化圈定为学习源语的学生，或是过去懂得源语但后来又遗忘了的读者。将译文读者分为对源语语言和文化有一定了解的“受制读者”和对源语了解较少的“公允读者”显然更为合理、更合乎现实情况。

在划分读者类别之后，杜博妮提出译者应重视不同读者的特点，翻译中应考虑到读者的差异。她强调：

> 相比起归化的译文，“受制读者”一般更青睐富于异国情调的翻译。对于以原作为导向的翻译作品，这一群体中的“专业读者”要么根本没意识到存在异化之处，要么对这种异化持欣赏态度。（McDougall，2007：23）

可以看出，前两类读者，即“受制读者”更倾向于以原文为导向的异化翻译。他们属于韦努蒂所说的“受过良好教育的精英读者”，欣赏异化翻译这种“小众化翻译”（minoritizing translation）（Venuti，1998：102）。然而，这两类读者并不能代表所有读者群体。第三类读者——“公允读者”的数量最为庞大，但是却一直被国内出版社所忽视，其需求尚未得到很好的满足（McDougall，2007：23）。

杜博妮指出，要想在“忠诚读者”和“兴趣读者”之外扩大读者群，增强中国现当代文学的国际影响力，那么势必要重视“公允读者”（McDougall，2007：23）。中国翻译协会秘书长、外文出版发行事业局前副局长黄友义先生在2015 年于广东外语外贸大学举办的“第三届全国翻译学博士论坛”的开幕式致辞中也提到，“中译英（文学作品）的国际受众正由少数专家变为普通大众”。因此，我们有必要了解此类“公允读者”的特点，重视其阅读习惯，满足其阅读需求，如此才能进一步提高我国文学作品在海外的受欢迎程度和影响力。

对于“公允读者”，杜博妮较为详细地分析了其特点。首先，相比起译文的具体内容，“公允读者”更看重译文的可读性和风格。他们寻求的是理解，而非作品的信息。这类读者不会对照汉语原文来考察译文是否忠实可靠，但可能会比较译自汉语的英语翻译作品与译自其他语言的英语作品。其次，“公允读者”是有经验的文学读者。他们习惯作品的陌生场景，并能从字里行间获取意义。另外，“公允读者”敢于冒险，对他国文化抱有好奇心，知识较为丰富。他们喜欢挑战新鲜事物，相信世界上的人和事合中有异，异中有合。最后，“公允读者”阅读时不太喜欢借助脚注，他们一般借助网络检索来排除阅读中的障碍，但希望翻译作品有引言或术语表来帮助自己构建阅读语境（McDougall，2007：23）。

由此可见，“受制读者”与“公允读者”在阅读目的、阅读方式、期待视野、阅读需求等方面都存在显著差异，前者所喜爱的以原文为导向的异化翻译必然也不完全适用于后者。正如韦努蒂所指出的，“大众的审美意趣是追求文学中所表现的现实主义错觉，抹杀艺术与生活的区别，他们喜欢译文明白易懂，看上去不像是翻译而来的”（Venuti，1998：19）。鉴于这两类读者的显著区别，译者在翻译过程中有必要根据具体的目标读者群选择合适的翻译策略。鲁迅先生曾将中国的读者分为三类：“甲，有很受了教育的；乙，有略能识字的；丙，有识字无几的。而其中的丙，则在‘读者’范围之外。”对于甲乙两类不同读者，他认为“供给甲类读者的译本，无论什么，我是主张‘宁信而不顺’的……我还以为即使为乙类读者而译的书，也应该时常加些新的字眼，新的语法在里面，但自然不宜太多，以偶尔遇见，而想一下，或问一问就能懂得为度。必须这样，群众的言语才能丰富起来”（蒋骁华、张景华，2007：43）。由于时代背景以及具体读者类型的差异，我们不必照搬鲁迅先生的翻译方法，但这种区分策略无疑可以给我们带来一些思考。

第三节　文学翻译的“快乐原则”

快乐是一种积极的情绪反应，一种愉悦的心理感受。哲学家萨姆纳（Sumner）把这种情感描述为一种活力、有效、轻快的感觉，像是一种令人欢呼和微笑的心境（李小新、叶一舵，2010：167）。“快乐原则”（pleasure principle）最早由奥地利心理学家弗洛伊德提出，指为满足生理或心理需求而寻求快乐、避免痛苦的本能机制（Synder and Lopez，2007：147）。“快乐原则”与弗洛伊德人格结构理论中的“本我”紧密相连。作为人格中与生俱来的、最原始的无意识结构部分，“本我”没有是非观，不理会社会道德，具有非理性的特点。“本我”遵循“快乐原则”，依照本能、冲动和欲望去寻求快乐，包括生理快乐和情感快乐等。

“自我”是弗洛伊德所提出的人格心理的另一组成部分，是人格中有意识的一部分。在人较为成熟的阶段，追求快乐的本能会为人的理性经验所削弱。“自我”遵循社会、历史的现实原则（reality principle），对“本我”的欲望、本能和快乐取向进行控制和调节，确保人在现实的约束下行事，同时这种控制与调节也是对活动主体的一种自我保护。正如弗洛伊德所说：“……认为快乐原则在心理过程的全部进程中占据支配地位，这种说法严格地说是不正确的。如果这种支配作用存在，那么我们心理过程的绝大部分就必定伴随着快乐，或者会导致快乐，而普遍的经验则与任何这类结论相悖。因此，人们充其量只能说，在心灵中存在着一种朝向快乐原则的强烈倾向，但是这种倾向却受到某些力量或情况的反对，这样，最后的结果不可能总和朝向快乐倾向相一致。……从有机体在外部世界的困境之中进行自我保存这个观点来看，（快乐原则）一开始就是无效的，甚至是高度危险的。在自我的自我保存本能的影响下，快乐原则便被现实原则所取代。”（弗洛伊德，2004：7）

弗洛伊德认为人格中还有更为复杂的“超我”，它位于人格结构的最高一层，是道德化的“自我”。“超我”主要遵循道德原则（morality principle），对“本我”进行抑制，对“自我”进行监控，“将现行规定的道德行为准则作为惩恶扬善的标尺”（梁亚敏，2016：69）。如此，遵循“快乐原则”的“本我”、遵循现实原则的“自我”和遵循道德原则的“超我”构成了人的完整人格，这些人格彼此关联，又相互制约，外在表现为人的种种心理活动。

具体到“快乐原则”，因其与“本我”密切相关，表明人生来就有追求快乐、寻求满足、避免痛苦的本能。这种本能是人最早、最为原始的天性，存在于人的潜意识中，是人的“一切心理能量之源”。这种快乐主要体现为“直接的满足、快乐、欢乐（消遣）、接受、没有压抑等”（刁永康，2011：8）。

杜博妮将“快乐原则”引入文学翻译的范畴。作为文学作品的读者，追求阅读的快乐是读者的天性和本能，是读者的必然要求。在杜博妮看来，文学作品的阅读过程应是充满乐趣的，“读者阅读的首要动机和目的是获得阅读的快乐”（McDougall，2007：22）。弗洛伊德在谈到文学阅读时，也强调文学作品所给予的快乐，“我们称这种快乐为‘额外刺激’（incentive bonus）或‘前期快乐’（fore-please）。向我们提供这种快乐是为了使产生于更深层精神源泉中的快乐的更大释放成为可能。在我看来，所有作家向我们提供的美学快乐都具有前期快乐的特征。富有想象力的作品给予我们的实际享受来自我们精神紧张的消除。甚至有可能是这样，这个效果的不小的一部分归功于作家使我们开始能够享受自己的白日梦而不必自我责备或感到难为情”（弗洛伊德，2001：108）。然而，对于文学翻译作品的读者是否一定能获得这种“前期快乐”，杜博妮持怀疑态度。她认为“阅读文学作品，原文读者能领会到美学、怀旧和思考所带来的乐趣，能抒发和宣泄情绪，好奇心会被激发进而得到满足，自身的一些观念也面临挑战或是确认，而生活在不同文化背景下的目的语读者却不一定能完全体验到这种种快乐”（McDougall，2007：22）。因此，杜博妮强调，译者应关注读者的存在，重视读者的阅读体验，文学翻译的首要目标应是给读者带来愉悦的享受（McDougall，2007：22），这就是文学翻译的“快乐原则”。

英国著名诗人菲利普·拉金（Philip Larkin）曾明确指出，“（读者）是否的的确确能从所读的诗歌中得到享受？如果不能，那么继续阅读这种诗歌的意义何在？”“如果诗人失去了为寻求快乐而读诗的读者，他便丢失了最值得拥有的读者。”（拉金，2015：210～211）杜博妮同样重视文学翻译中译文读者的阅读快乐。她强调，翻译应重视读者的阅读感受，使其获得阅读的快乐。读者群体不同，需求也不同，兴趣点也各有差异。译者在翻译过程中应根据具体的读者群选择合适的翻译策略，满足不同读者的阅读需求，使其阅读过程充满乐趣，实现文学翻译的“快乐原则”。

需要说明的是，杜博妮的文学翻译“快乐原则”并非一味地强调翻译要迎合读者的趣味，或是牺牲原文意义去满足读者的喜好，而是主张翻译要在读者心中唤起情感上的共鸣，要能感染、打动读者。具体到翻译中，杜博妮并未忽视对原作的尊重，事实上“快乐原则”重视读者阅读感受的同时也强调对原作忠实。下文我们将会对此进行详细说明。

一　重视读者阅读快乐的重要性

重视译文读者的阅读快乐，不仅是读者阅读活动的必然要求，而且有助于提高译文的质量和接受程度，而译文质量的好坏和接受程度的高低则与中国文学作品在海外传播的顺畅程度密切相关。

对于中国文学的翻译作品在国外的传播情况，杜博妮曾援引外文出版发行事业局前副局长黄友义先生的论述：“外文社出版的英译书，能有5000册的销量就是一个‘持平点’，能达到1万册就会被认为巨大的成功，而且一般只有经典文学才能达到这个销量，英译的现代文学作品经常连这样低的指标都达不到。”（McDougall，2014：56）国外通常销量较高的是“《孟子》、《道德经》、《孙子兵法》等诸子的论述”作品（鲍晓英，2013：65）。杜博妮也提到《中国日报》的报道：“近些年中国文学作品没有在英国产生重要影响，没有一本书进入2010年新书出版排行榜的前250名，甚至或许没有一本能进入前2500名。英美两国100家独立出版机构接下来秋季要出版的新书中，翻译作品有500余本，只有17本译自中文。除1本是当代作家作品外，其余均为经典唐诗以及儒家经典作品的重译。”（McDougall，2014：56）可以看出，中国现当代文学作品在西方的译介与传播明显弱于中国古典作品，影响力和受重视程度不足，局面可说是“冷冷清清”（杨四平，2014b：47）。金介甫、葛浩文等汉学家也指出，“自 80 年代末以来，西方媒体和普通读者对中国小说普遍缺乏兴趣，英译中国文学常被看作了解中国历史、政治和社会的窗口，而作品的文学性则很少受到关注”（马会娟，2013a：69）。

通过以上论述，中国现当代文学作品在国际市场上所处的困难局面可见一斑。这种困境的原因是多方面的。首先，中国现当代文学及中国作家自身存在一些问题。由于中国文学长期以来遵循“文艺为人民服务，为社会主义服务”的创作原则，中国现当代文学作品在具备文学性之外，往往还有着较为突出的政治功能。许多中国作家不懂外语，其创作缺乏国际视野，“一些中国当代作家甚至没有很好掌握汉语语言和文学创作的传统，作品中的句子结构、意象、暗指等质量一般，用词拖沓烦冗，在细节上还需要反复打磨”（Goldblatt，2000：26－27）。其次，中国现当代文学海外传播与接受的困境与西方迥异的文学传统不无关系。杜博妮曾指出，英美国家素有“反智主义”（anti-intellectualism）传统（McDougall，2003：38）。这种思想在文学上体现为反对文学的教育功能、文学是为了启蒙大众的观点，强调文学的独立性和无功利性。这种文学传统无疑与中国自古以来提倡的“文以载道”，以及当代倡导的“文艺为政治服务”的观点相左。因而，不难理解为何西方读者难以适应中国文学作品中的“冗长说教”。再次，中国现当代文学作品的传播受阻也和一些西方读者的意识形态因素不无关系，“一些西方学者对中国文学特别是现当代文学带有偏见”（马会娟，2013a：69）。

最后，也是本章所要着重强调的，中国现当代文学作品在翻译上存在诸多问题。对于中国现当代文学作品的翻译现状，杜博妮指出：

> 过去三四十年中国当代文学作品的英译，无论是由中国译者译的，还是外国人译的，无论是在中国国内出版还是在国外出版，可以说都没有取得很大成功。翻译的作品数量不多；被选择进行翻译的中国文学作品本身不一定受目的语读者欢迎（尤其是英语母语读者）；市场有限；翻译质量存在严重问题，其中甚至包括一些知名出版社出

版的翻译作品。(McDougall, 2014: 56)

杜博妮认为，中国当代文学作品海外传播“没有取得很大成功”的原因包括翻译作品的数量不多、市场有限、翻译选材及翻译的质量存在问题等。作为个体的译者，调节中国对外翻译作品的总体数量以及拓展海外市场也许不太现实，但译者可有效控制自身的文本选材以及翻译作品的质量。译者应充分重视目的语读者，特别是大众读者，即杜博妮所说的“公允读者”的阅读喜好，选择能吸引其阅读兴趣的中国文学作品；了解其表达习惯和阅读期待，在翻译中考虑到目的语社会的文学传统和读者的文学意识，采取合适的翻译策略，弥补源语与目的语之间语言和文化上的隔阂，保证译文质量，使译文能给读者带来阅读上的享受。读者的阅读过程应是一次美妙的心灵碰撞之旅。正如杜博妮在一篇文章中所强调的：

> 译者和出版商应该谨记，“公允读者”并没有义务阅读他们的翻译作品；自愿阅读文学翻译作品的读者都应该被仔细珍惜和细心对待。(McDougall, 2007: 26)

概言之，译者必须重视读者的阅读快乐，一方面，不仅符合读者的内在要求，以及译者和出版商的长期利益；另一方面，只有读者获得良好的阅读体验，才有可能解决中国现当代文学作品在译介传播上存在的一部分问题，才有可能使之成为受目的语读者欢迎的翻译作品。唯有如此，作品才能拥有生命力，得以广泛传播，才有可能拓展中国文学作品的海外读者群体，改善目前中国文学作品英译在国外遇冷的现状，提高中国文学在国际上的知名度和影响力。

二 接受理论视域下的“快乐原则”解读

杜博妮提出文学翻译的“快乐原则”，她重视文学翻译的读者，重视读者的阅读体验，认为文学翻译必须给读者带来阅读上的享受，要能打动读者。她将目的语读者划分为三类——“忠诚读者”、“兴趣读者”和“公允读者”，并且认为不同读者对翻译作品有着不同的阅读期待和审美要求：前两类“受制读者”喜欢带有异国特色的异化翻译，后一类读者追求译文的通顺流畅、易读易懂。译者应重视不同读者群体的差异，在翻译中照顾到目标读者的阅读需求，使其阅读过程充满乐趣。另外，杜博妮还强调要信任读者自身的阅读能力。她指出“公允读者”是有经验的文学读者，喜欢冒险且习惯文中的陌生场景。译者在翻译中应信任读者的经验和判断，不能过度翻译，以至于剥夺读者阅读的新奇感。本节认为接受理论可以为杜博妮的读者观点提供理论依据。

接受理论关注读者和文本在整个文学接受活动中的地位和作用，认为读者是文本接受历史的决定性因素和能动主体。离开读者，任何文本都没有实际意义可言，更谈不上文本的接受和产生的效应。接受理论重视读者因素，认为读者的感受、理解和接受对于文本意义的生成有着重要作用。接受理论的代表人物之一伊瑟尔认为，读者参与文学作品意义的建构，“如果作品的生成位置在于本书与读者之间，本书的具体化便明显是二者相互作用的结果”（伊瑟尔，1991：29）。在此可以看出，伊瑟尔严格区分了文学本书与文学作品。本书“仅仅提供图式化的外表，作品的主体事件从中产生”，文学本书在此可看作一个具有未定性的、相对的空框结构，其意义的实现有待于读者的阅读——“本书的生成在于具体化活动”（伊瑟尔，1991：29）。读者的具体化确定了本书的未定结构，最终文学作品得以产生。对于作品的析出，伊瑟尔进一步展开，“文学本书具有两极，即艺术极与审美极。艺术极是作者的本义，审美极是由读者来完成的一种实现。从两极性的角度看，作品本身与本书或具体化结果并不同一，而是处于两者之间”（伊瑟尔，1991：29）。由此我们可以看到，文学作品既不能等同于本书，也不是读者的具体化，而是两者的结合与交融，即“两极”的合璧。也就是说，没有读者的阅读活动，本书只能是未完成的文学作品，文学作品的最终产生离不开读者对本书的现实化、具体化。读者作用的重要性由此可见一斑。接受理论的另一代表人物姚斯从接受理论的宏观架构入手，强调了读者的阅读活动和审美反应的重要性。姚斯首先批判了旧有的以本书为中心的文学研究模式，指出过去人们将文学作品的存在看作先于读者接受的已然客体，作者是作品存在的根源，读者只是被动接受已经存在于那里的东西，与作品的存在无关。例如姚斯认为“读者、听者、观者的接受因素在这两种文学学派的理论中（指马克思主义文论和俄国形式主义文论，笔者注）都没有得到很好的重视”，缺少“真正意义上的读者”（姚斯、霍拉勃，1987：23）。姚斯的“真正意义上的读者”是接受美学意义的读者，这种读者实质性地参与了作品的存在，甚至决定着作品的存在（朱立元，1997：288）。文学史即文学读者接受作品的历史。用姚斯的话说，“文学史是文学作品的消费史，即消费主体的历史”（姚斯、霍拉勃，1987：23～25）。正如伊格尔顿所言，“文本自身对读者来说只是一系列暗示，是让读者将一件语言作品构造成意义的种种邀请。读者让本身不过是纸页上有序黑色符号的文学作品具体化。没有读者这种连续不断的积极参与，就没有任何文学作品”（Eagleton，2004：67）。在读者的阅读活动中，姚斯强调读者阅读体验和审美反应对于衡量文学作品价值的重要性，“……每部作品都有其自己的特性，它历史地、社会地决定了读者；每一个作者都依赖于他的读者的社会环境、观点和意识；文学成就预先假定作品是表现了群体所期待的东西的书……”（姚斯、霍拉勃，1987：32）。可以看出，作品的“特性”天然地决定了作品的读者群，读者的“社会环境”、“观点”和“意识”影响着各自的阅读过程。作者想要获得“文学成就”，必须考虑到目标读者群的特点，使得“作品的意图与社会群体期待相一致”（姚斯、霍拉勃，1987：33），必须照顾到读者的阅读感受，满足其阅读期待，其中理应包括读者享受阅读过程、获得良好阅读体验的期待。

在对读者具体的阅读过程进行探讨时，姚斯提出了“期待视野”的概念。“期待视野”主要指“读者在阅读理解之前对作品显现方式的定向性期待，这种期待有一个相对确定的界域，此界域圈定了理解作品的可能限度。……一部文学作品，即便它以崭新面目出现，也不可能在信息真空中以绝对新的姿态展示自身。但它却可以通过预告、公开的或隐蔽的信号、熟悉的特点、隐蔽的暗示，预先为读者提供一种特殊的感受。它唤醒以往阅读的记忆，将读者带入一种特定的情感态度中，随之开始唤起‘中间与终结’的期待，于是这种期待便在阅读过程中根据这类文本的流派和风格的特殊规则被完整地保持下去，或被改变、重新定向，或讽刺性地获得实现”（姚斯、霍拉勃，1987：29）。由此可见，姚斯将文本的理解过程看作读者的期待视野对象化的过程。读者的前理解或先行结构和审美能力直接影响文本的理解和接受。当一部作品与读者的期待视野一致时，它立即被读者的期待视野对象化，文本理解迅速完成；而当作品与读者既有的期待视野不一致时，只有打破这种视野，获得新的阅读经验，形成新的期待视野，文本才能被理解。因此，“读者的期待视野和文本准则处在不断变化、修正、改变，甚至再生产之中”（姚斯、霍拉勃，1987：29）。不同的读者必然有着不同的思维定向和先行结构，即他们的期待视野各不相同，加上本书具体化过程中涉及的理解经验和审美经验的差异化，这种视域和经验圈定了读者理解作品的可能限度，使得其对文本意义潜势的解读各有不同。因此杜博妮强调重视不同读者群体的差异是有现实必要性的。译者在翻译中应重视读者群体期待视野的差异，照顾到目标群体的阅读需求，根据具体的读者群来选取合适的翻译策略。当原文与目的语读者的期待视野产生冲突时，译者应调整修正原文文本准则，使译文与读者的期待视野相一致。理解是视野交融的过程，如此才不会对读者的文本阅读过程造成障碍。

伊瑟尔则通过“游移视点”来考察读者阅读过程的基本运作程序。伊瑟尔认为文学本书存在诸多视角，包括“叙述者视角、人物视角、情节视角以及读者视角”，读者的游移视点表现为“在阅读的每一瞬间，游移视点也处在特点的视角中，并不限定于哪一视角……游移视点不断地在本书的视角之间转换，每一转换都表现了一个清晰连接的阅读瞬间；它使诸视角既相互区分又相互联系。……由于游移视点并不唯一地处于某一视角，所以读者的位置只能通过诸多视角的结合来建立”（伊瑟尔，1991：136）。由此可见，读者的阅读始终是主动的、内在的、动态的过程，绝非单向的、来自本书的被动给予。不同读者的阅读，其游移视点的具体运作受个体的直觉能力、接受水平、审美兴趣、思想观念等因素的影响必然存在差异，对本书意义的理解也各不相同。因此在翻译语境中，我们必须重视不同读者的差异，考察目标读者群的具体特点。

在回答读者对文本的阅读如何成为可能时，伊瑟尔提出文本“召唤结构”的概念，即文本具有一种召唤读者阅读的结构机制。与其紧密相连的三个基本概念是“空白”、“空缺”和“否定性”。其中“空白”和“空缺”来自英伽登的作品存在理论。英伽登认为艺术作品是“纲要性、图式性的创作，包含具有显著特征的空白，即各种未定之域”（伊瑟尔，1991：12～13）。对于这种“未定性”，英伽登进一步阐明，“我们发现了这样一种未定之处，以作品中的句子为基础，我们无法说出一个特定的对象或客观的场景是否具有某属性……无论多少细节或暗示都无法消除未定点。在理论上，每一部文学作品，每一个表现的客体或方面，都包含着无数的未定之处”（姚斯、霍拉勃，1987：303）。而作品的现实化需要读者在阅读中对未定点和空白进行填补。伊瑟尔接受了这一看法，并认为“空白”本身就是文本召唤读者阅读的结构机制，“本书的结构空白刺激着由读者依据本书给定的条件去完成的思想过程，空白使得本书中各视角间的联系保持开放，以刺激读者来协调这些视角。易言之，它引导读者在本书中完成基本运演”（姚斯、霍拉勃，1987：203）。此外，英伽登认为作品句子结构的有限性使它的意向性关联物只是一些图式化的东西，要使其成为一个完备的整体就需要读者阅读时进行想象加工。这种文本句子结构和意向性关联物的非连续性即“空缺”。伊瑟尔认为“空缺”也是文本召唤读者阅读的一项结构机制。文本的“否定性”则是指读者在阅读过程中，文本不断唤起读者基于既有视域的阅读期待，但唤起它是为了打破它，使读者获得新的视域（朱立元，1997：295）。“否定我们那些墨守成规的习惯，从而迫使我们第一次承认它们的本来面目。有价值的文学作品不会提高我们的种种既有认识，反而是违反或者超出这些标准的认识方式，教给了我们新的理解代码。”（Eagleton，2004：69）可以看出，本书中的“空白”、“空缺”和“否定性”不是本书的不足，而是作为“一种使本书图式得以结合为一的暗示而被解读”，“它们是形成语境，赋予本书以连贯性、赋予连贯性以意义的唯一途径”（伊瑟尔，1991：222）。这种填补空白、连接空缺和更新读者期待视野的文本结构，就是文本的“召唤结构”。正是文本的这种召唤结构，才使得读者对文本的理解和想象成为可能。

伊瑟尔曾说，“我们只能想见本书中没有的东西，本书写出的部分给我们知识，但没有写出的部分才给我们想见事物的机会；的确，没有未定的成分，没有本书的空白，我们就不可能发挥想象”（伊瑟尔，1991：

222)。因此，在文学创作和翻译中，依据本书的召唤结构，人们可以适当保留或增加作品中的空白和未定性，以激发人们的想象力，增强作品的吸引力。杜博妮文学翻译“快乐原则”的重要一点是“信任读者”，即信任读者的阅读经验和理解能力。她认为读者可以而且应该发挥自身的能动作用，寻找作品的意义，参与文本意义的建构。在不影响译文可接受性的情况下，译者应尽量避免填补原文的空白、空缺和未定点。如果译者对这些内容随意添加阐释，可能会破坏源语文本的含蓄美和模糊美，使译文读者的想象空间受限，限制其能动作用的发挥，破坏其在文本接受过程中的中心地位。当这些空白和未定点部分影响译语读者的理解而必须进行具体化时，译者也应注意具体化的程度。

通过以上分析，我们可以说杜博妮文学翻译“快乐原则”中所蕴含的重视读者地位、强调不同读者的差异以及信任读者的思想是有着充分理论根基的。

三　“快乐原则”的实现

对于如何吸引读者兴趣，使其阅读充满乐趣，杜博妮提出了诸多建议。本部分将其归纳为：①信任读者；②“工具箱”与“玩具箱”兼备；③选择性使用副文本。

（一）信任读者

上文指出，杜博妮将中国现当代文学英译作品的读者分为“受制读者”和“公允读者”。其中，“受制读者”对中国文化有着浓厚兴趣，且一般对中国文化已有所了解，青睐以原文为导向的异化翻译；“公允读者”虽然对中国了解有限，但他们热爱新鲜事物，敢于冒险，对中国文化有着好奇心，而且他们是有经验的文学读者，能从上下文和字里行间获得文本意义。因此杜博妮认为译者可以而且应该信任读者的阅读能力。她强调保留作品的新奇感，反对过度翻译。阅读活动中的这种新奇感与读者的阅读快乐息息相关，弗洛伊德曾提到，“要说服一个成人马上再读一遍他已欣赏过的一本书是相当困难的。新奇总是享乐的必要条件”（弗洛伊德，1998：27）。弗洛伊德还以儿童反复听同一个故事为例来进一步说明新奇感与快乐的密切联系——“如果给他讲一个新故事，他就总想听这个故事，而不听其他新故事，总要坚持确切的重复，和纠正讲故事人误漏的每一次差错，或许他甚至想通过插嘴来获得新的功劳。这里和快乐原则并没有矛盾：显然，这种重复，这种同一事物的新发现本身就是快乐的一个根源”（弗洛伊德，1998：27）。由此可以看出，信任读者，使其在阅读中享有适当的新奇感，对于读者获得阅读快乐是非常必要的。

关于中国现当代文学作品的外译活动，杜博妮指出，与以源语为母语的译者相比，以目的语为母语的译者更容易信任目的语读者的经验与判断。在英译活动中，以汉语为母语的译者无疑可以创造出高质量的译文，但其译作却普遍存在一个不足之处，即译者努力将原作的文学特质、含义和相关文化信息毫无遗漏地全部传递给英语读者，这样做往往会产生负面的效果（McDougall，2007：23）。杜博妮强调，在进行诗歌、戏剧翻译时，译者尤其应避免这样的过度翻译，否则产生的译文不伦不类，原作的魅力会大打折扣。

考察杜博妮的译文，可以发现杜博妮信任读者的理解和判断能力。翻译中她注重保留原文的陌生元素，力求忠实于原文的语言和文化特色，传达原文独特的风格，其译文不会被过度翻译，以便能满足读者的好奇心和使读者保持阅读的新鲜感，激发读者的想象力，使其获得新奇的、充满乐趣的阅读体验。

例 1：

那个学生瞄了我一下，眼里突然放出光来，问：“下棋吗？”倒吓了我一跳，急忙摆手说：“不会！”他不相信地看着我说：“这么细长的手指头，就是个捏棋子儿的，你肯定会。来一盘吧，我带来家伙呢。”说着就抬身从窗钩上取下书包，往里掏着。我说：“我只会马走日，象走田。你没人送吗？”（阿城，2014：4）

He transferred his gaze to me for a minute, his eyes instantly lighting up. “Care for a game of chess?” he asked.

Startled, I hastily waved my hands. “I can’t play!”

He looked at me disbelieving. “Long thing fingers like that are made for playing. I bet you can. Let's have a game. I've got a set here." He reached up and grabbed his satchel from the window hook, then rummaged around inside.

"I only know that the horse moves up one space and diagonal, the advisor moves some space diagonal...basic stuff." I said. "You don't have anyone seeing you off?" (McDougall, 2010: 30)

例1中的"那个学生"即《棋王》的主人公"王一生"，王一生沉迷于象棋，爱棋成痴，喜欢约人下棋，向人学棋，有着"棋呆子"的绰号。在知青下乡的火车上他刚与"我"见面就邀"我"下棋，但"我"并不擅长棋艺，只了解"马走日，象走田"这样的象棋常识。"马走日，象走田"是中国象棋走法口诀的基本内容，中国读者较为熟悉。"走日"即"马"的走动方向能构成一个"日"字，先直走一格，紧接着朝对角线方向斜走一格，形成一个"日"字。而"走田"则是"象"的走动方向构成一个"田"字，棋子从一个点往对角线斜走一格。对于英语读者来说，中国象棋和"马走日，象走田"属于异质文化内容，较为陌生。译者如何处理能够体现译者对源语文化和目的语读者的态度。杜博妮在翻译时信任目的语读者的理解能力，先将"走日"和"走田"进行直译，传达给读者有关中国象棋的知识，使其了解有关异域文化的新奇内容，获得鲜明的文化体验。在保留"马走日，象走田"的"形"的同时，杜博妮还对其"意"进行阐释，点明这一走法是"basic stuff"，只是象棋的基本内容，确保目的语读者对这一内容的理解不产生偏差。

例2：

我忽然觉得这山像人脑的沟回，只不知其中思想着什么。又想，一个国家若都是山，那实际的面积比只有平原要多很多。常说夜郎自大，那夜郎踞在川贵山地，自大，恐怕有几何上的道理。（阿城，2014：57~58）

I began to feel that these mountains were like the convolutions of the human brain—we didn't know what they were thinking. It also occurred to me that if a country were entirely mountains, its actual geography would be much larger than if it were made up only of plains. People said that the Yelang people were conceited, but considering that they had occupied the mountains between Sichuan and Guizhou, their pride probably had some geographical justification. (McDougall, 2010: 13)

“夜郎自大”是有着历史文化典故的汉语成语。“夜郎”是汉代中国西南地区的一个小国，面积相当于普通县大小，人稀地薄，出产极少。据司马迁《史记·西南夷列传》载，一次，汉朝派唐蒙为使臣去访夜郎，夜郎王竟无知地问：“汉朝同我的国家比起来，究竟哪个大?”后来人们将那些自我夸大、骄傲狂妄的人讥为“夜郎自大”（程志强编，2008：236）。在翻译中，杜博妮没有对“夜郎”或是“自大”的原因做出解释，而是采取保留原文文化意象的方式，向读者直接传达原文内容。究其原因，杜博妮信任读者的理解能力，读者可通过上下文对“夜郎”的描述，判断夜郎人生活在多山地区，不通外界，而山地宽广，故而骄傲自大。译文通过对原文意象的保留，向英语读者传达这一中国特有的文化典故，增加了读者对中国文化的了解，能够激发他们对异域历史及文化的想象，获得阅读上的新鲜感。

在翻译中，杜博妮信任读者的阅读经验和阅读能力，注重保留原文的陌生元素，再现源语文化的独特个性，唤起目的语读者对源语文化的关注和解读，满足读者的好奇心，使读者获得阅读的快乐。不过，需要指出的是，杜博妮在翻译中并非一味地采取信任读者、保留原文异质元素的翻译方法。当译文的陌生化和可读性产生矛盾时，杜博妮的翻译策略会适当地予以改变，以适应目的语读者，尤其是“公允读者”的阅读习惯。

例 3：

王一生说：“我反正是不赛了，被人作了交易，倒像是我占了便宜。我下得赢下不赢是我自己的事，这样赛，被人戳脊梁骨。”（阿城，2014：40）

“Anyway, I'm not going to play in the tournament as part of a deal; it would look as if I was pulling strings. Whether I win or not when I play is up to me, but if I entered the tournament like this, there'd be a lot of spiteful gossip."(McDougall, 2010: 81)

"戳脊梁骨"是典型的汉语俗语，对目的语读者来说较为陌生。如果直译则会牺牲译文的可读性，因此杜博妮在翻译中进行适当意译，表达为"会有不好听的闲言碎语"，充分表达了原文"戳脊梁骨"的内涵。

例 4:

"嗨，卖炸食的，站住!"孙家福用一个熟朋友的口气迎头截住了他。这汉子响亮地笑了起来，马上就蹲在靠近电线杆子的墙根下了。

"你们小哥儿几个可得多照顾啊!"他一面揭开篮子上盖的布罩一面说，那腔调恰像推水车的山东佬。(萧乾, 2005: 53)

"Hey, cake-seller, stop!" Sun Jiafu intercepted him, addressing him with the familiarity of an old friend. The hawker burst out laughing, and immediately kneeling down at the front of the wall near a light pole.

"You lads had better be good customers!" he said, removing the cloth over the basket. His accent was just the same as the Shandongese who pushed the watercart. (McDougall, 1984a: 154)

上文描写了"卖炸食"的小贩和"我们小哥儿几个"的打交道过程，先是小伙伴"孙家福"叫住了小贩，然后小贩让"小哥儿几个""多照顾"。"照顾"一词属于汉语常用词语，有着多层意义：①指考虑（到），注意（到），如"照顾全局""照顾各个部门"；②照料，如"我去买票，你来照顾行李"；③指特别注意，加以优待，如"安排就业，要适当照顾转业军人"；④商店或服务行业等管顾客前来购买东西或要求服务叫照顾（中国社会科学院语言研究所词典编辑室编，2012）。文中显然是第四层含义，意为小贩让"我们小哥儿几个"购买其贩卖的"炸食"。"照顾"的前三种意思在英语中不乏对应项，可译为"give consideration to""look after""care for"等，而"照顾"商家生意这一用法在英语中较为少见。此时如果采取信任读者、保留原文陌生性以使读者获得阅读新奇感的翻译方法无疑会事与愿违，译文的可读性将得不到保证。杜博妮考虑到读者的阅读和表达习惯，将此处的“照顾”表述为“be good customers”，虽然失去了原文的“形”，“意”却得以保留。

可以看出，杜博妮充分考虑目的语读者的阅读需求和实际情况。她信任读者，翻译时注意保留原文的风神气韵，移植地道的中国元素，满足读者的阅读兴趣；另外又重视译文的可读性和可接受性。她并不盲目信任读者，而是根据目的语读者的实际情况采取相应的翻译策略和方法。当原文的信息对译文读者构成阅读障碍时，这位译者会采取适当的策略来使译文流畅自然，更容易被大众读者所接受。

（二）“工具箱”与“玩具箱”兼备

杜博妮认为，在翻译中译者要善于使用“工具箱”（toolbox）和“玩具箱”（toybox）。“工具箱”指一些小的技巧，如合理运用引号、斜体、粗体、下划线、空格等。虽然这些“工具”看起来微不足道，但是对成功的翻译来说却是必不可少的。如果译者忽略“工具箱”中“工具”的恰当使用，比如翻译中存在标点、语序的错误等，这样犹如使“读者的鞋里进了一粒沙子”（McDougall，2007：25），虽然不会影响译文的最终阅读，但是无疑会给读者带来不适，削弱其阅读体验。

有关“工具箱”的使用，如字母大小写，杜博妮注意将职称和头衔首字母大写，如“the Party Secretary”（“支书”）；将专有名词首字母大写，如“Chu River Han Boundary”（“楚河汉界”）、“the Supreme God in Heaven”（“老天爷”）。当原文内容表示强调时，她会将单词全部大写以突出内容，使读者一目了然。

例 5：

汉斯·安徒生的《小女人鱼》是第一个深深地感动了我的故事。我非常喜欢那用来描写那个最年轻的人鱼公主的两个外国字：beautiful和 thoughtful。（何其芳，1982：35）

Hans Andersen's *The Little Mermaid* was the first story to move me deeply. I very much liked the two foreign words used to describe the youngest princess: "BEAUTIFUL" and "THOUGHTFUL". (McDougall, 1976: 165)

杜博妮还特别重视斜体的使用，当翻译中出现书名、报刊名、电影名等内容时，杜博妮采用斜体进行表述，如"*Selected Works of Lenin*"(《列宁选集》), "*Required Reading for Cadres*" (《干部必读》), "*Capital*"(《资本论》), "*Selected Works of Marx and Engels*" (《马恩选集》), "*Quotations from Chairman Mao*" (《毛主席语录》)。此外，杜博妮还注意到斜体的强调功能。

例 6:

(脚卵) 摆一摆手说: "……我家里常吃海味的，非常讲究，据我父亲讲，我爷爷在时，专雇一个老太婆，整天就是从燕窝里拔脏东西。燕窝这种东西，是海鸟叼来小鱼小虾，用口水粘起来的，所以里面各种脏东西多得很，要很细心地一点一点清理，一天也就能搞清一个，再用小火慢慢地蒸。每天吃一点，对身体非常好。" (阿城, 2014: 28)

...he said with a flourish. "We often eat seafood at home—we're <u>most</u> particular about it. According to my father, my grandfather employed an old woman <u>exclusively</u> to spend the <u>whole</u> day picking out the bits of filth form the nests of cliff swallows. These nests are made of small fish and shrimp carried by the sea swallows in their beaks and stuck together with their saliva. So there's a lot of filthy matter inside, and they have to be cleaned <u>very</u> carefully, bit by bit—it takes a whole day to clean one, then you have to steam it slowly over a low flame. It's <u>extremely</u> good for your health to eat a little every day." (McDougall, 2010: 92-93)

文中下划线之处为杜博妮译文中出现的斜体。《棋王》中的人物"倪斌"因为"腿长"，所以有"脚卵"的绰号。在"倪斌"出场时，小说这样介绍："脚卵是南方大城市的知识青年，个子非常高，又非常瘦。动作起来颇有些文气，衣服总要穿得整整齐齐，有时候走在山间小路上，看到这样一个高个儿纤尘不染，衣冠楚楚，真令人生疑。"由此可以看出"倪斌"的两个特点：一是又"高"又"瘦"，衣着干净"整齐"；二是非常"文气"，文质彬彬，如与主人公"王一生"见面时，"很远就伸出手来要握"，"双手捏在一起端在肚子前面"，"长臂曲着往外一摆，说：'请坐……对不起，我刚刚下班，还没有梳洗。……问一下，乃父也是棋道里的人么？'"，等等。倪斌家庭环境较好，父辈有着较高的文化修养和社会地位，有着家传的棋技，虽然作为知识青年下乡劳动，但与众知青相处时有着疏离感，与农场环境总有些格格不入。面对每日的劳作和回城的渺茫，倪斌格外怀念过去的家庭生活和文化氛围，回忆的同时也不免流露出炫耀之意，如"脚卵就放下碗筷，说：'年年中秋节，我父亲就约一些名人到家里来，吃螃蟹，下棋，品酒，作诗。都是些很高雅的人，诗作得很好的，还要互相写在扇子上。这些扇子过多少年也是很值钱的'"。在上例中，杜博妮翻译时用斜体对"most"、"exclusively"、"whole"、"very"和"extremely"这些程度副词予以强调，说明清洗燕窝的复杂程度，强调倪斌家里是如何"讲究"的。这些斜体词的使用进一步渲染了倪斌的讲话效果，突出其对往昔生活的深切怀念和自得之情，为目的语读者塑造出一个浮夸、不合时宜、与人有着距离感的人物形象。

除去"工具箱"为译者提供各种翻译小技巧之外，杜博妮认为译者还需拥有"玩具箱"，其中包括翻译中常常会用到的韵律、隐喻、典故、插图等（McDougall，2010：92－93）。

这些"玩具"能增加读者阅读的乐趣，增进其对译文的了解。比如，当原文中出现目的语文化语境中比较陌生的事物，目的语读者难以理解时，杜博妮建议译者可以考虑配上插图，以增加读者对译文内容的了解和阅读兴趣。杜博妮翻译的叶圣陶小说选《遗腹子》（*A Posthumous Son and Other Stories*）即一部图文结合的翻译作品。《遗腹子》一文主要讲述的是传统的重男轻女思想对于女子的压迫。文中"文卿先生"的夫人连生四个女儿后，文卿先生认为"要换一换口味"，夫人认为"这一次的怀孕同从前全然两样"，"胎象不同了"。文卿先生买来"两坛陈绍，两只火腿"，提议“待生下男孩，畅快地吃一顿，乐一乐”，并将美酒与火腿摆在卧室，将其看作“定生男儿的预约券”。文中的配图即男女主人公在一起，女子低头抚摸高耸的腹部，男子左手搀着妻子，右手指向桌上的“绍兴花雕”和“金华火腿”，低头嘱咐着妻子，可以看出夫妻二人对于“生男儿”的殷切期盼。但是，第五个孩子仍旧是个女儿，文卿先生气极，提出“非讨个小不可”，夫人恳求“我不反对你，但是，请你等我再生一个，说不定第六胎是个男的”，女人再次怀孕，但亲戚邻居背地里总说“还是一个女”，有时还“轻蔑地这么努一努嘴，仿佛表示‘他也配生男的么！’”。书中第二幅插图正是夫人愁眉不展，左手置于腹上，右手牵着一个小女孩，背后不远处是一老一少两位女性，一位抬头噘嘴，表情不屑，一位低头皱眉，仿佛议论着孕妇连声五个女儿的“罪过”，并对其一举得男的期待表示悲观。果不其然，第六个孩子又是个女儿，“产妇骇叫地哭出来”，文卿先生仿佛失了灵魂，“任两条腿自作主张地把他的躯体载到外面去”，并同时决定“非讨个小不可了”。夫人哀求不已：“等我再生一个吧！”文卿先生想到“八九年盼不到儿子两个人相互安慰相互期望的情事”，看着妻子早衰的容颜，颓然同意“再等一回”。第七个仍旧是个女儿。第三幅图中妻子身边环绕着六个高矮不一的女孩儿，怀中尚抱着一个，丈夫端坐在扶手椅中，搭二郎腿，右手拿着烟管，左手伸出食指，神情严肃愤懑，仿佛在严厉呵斥，妻子表情张皇无奈，低头看向怀中的婴儿。最后，文卿先生如愿“讨了小”，夫人此时也怀上了第八胎，在众人以“鄙夷不屑的口吻”判定“一定又是女儿”时，居然生出来了男孩，文卿先生“连忙赶到卧室，望见新生的婴儿在一个佣妇手里，同时听见‘恭喜呀，一个男宝宝，恭喜呀’一阵地嚷，教他一时不晓怎么回答”。正文旁的配图中男子表情怔懵，低头端详着佣妇怀中的婴儿，左右手情不自禁地伸出，想去逗弄抚抱，内心狂喜之情跃然纸上。《遗腹子》译文中的这四幅插图生动形象地串联起小说的主要内容，画面栩栩如生地刻画出人物内心的情感变化：期待—失落—痛苦—绝望—狂喜。人物形象也因此变得直观、丰满和立体。插图不仅可以有助于读者理解译文情节，而且也提高了阅读的趣味性。插图这一“玩具”的重要性可见一斑。

在“玩具箱”的使用中，杜博妮运用得最为普遍的是“韵律”玩具。

例 7：

三大一包哇，两大一包哇，

老太太吃了，寿数高啊……（萧乾，2005：53）

Threepence a packet-o，tuppence a packet-o，

One for my lady，she'll not regret it-ho.（McDougall，1984a：154）

上例是《邓山东》中小贩“邓山东”的吆喝话语，“三大”“两大”指三个铜板和两个铜板。邓山东的吆喝有着浓郁的口语色彩，且第一、二句句末的“哇”和第四句句末的“啊”构成韵母重叠的音韵效果，读起来朗朗上口，顾客听起来也较为和谐悦耳。译者在翻译时应注意这一韵律效果的再现，否则吆喝就失去了神韵，同时应注意用词的口语化。杜博妮在翻译中用“packet-o”“my lady”“－ho”来体现小贩吆喝的俚语色彩。另外，为追求韵律的再现，不惜改变原文“寿数高啊”的字面含义，若直译“寿数”，“age”“life”“days”等都无法与第一、二句的“packet-o”构成句尾押韵，因此杜博妮采取改写的方法，适当调整原文意义，使得原文的音韵效果在译文中得以再现，体现了杜博妮对吆喝语韵律的重视。

例 8：

阴阳之气相游相交，初不可太盛，太盛则折，折就是“折断”的“折”。（阿城，2014：15）

The Spirit of Yin and Yang cleaves and couples. In the beginning you cannot be too bold，if you're too bold you breach—that's“breach” meaning “to break”.（McDougall，2010：75）

可以看出，原文内容富含道家哲学色彩，不仅思想深邃，而且用词简洁凝练，韵律感强，这对译者的翻译提出了较大的挑战。杜博妮的翻译不仅较完整地传递了原文含义，而且译者还注意到原文的韵律与节奏，并在译文中予以再现。译文中“cleaves”和“couples”押头韵，译文用词简练，结构工整，韵律优美，较好地再现了原文道家词汇的语域特征和句式

的文体风格，能给读者带来较好的审美体验。

例 9：

千百年没人动过这原始森林，于是整个森林长成一团。树都互相躲让着，又都互相争夺着，从上到下，无有闲处。（阿城，2014：62）

For hundreds and thousands of years no one touched this primeval jungle—the entire forest grew into a single, tangled whole. In its mutual concession and competition for growth, the vegetation left no space vacant on the ground. （McDougall，2010：19）

译文中“jungle”、“single”和“tangle”押尾韵，“concession”和“competition”押头韵，“vegetation”和“vacant”又再次押韵。这种处理方法使得译文轻盈灵动，极具节奏感和音韵美。

类似的增强读者阅读趣味的韵律“玩具”还有以下两例。

例 10：

我说了王一生如何不容易，脚卵说：“我父亲说过的，‘寒门出高士’。……”（阿城，2014：32）

One day I told the others about the various hardships of his past and Tall Balls remarked：“My father used to say，‘Humble homes hatch heroes’.”（McDougall，2010：69）

例 11：

他摇摇头，说：“这太是吃的故事了，首先得有饭，才能吃，这家子有一囤一囤的粮食。可光穷吃不行，得记着断顿儿的时候，每顿都要欠一点儿。老话说‘半饥半饱日子长’嘛。”（阿城，2014：13）

He shook his head. “But it is a story about eating. You've got to have food before you can eat, and this family had bins and bins of rice. But you can't just eat and eat like there's no tomorrow— you have to remember that there might be a time when there's nothing to eat, so you have to set a little aside every time you eat. There's an old saying，‘neither too hungry nor too well fed，you'll live a long time and die in your bed’.”（McDougall，2010：43）

从上面两例我们可以清楚看到杜博妮对译文修辞特点和文体风格的重视。尤其是译例10中的“寒门出高士”，杜博妮用四个头韵一贯到底，使得译文句式优美，读起来朗朗上口。例11中“fed”与“bed”押韵，译文富于节奏感，且杜博妮用诙谐戏谑的方式“live a long time and die in bed”诠释再现原文中“日子长”的含义，展现出原文“半饥半饱日子长”这一俗语非正式的语体色彩，能够增加读者的阅读乐趣。在阅读过程中，目的语读者往往能被这些“玩具”所吸引，其阅读过程充满着“玩具箱”所带来的小小乐趣。

（三）选择性使用副文本

“副文本”的概念由法国结构主义文学批评家杰拉德·热奈特（Gerard Genette）于20世纪70年代提出，指的是“在文本和读者之间起协调作用的、用于‘展示’作品的语言或非语言材料”（Genette，1997：1）。副文本主要有两种类型：内文本（peritext）和外文本（epitext）。其中，内文本“出现在文本的应有位置，由作者或出版商提供”，主要包括：标题、副标题、出版信息、作者姓名、引言、序、题词、致谢、注释、后记等；外文本是由作者与出版社为读者提供的关于该作品的相关信息，不实际出现在文本内，具体包括作者为该作品进行的采访，作者本人的日记、书信，出版社的广告、海报，有关该作品的文学评论，等等（Genette，1997：5）。一般人们谈及副文本，主要指的是内文本。副文本对于翻译研究有着重要意义，它能直接体现译者的翻译思想，并能够引导读者理解和评价文学译本。

针对副文本的使用，杜博妮认为译者应根据自身的翻译目的和目标读者群来选择性地使用副文本。她不赞成过多地使用脚注和尾注，尤其是对于面向“公允读者”的大众翻译，译者应减少注释的使用，因为“这容易分散读者的注意力，且让读者有被译者屈尊俯就的感觉”（McDougall，1991b：

48)。与注释相比，杜博妮更提倡在译作正文前添加序言或引文，主要为目的语读者提供有关原作的社会文化背景以及文中陌生的历史、社会词汇及事物的解释，如此则不必借助于文内各种注释去频繁地打断读者的阅读过程。此外，杜博妮建议必要时可在文末添加术语表。译文中所出现的目的语读者难以理解的历史词汇、文化词汇等，可以在文末的术语表中进行统一解释，术语表要“避免重复、含混、错误和前后不一致”（McDougall，1994：845），有阅读需求的读者可以自行查阅，不感兴趣的读者则可以略过。

以杜博妮1990年出版的阿城“三王”系列（《棋王》《树王》《孩子王》）的译本 *Three Kings: Three Stories from Today's China* 为例，译本正文前有长达18页的引言，详细介绍了小说的“文革”社会背景、小说主题思想、内涵意义以及作者阿城的生平概况。译文末尾有包括80条关于历史、文化术语的解释表，为英语读者顺畅的阅读体验提供了保证。在其2010年的修订版 *The King of Trees* 中，杜博妮删除了文末的词语解释表，以此淡化译本的政治和社会研究色彩，同时调整了第一版中的引言结构，改为后记附于译文之后。这使得这部译作成为一部典型的面向“公允读者”的大众翻译作品。

可以看出，杜博妮提倡译者根据目标读者群选择性地使用副文本，力求保证译文的可读性和阅读的流畅感，使目的语目标读者群有较好的阅读体验。

第四节　小结

文学作品离不开读者。虽然读者不是原作或是译作的创作者，不直接参与写作和翻译活动，但读者对于作品和创作者的重要性却是不言而喻的。读者作为作品的接受主体，其阅读反应和接受程度对于作品的内容意义、价值和历史地位而言有着重要影响。只有经过读者参与和阐释的作品才有实际价值可言，才拥有栩栩如生的艺术审美形象，而非空洞死板的文字材料。此外，读者还操纵着翻译活动。读者是译作的接受和审美主体，作品想要获得成功，译者必须考虑目的语读者的语言审美、文化审美等具体特征，妥善处理好目的语与源语间的语言与文化差异，使得译文符合目的语读者的阅读习惯和需求，具备可读性与可接受性。另外，读者的重要性还体现在其在阅读过程中与原文作者及译者间构成的相互联系、相互作用、不可分离的主体间关系，即翻译的主体间性。

虽然读者的重要地位与作用不言而喻，但在传统文论中，读者因素一直为研究者所忽视，“作者中心论”和“文本中心论”的文学批评模式盛行，直到20世纪发生哲学转向才使得西方文论转向“读者中心论”，其中较为突出的是兴起于德国的接受理论，以及以接受理论为契机而发展起来的读者批评理论（胡安江，2003：53）。美国学者奈达提出的功能对等理论、纽马克的“呼唤型文本”也是对传统译论的突破。这些理论的共同点是重视读者因素，强调读者的反应和阐释对于文本的重要性。时至如今，读者对于文学作品和文学译本的重要性已日益达成共识。

杜博妮充分重视翻译中的读者因素。她将目的语读者分为三类：“忠诚读者”——对中国文化抱有兴趣的英语读者，“兴趣读者”——学习英语的汉语读者、研究文学和翻译的英语或汉语专业人士、文学批评家，以及“公允读者”——对文学价值有普适性期待的英语读者。这三类读者在阅读需求、阅读目的和期待视野等方面有着显著差别。

杜博妮认为译者应重视不同读者群体，尤其是数量最为庞大的“公允读者”的特点和阅读习惯，重视其阅读需求。为此，杜博妮提出文学翻译的“快乐原则”。她认为文学翻译的首要目标是给读者带来阅读的快乐，译者应充分观照读者的阅读感受。对于如何实现文学翻译的“快乐原则”，杜博妮主要强调了三点。首先，译者应信任读者，要相信“忠诚读者”“兴趣读者”，甚至“公允读者”的阅读经验和判断能力，注意在翻译中适当保留原文的陌生元素，吸引读者的好奇心，避免过度翻译。其次，译者在翻译中应使用“工具箱”与“玩具箱”。在充分传达原文内容含义的同时，不忘给读者带来阅读上的乐趣和享受。最后，译者应选择性地使用副文本。当目的语读者为“公允读者”时，她不赞成过多地使用脚注或尾注，这样会使得译文看上去过于“学术化”（McDougall，1991b：48），从而影响到“公允读者”的阅读体验。杜博妮建议译者在译文前添加序言或引文，或是在译文后提供术语表。这样，读者的阅读进程不至于经常被注释打断，且仍然可以获得关于原文疑难处的解释性信息。

本章从接受理论的视角论述了读者对于文学作品的重要性，分析了重视不同读者差异的必要性以及译者应“信任读者”的观点。考虑到不同读者群体期待视域不同，译者必须根据目标读者群的特点选择合适的翻译策略，必要时译者可调整原文文本，使得译文与读者的期待视域一致，不影响目的语读者的阅读体验。此外，文本的召唤结构使得读者对文本的阅读理解成为可能。这为杜博妮文学翻译“快乐原则”中“信任读者”的翻译思想提供了理论依据。

第五章
杜博妮的翻译语言观
——求“真”与求“美”

在半个多世纪的翻译生涯中，杜博妮翻译了大量中国现当代文学作品，体裁类型多样。许多翻译作品受到国外“兴趣读者”、“忠诚读者”和“公允读者”的欢迎。她翻译的阿城、北岛、何其芳等人作品的英译本被多次出版，译著的成功与杜博妮的翻译语言观息息相关。本章将以新历史主义文化诗学为理论框架，并以杜博妮对阿城小说《棋王》的翻译为例，探讨杜博妮的翻译语言思想。

第一节　阿城小说《棋王》分析

在杜博妮的众多译作中，为何选择《棋王》译本来分析杜博妮的翻译语言思想呢？原因在于这本小说丰富多彩的语言以及背后折射的深厚的中国文化思想。

阿城原名钟阿城，是文化寻根派代表人物之一，其代表作有《棋王》《树王》《孩子王》《遍地风流》《会餐》等。阿城小说的语言直白冲淡，多着眼于揭示民族文化心理，通过对中国传统文化的思考和张扬，表达出对于生命、自然、人与人之间关系的哲学思考。

《棋王》是阿城最重要的作品之一，被誉为寻根文学的扛鼎之作，文中蕴含着深厚的中国道禅哲学和回归传统文化的文人意识。小说甫一出版便反响热烈，获得第三届全国最佳中篇小说奖，在国内掀起了一股“文化寻根热”和“阿城热”（危令敦，2005：xxxvii）。小说的风靡一时也吸引了电影界人士的关注。在1988年和1991年，《棋王》分别被内地导演滕文骥和香港导演严浩改编成两部同名电影。1999年，小说《棋王》被《亚洲周刊》编辑部和14位著名文学批评家推选为100部20世纪最佳中文小说之一，成为中国“现代文学经典作品”（危令敦，2005：xxxvii）。

要分析《棋王》这部作品，首先有必要介绍小说的故事背景和创作背景。小说的背景是1966～1976年“文化大革命”期间的知识青年“上山下乡”运动，因此书中有着许多这一时期的术语，如“造反队”“割资本主义尾巴”“大锅菜”等。这些词语有着特定的时代背景，对其理解也需要结合相关历史文化语境进行考察。《棋王》发表于1984年，当时“文化大革命”已经结束。随着十一届三中全会的召开，国家开始拨乱反正，一大批冤假错案得到平反纠正。中国开始实行改革开放政策，中央的指导思想由之前的“阶级斗争”转移到经济建设上来，确定了“解放思想，开动脑筋，实事求是，团结一致向前看”（《毛泽东 邓小平 江泽民论科学发展》，2009：37）的指导方针。在全国范围内，各种杂志与文艺沙龙如雨后春笋般涌现，各类讲座和会议也竞相举办，西方现代文化思想涌入中国。伴随着“文革”的结束、急剧的现代化进程和西方文化思想的漩流，中国知识分子感到有重新认识历史、挽救传统，为自己和国人建立新文化身份的必要（危令敦，2005：xxv）。因此，中国文坛开始了一股“文化寻根”热潮，“寻根文学”开始兴起，其纲领性的文章是韩少功发表于1985年的《文学的“根”》。在文章中，韩少功指出“文学有‘根’，文学之‘根’应深植于民族传说文化的土壤里，根不深，则叶难茂。……（根）不是出于一种廉价的恋旧情绪和地方观念，……而是一种对民族的重新认识、一种审美意识中潜在历史因素的苏醒，一种追求和把握人世无限感和永恒感的对象化表现”。在如今一切都向西方学习，向西方看齐的潮流中，韩少功认为“万端变化中，中国还是中国，尤其是在文学艺术方面，在民族的深层精神和文化物质方面，我们有民族的自我”，而作家的责任就是“释放现代观念的热能，来重铸和镀亮这种自我”。

阿城的《棋王》即在这种文学思潮中产生。小说的“寻根”文学色彩浓厚，首先表现为小说的口语化写作风格。文中充盈着各种地方俚语、俗语、歇后语等，如“摸包儿”“可美气了”“好家伙”等。究其原因，这部小说源自阿城的口头演出，“根据李陀在九十年代初的深情回忆，1983年的一个冬夜，他请了作家朋友到家里聚餐，阿城亦是座上客。吃饭的时候，有人怂恿阿城来一段故事，娱乐大家。阿城没有反对，可是要等到吃饱喝足了才愿意开腔。当晚他讲的故事太精彩，事后大家都催促他把故事写下了。按照李陀的说法，此即小说《棋王》之源起”（危令敦，2005：xxxv）。因此，小说的口语化特征明显。

其次，文中夹杂着古汉语词汇和文言文句法结构，营造出一种汉语古文所特有的简洁凝练美和古典美，如文中隐居的老者评价主人公王一生的棋艺时，说道：“老朽身有不便，不能亲赴沙场。命人传棋，实属无奈。你小小年纪，就有这般棋道，我看了，汇道禅于一炉，神机妙算，先声有势，后发制人，遣龙治水，气贯阴阳，古今儒将，不过如此。老朽有幸与你交手，感触不少，中华棋道，毕竟不颓，愿与你做个忘年之交。”（阿城，2016：47）作者通过这些四字结构的短语词语，渲染出一种中国文言文所独有的简洁苍劲、古朴庄重的美感，同时也刻画出栩栩如生的中国传统文化中的隐士和知识分子形象。

再次，小说蕴含着深厚的中国传统道家哲学思想。传授王一生棋艺的拾荒老人和与王一生对弈的隐居老者都有着高超的棋艺，但都离群索居、遗世独立，体现出道家的遁世思想。道家追求心神的超然无累，向往远离世尘的自然山水，认为荒林僻野不仅是隐逸之处，能解忧散怀，而且本身就显示了自然造化之道，呈现了宇宙存在之理（苏丁、仲呈祥，1985：21）。他们是返璞归真的现代隐士，追求一种超然忘我的个性解脱和人格自由。其中拾荒老人尤有道家哲人意味，他处柔守弱，棋锋玄妙，教导王一生下棋不在于棋本身，而要讲究阴阳。“阴阳之气相交相游。初不可太盛，太盛则折”，“若对手盛，则以柔化之……柔不是弱，是容，是收，是含”，下棋需“无为而无不为”，需自己造势，等待棋运，“棋运和势既有，那就可无所不为了”（阿城，2016：15），这些与老子《道德经》中的思想遥相呼应。小说的主人公“棋呆子”王一生也具有道家情怀。他沉浸于棋盘的咫尺方寸之间，不近流俗，对世事漠不关心，几近于道家的无为，而作者借拾荒老人之口讲出道家的“无为无不为”，王一生的“无为”实际上是一种“大为”，他的呆愚实则是同伴远不及的大智。他棋艺精深，从拾荒老人处悟到了真正的“棋道”，在象棋大赛的车轮大战中以一敌九，被尊为“棋王”。更为难得的是，当与王一生对弈的隐居老者处于下风而求和时，王一生欣然同意，展现出道家“中和”的胸怀气度，这也正是其“大为”的一种展现。通过中国传统哲学文学的回归，《棋王》呈现一种自然之道的冲淡之美，恬淡无为和心神玄远的审美感受，是古代庄禅美学精深在当代小说创作中的成功再现（刘克宽，2006：93），无怪乎这部小说能成为“寻根文学”的代表作之一。

最后，小说主题与“棋弈”有关，代表着中国传统文化中的“棋道”，可以看作对传统文化的重申以及回归之旅。需要指出的是，《棋王》虽然讲述的是关于棋弈的故事，但作者的观点不囿于此，小说更多的是在表述作者对生活方式的思考。下棋对王一生来说不仅是舒缓压力的一种方式，更代表着他的精神追求。虽然物质生活困厄，但人仍可以追求精神世界的富足。正如阿城在结尾写道：

> 我笑起来，想：不做俗人，哪儿会知道这般乐趣？家破人亡，平了头每日荷锄，却自有真人生在里面，识到了，即是幸，即是福。衣食是本，自有人类，就是每日在忙这个。可囿在其中，终于还不太像人。（阿城，2016：49）

下棋对于主人公来说不仅是一种简单的游戏，而且是能使人精神富足的养性之道。而没有自己精神追求的人，如作者所言，终究还是“不太像人”。

可以看出，《棋王》是在中国传统哲学思想、民族精神文化，以及传统美学意识的映照下获取养分的佳作。小说的故事背景是“文化大革命”期间，文中有较多特殊时期的术语；同时小说源于作者的口头演出，口语化色彩浓厚，有较多的俗语方言；另外，小说富含道家哲学思想，作者主要以文言句法来表述道家思想，古汉语四字结构较多。对这些富含中国文化特色、风格迥异的语言的翻译能在一定程度上折射杜博妮的翻译思想，有助于我们考察杜博妮的翻译语言观。杜博妮也曾提到《棋王》的语言，

“阿城小说语言的丰富和细腻程度使得翻译的困难程度非比寻常”（McDougall，2010：196）。此外，《棋王》是杜博妮翻译较为成功的一部作品，在英美两国都曾多次出版及修订再版，读者接受情况较好，译者也因此获得广泛的国际声誉。可以说，《棋王》是杜博妮较有代表性的一部翻译作品。因此，我们将聚焦于杜博妮对《棋王》的翻译，通过对《棋王》中历史词汇、方言俗语以及宗教哲学词汇翻译情况的考察，来探究杜博妮的翻译语言观。

第二节 新历史主义文化诗学视角下的杜博妮翻译语言分析

一 新历史主义文化诗学

新历史主义（new historicism）是在历史语境下对文本进行文化阐释和政治阐释的阅读诗学。新历史主义将文学视为“历史现实与社会意识形态的结合部”（盛宁，1996：28），主要关注历史与社会意识形态对文学的影响，以及文学文本如何参与对历史的塑造、对意识形态的颠覆或是包容。新历史主义反对文学批评中的形式化倾向，提倡用历史语境与文化语境相互阐释的方法来解读文学文本，从而引导了当代文学批评从文本内部研究转向社会文化的外部研究，开启了文学研究的历史与文化转向。

“文化诗学”（poetics of culture）一词由新历史主义代表人物、美国著名文论家斯蒂芬·J. 格林布拉特（Stephen J. Greenblatt）提出。1980 年，格林布拉特在《文艺复兴的自我塑型》（*Renaissance Self-fashioning: From More to Shakespeare*）一书中首次提到“文化诗学”的批评理念。1986 年他在西澳大利亚大学所作的《通往一种文化诗学》（“Towards a Poetics of Culture”）演讲报告中明确提出“新历史主义文化诗学”的观点，将“文化诗学”界定为新历史主义文学研究实践和学术方法论。

谈到新历史主义，我们有必要首先介绍这种思潮的缘起。在 20 世纪二三十年代，形式主义批评占据西方文学批评的中心位置，其中最突出的代表是流行于英美的“新批评”（new criticism）。这种文学批评理论将文本视为文学研究的本体，强调文本的意向、格律、文体等，对文本的批评主要集中在文本的语言层面，主张对文本进行“细读”，基本排斥了与文本密切相关的社会、历史、政治、文化等外部因素，其对于文本的影响不在文学研究的范围之内。新批评失势后，后起的结构主义、解构主义等都把文学批评“更深地推入形式主义的泥淖”（盛宁，1996：17）。这些形式主义文学批评单纯关注文本内部结构，忽视文本的外在因素，将文本当作远离历史的超然之物和不反映社会现实的文字游戏，越来越不符合文学批评发展的势头。新历史主义即在这种历史环境下产生，它是对当时学界盛行的形式主义的批评。

然而，需要指出的是，即便在形式主义批评盛行时期，文学批评也仍然存在某些历史主义倾向，但这种历史主义与“新历史主义”的思想有着较大区别。

一般来说，历史主义有三种含义：认为历史的进程是人们难以改变的，历史主义必须避免对过去时间或者文化进行价值判断，尊重过去和传统（傅洁琳，2015：43）。历史主义视角下的文学批评则主要考察文学文本的历史渊源问题，它将文本视为一种历史现象，而历史则被看作文学的背景或是文学要反映的对象。格林布拉特反对形式主义文学批评将文学作品视为孤立现象的观点，以及历史主义静止的历史观。他认为文学与历史有着密切的联系，二者相互影响、相互塑造、不断构建。具体来说，历史与文学都是一种“认识场”（episteme），是“不同意见和兴趣的交锋场所”，是“传统和反传统势力发生碰撞的地方”。历史和文学不再是思维活动的结果，而是不断变化更新的思维和认知活动本身（盛宁，1996：27）。可见，相对于历史主义将历史视为客观、静止、连续的事实，新历史主义认为历史是变化的、不稳定的、断裂的。对于新历史主义文化研究与历史主义，格林布拉特还指出：

> 新历史主义与建立在笃信符号和阐释过程透明性基础之上的历史主义相比，其区别性标志之一是前者具有方法论上的自觉性。但是，我们必须意识到艺术作品并不是天然般存在的纯清火焰，艺术作品本

> 身是一系列人为操纵的产物，许多人都参与了作品的创作过程。这也就是说，艺术作品是一个或是一群创作者谈判的结果，这些创作者掌握了一套复杂的、共享的创作成规、社会惯例以及社会实践。（Greenblatt，1989：12）

在格林布拉特看来，新历史主义具有“方法论上的自觉意识”。他认为艺术作品不是“天然般存在的纯清火焰”，而是“一系列人为操纵的结果”，是创作者们“谈判”的产物。这些创作者深受创作成规、社会习俗和实践的影响。由此可见，文学文本与社会和历史紧密联系。新历史主义反对将社会历史视为可靠的、超然的存在，反对历史文本对“历史叙述的可靠性、稳定性的理论依赖”（傅洁琳，2015：44），主张发掘历史的“历史性”，考察历史文本在形成过程中是如何受到社会历史等因素的影响的，以及历史文本又是如何反作用于历史现实的。

格林布拉特从文艺复兴研究入手提出自己的新文学批评主张。他在研究中主要采取“轶闻主义”（the Anecdote）的批评方法，即他关注非主流和边缘化的历史碎片、历史轶闻和历史档案，通常从一些不起眼的地方，如历史典籍中被忽略的一些轶事趣闻、偶然事件、奇异话题等材料入手，分析整个过程，让读者了解到文本在形成之时与当时的历史现实和社会意识形态有着怎样的联系。他致力于修正、改写和重塑特定历史语境中占支配地位的主要文化代码，重塑历史人物形象和时代精神，实现“去中心化（decentered）和重释重写文学史的新的权力角色认同，以及对文学史思想史的全新改写的目的”（王岳川，1997：25）。

格林布拉特这种对轶闻等非正统历史文献的重视，也是新历史主义文学批评家的普遍特点。他们往往能在文本的细枝末节的片段中发现大的权力结构及其运作。虽然这种轶闻和碎片不是历史文本的主要内容，但也是其组成部分，对这些内容的研究往往能给文学研究带来新的思路和结论。同时，新历史主义这种轶闻主义的研究方法和重塑文本及历史中权力关系的特点，是“对主流历史叙事的反叛，也是对普遍的历史思维模式和研究方法的反叛”（傅洁琳，2015：70），具有反主流性、意识形态性和政治解码性。

可以说，新历史主义文化诗学从文化的视角、历史的维度、跨学科的空间和文化人类学的方法来研究文学文本，并将文学文本看作整个文化符号系统的一部分，参与重写了整个文化史（段峰，2008：26）。对此，新历史主义的另一代表人物海登·怀特（Hayden White）认为：

> 历史是一体化“文化系统”所排成的序列，文学、社会习俗和实践都是这些文化系统的展示或表达。(White，1989：298)

怀特将历史看作“‘文化系统’所排成的序列”，而文化则是这些文化系统的表达。在新历史主义看来，文学不是一个封闭独立的系统，而是一个开放的系统，与社会、历史、宗教等文化范畴相互联系。文学关注文本的社会性、历史性和意识形态性，关注权力在文本和历史的对话中所起的作用，以及对“权威”和“中心”的解构。

新历史主义认为阅读文学的最好办法是回到社会历史语境中，突破文本的牢笼，将研究触角延伸至文本之外，注重文学与社会生活的互相渗透。格林布拉特强调“文学文本的形式内涵必须回到文化生产的历史语境中进行某种‘症候式’的社会阅读，而这种分析的主要目的就是要再现各种文本蕴含的诸如性别、身份、权力、种族之类的社会踪迹，以求尽可能地放大并恢复历史语境的各种意义内涵，尤其是被那些主流文化遮蔽的边缘声音”（王进，2012：3）。我们可以看到新历史主义对文本的历史性和意识形态因素的重视。文学作品并不仅仅是单纯的作家的创作物或是历史语境的反应物，而是文学、社会和历史相互交织的权力产品，文学作品必须放在历史语境中解读。而在历史语境中解读文本，就意味着“对自我意识在主导意识形态中被同化进而丧失应保持清醒的理论自觉，对压制文本的权力加以拆解，剥离文本中那些保留个体经验的思想、意义和主题的存在依据，揭示其背后被压制的权力结构，并且挑明意识形态结构与个体心灵法则对抗所出现的种种新异意识和思想裂缝”（王岳川，1997：26）。

由此可以看出，新历史主义重视文学文本中的历史性和意识形态性。这种文学思潮的特征可归纳为“历史的文本性”（textuality of histories）和“文本的历史性”（historicity of texts）。“历史的文本性”指历史踪迹必须以社会文本为媒介，如此人们才有途径去接触完整、真实的过去；另外，历史意义如同文本一样，它不是固定的，而可以被随时解读，产生新的意义。正如格林布拉特所言，“历史脱离不了文本性，所有文本都不得不面对文学文本所显示的不确定性的危机”（Greenblatt，1985：164）。我们可以将其理解为对历史解读的开放性。“文本的历史性”则是指任何文本意义都是在一定的历史语境中获得的，是一定历史的产物。新历史主义文学批评家路易·蒙特罗斯（Louis Montrose）的解释具有一定的启发性：

> 谈到文本的历史性，我想强调的是所有写作模式——不仅是批评家们研究的文本，同时也包括我们研究的文本——都具有历史特殊性以及社会和物质内涵，同时我还要强调所有阅读模式也有着历史、社会和物质内涵。（Montrose，1989：19）

蒙特罗斯指出了文本创作及文本阅读的历史性、社会性和物质性。通过新历史主义的“历史的文本性”和“文本的历史性”，我们可以看出新历史主义文化诗学认为文本总是一定社会和历史语境的产物，因此需要将其置于特定的语境中进行解读，但这种历史解读不是固定的，而是具有不确定性，不同读者以及同一读者在不同时期总可以对文本做出属于自己的、不同的解读和阐释。由此可见，新历史主义是一种具有解构主义特征又反对解构主义的理论，它在拆解中心、颠覆意义的同时，又致力于意义的建构。

相比起新历史主义在西方的发展，中国学界对新历史主义文化诗学的研究在 20 世纪 90 年代才刚刚起步，理论研究水平相对滞后。在 90 年代初期，国内对新历史主义的研究以对国外新历史主义文化诗学相关文献的翻译和介绍为主。从 90 年代中后期开始，国内研究开始进入理论本土化阶段，逐渐与中国文学批评的实践相结合。

童庆炳是中国语境中文化诗学的倡导者，他主张从“我们的社会现实问题出发，文化研究应该走自己的路”（童庆炳，2002：46）。中国语境中的文化诗学研究可以部分借鉴西方新历史主义的理论成果，但最终还是应该根植于中国自身的现实，关注中国现实社会。此外，中国语境中的文化诗学提倡文学研究和文化研究结合，强调文学研究的文学性和文化性的有机协调，反对夸大文化性，而忽略文学研究的本体。童庆炳指出，“对于西方那种过分政治化的文化研究，对于‘反诗意’的文化研究，我们认为是不足取的。……对于文学的文化研究来说，文学的诗情画意是其生命的魅力所在，怎么能把‘诗意’‘反’掉呢？我们仍然坚持，文学批评的第一要务是确定对象美学上的优点，如果对象经不住美学的检验的话，就值不得进行历史文化的批评了。……在优秀的文学作品中，诗情画意与文化含蓄是融为一体的，不能分离。……文化视角无论如何不要摒弃诗意视角。我们要文化，但也要诗意、语言等等。大可不必从一个极端走向另一个极端，我们可以而且应该是文学艺术的诗情画意的守望者”（童庆炳，2002：46～47）。

西方新历史主义强调文学文本的历史性和政治性，关注历史现实及意识形态对文学作品的影响以及后者对前者的塑造，其研究成果往往具有较大的社会和理论价值，然而这种研究也有泛文化的倾向，对文学研究的本体以及作品的文学性关注不够。童庆炳提出的文化研究与文学研究有机结合的观点为新历史主义这一领域的研究提供了新的思路。

本节以新历史主义文化诗学为理论框架，采取童庆炳提出的文化研究与文学研究相结合的观点，分析杜博妮对阿城小说《棋王》中特殊语言的翻译，考察杜博妮的翻译语言观。《棋王》是中国现代文学的经典作品，小说以“文革”中的知识青年“上山下乡”运动为背景，有着充满时代性的故事情节和语言词汇；同时小说文学性较强，蕴含着深厚的中国传统文化思想，是“对中国传统文化的思考和张扬”以及“对中国古典美学的选择和继承”（王庆生，1999：243）。因此，解读和翻译《棋王》离不开新历史主义文化诗学的广阔视野。下文将着重分析杜博妮对小说中特殊时期的历史词汇、方言俗语以及宗教哲学词汇的翻译，考察其对特色语言的处理方法，探究译者的翻译语言观。

二　历史语言的翻译：对“文革”时期历史词汇的翻译

小说《棋王》的历史背景是20世纪六七十年代“文化大革命”时期知识青年的“上山下乡”运动，小说中随处可见这一时期的历史词汇。这些词语具有明显的时代特征，属于特殊历史时期的特殊用语。据统计，

《棋王》中特殊时期拥有特殊历史词汇的语句如下所示。

1. 我的几个朋友，都已被我送走插队，现在轮到我了，竟没有人来送。

2. 父母生前颇有些污点，运动一开始即被打翻死去。

3. 因为所去之地与别国相邻，斗争之中除了阶级，尚有国际，出身孬一些，组织上不太放心。

4. 车厢里靠站台一面的窗子已经挤满各校的知青，都探出身去说笑哭泣。

5. 后来运动起来，忽然有一天大家传说棋呆子在串连时犯了事儿，被人押回学校了。

6. 后来有那观棋的人发觉钱包皮丢了，闹嚷起来。慢慢有几个有心计的人暗中观察，看见有人掏包皮，也不响，之后见那人晚上来邀呆子走，就发一声喊，将扒手与呆子一齐绑了，由造反队审。

7. 呆子就执意要替老头儿去撕大字报纸，不要老头儿劳动。不料有一天撕了某造反团刚贴的“檄文”，被人拿获，又被这造反团栽诬于对立派，说对方“施阴谋，弄诡计”，必讨之，而且是可忍，孰不可忍!

8. 一时呆子的大名“王一生”贴得满街都是，许多外省来取经的革命战士许久才明白王一生原来是个棋呆子，就有人请了去外省会一些江湖名手。

9. 只可惜全国忙于革命，否则呆子不知会有什么造就。

10. 又因为常割资本主义尾巴，生活就清苦得很，常常一个月每人只有五钱油，吃饭钟一敲，大家就疾跑如飞。

11. 大锅菜是先煮后搁油，油又少，只在汤上浮几个大花儿。

12. 米倒是不缺，国家供应商品粮，每人每月四十二斤。

13. 晚上大家闲聊，多是精神会餐。

14. 小毛是队里一个女知青，新近在外场找了一个朋友，可谁也没见过。

上文中，有表示“文革”特殊历史背景的词语，如“插队”“运动”

“打翻”“斗争”“串连”“取经”“割资本主义尾巴”“精神会餐”；有与当时环境相关的社会现象的词语，如“大字报”“大锅菜”“商品粮”等；也有表示特殊群体的词语，如“知青”“知识青年”“组织”“造反派”“造反团”“对立派”“队”；还包括一些抽象的概念，如“出身”“阶级”等。这些词语大体可以分为两类：一种是可从字面上大致获取意义的词语，例如“大字报”“阶级”“知青”“队”等；而另一些词语则具有特殊的含义，如“组织”“运动”“割资本主义尾巴”等，这些词语对于目的语读者来说较为陌生，这为译者的翻译工作造成一定困难，译者在翻译中需要谨慎对待。

对于上述词语，杜博妮在翻译中对一部分词语采取异化的翻译策略，尊重词语的原意和使用语境，将原文的文化意象予以保留。具体如表 5 - 1 所示。

表 5 - 1 《棋王》英译本中文化意象被保留的词语

原文	译文
插队	team transplantation
阶级	class issues
出身	background
知青	the/an Educated Youth
知识青年	the/an Educated Youth
对立派	the opposing faction
大字报	big character posters
割资本主义尾巴	cut off capitalist tails
大锅菜	mass cooking
商品粮	commercial-grade rice
精神会餐	imaginary feasts
队	team

从表 5 - 1 可见，对上述这些历史词语进行异化翻译，译文基本不会对目的语读者构成太大的阅读障碍，而且通过对原文异质意象的保留，可以使读者对特殊时期的中国历史有所了解，能够增加其阅读的新奇感。

例 12：

又因为常割资本主义尾巴，生活就清苦得很，常常一个月每人只有五钱油，吃饭钟一敲，大家就疾跑如飞。（阿城，2014：17）

Because they were always "cutting off capitalist tails", our life was pretty miserable. Often we got half an ounce of oil a month per head, so as soon as the mess bell rang everyone would run like mad to the cookhouse. (McDougall, 2010: 77)

在"割资本主义尾巴"这个短语的表达上，杜博妮的译文对原文进行了完全的移植，一方面读者根据上下文语境以及"tails"和"capitalist"可以推测出原文要表达的"人们没有自由种养和买卖农副产品的自由"含义，另一方面译者又通过对原文意象的保留，再现了源语独特的文化要素，有助于读者对特殊时期中国社会的了解。

例 13：

这每天的大字报，张张都新鲜，虽看出点道，可不能究底。（阿城，2014：16）

These big character posters, they paste new ones up all the time, you can see a hint of what they are saying, but you can't figure out what they really mean. (McDougall, 2010: 77)

"大字报"指张贴于墙壁的大字书写的墙报，是"文革"时期中国流行的舆论发表形式。杜译"big character poster"保留了原文内容的异质性，使译语读者对这一中国"文革"时期的特殊事物有所认识，同时译文也不会对读者的理解造成困难，可谓是一举两得。

表 5 -1 中杜博妮完全直译的例子还有："大锅菜"（mass cooking）、"商品粮"（commercial-grade rice）、"对立派"（the opposing faction）、"知识青年"（Educated Youth）等，这些直译既显示了译者对原文和源语文化的尊重，又能让西方读者在轻松流畅的阅读过程中获得新的认知体验。

从上文中我们了解到，新历史主义认为文本具有历史性和意识形态性，任何文本意义都是在一定的历史语境中获得的，是一定历史的产物。《棋王》小说中的“文革”时期词汇承载着独特的历史意义，对于目的语读者来说它们具有文化异质性，而这种异质性有时并不能像上文那样与译文的可读性相兼容，这时则需要译者进行额外的权衡处理。在对历史语言的翻译过程中，当译文的陌生化和可读性产生矛盾时，杜博妮会将这些特殊词语置于当时的社会历史背景中进行解读，对词语进行适当阐释，以适应读者的阅读习惯，具体翻译情况如表 5 - 2 所示。

表 5 - 2　《棋王》英译本中文化意象被重构的词语

原文	译文
运动	the Cultural Revolution
打翻死去	be arrested and died shortly thereafter
组织	the Party
串连	on an expedition for exchanging revolutionary experiences with Red Guards
造反队	the local militia
造反团	revolutionary group
取经	for political enlightenment

从表 5 - 2 中我们可以看到杜博妮对词语历史语境的追寻。新历史主义文化诗学认为文学是一个与社会、历史等文化范畴相互联系的开放系统；相应的，文学作品不是单纯的作家创作物或是历史语境的反应物，而是文学、社会和历史相互交织的权力产品，文学作品必须放在历史语境中解读。杜博妮的翻译较好地体现了新历史主义的“文本的历史性”这一思想，在翻译中追求译文的历史真实效果。

例 14：

后来运动起来，忽然有一天大家传说棋呆子在串连时犯了事儿，被人押回学校了。（阿城，2014：6）

Not long after the Cultural Revolution started, a story began to spread about Wang Yisheng committing a crime while on an expedition for exchanging revolutionary experiences with Red Guards, and him having to be sent back to school under escort. （McDougall, 2010：63）

原文中的“运动”并不是我们日常生活中所说的“运动”，而是特指“文化大革命”。如果采取直译的翻译方法则必然会引起目的语读者的误解。杜博妮将这一词语纳入历史语境进行考察，在翻译中予以明示，有助于读者了解小说特定的历史背景。文中“串连”具体指20世纪60年代一种特殊的人员交流方式，主要是各地的红卫兵学生参观、学习北京无产阶级“文化大革命”的经验。对于这一特殊历史词语，杜博妮在翻译时结合“文革”的历史背景对“串连”的具体含义进行解释，有助于译文读者更好地理解原文内涵。

例15：

……许多外省来取经的革命战士许久才明白王一生原来是个棋呆子，就有人请了去外省会一些江湖名手。（阿城，2014：8）

When revolutionaries from countryside who had traveled to the city for political enlightenment realized that Wang Yisheng was a true Chess Fool, and he was invited to the provinces to meet some of the famous itinerant masters. （McDougall，2010：66）

“取经”原本是指僧侣前往寺庙求取佛经，现意是向先进人物、单位或地区等吸取经验，原文的“取经”也是此意。小说的背景是“文化大革命”时期，即“外省”的“革命战士”来当地学习和交流革命斗争的经验。杜博妮结合原文中“文革”的历史背景，将“取经”译为“为了政治上的启迪教化”，较为贴切。且译文“enlightenment”也可指佛教中的觉悟、超脱，和原文“取经”的文化典故相对应，暗合两层意思，极为精确，显示了译者语言功底和对原文社会历史背景的深刻理解。

此外，杜博妮对其他历史词语的翻译，如将“造反团”译为revolutionary group，“造反队”译为the local militia，“造反团/队”并不是日常所讲的某种反叛组织，而是指在“文革”中对当时的领导体制和负责人持对抗、批判态度并采取实际行动的群众组织。杜博妮的译文贴切地传达了这一词语的历史内涵和中性甚至褒义的情感意义。其他的历史词语，如“组织”译为“the Party”，“打翻死去”译为“be arrested and died shortly thereafter”，等等，都显示了译者追寻翻译历史真实性的精神、深厚的中国历史文化底蕴和认真负责的翻译态度。

杜博妮强调对历史史实的考察和研究，认为译者应“谨慎对待小说中的历史词汇，尤其是以缩略词形式出现的流行语”，应力求“保留原文的内涵，避免译文出现唐突或模糊的情况”（McDougall，1991b：58）。杜博妮主张翻译时应深入了解中国人日常生活的细节，对具体事物要有切实的体会，以求得翻译的确切效果。例如在翻译阿城小说《孩子王》时，杜博妮专程去往《孩子王》电影的拍摄现场，与作者阿城沟通，与导演和演员交流，“只有在那时我才感觉到自己对原文的领会有了十足的把握”（McDougall，1991b：54－59）。我们可以看出杜博妮对翻译内容真实效果的追求，其中包括了翻译内容的历史真实性。

通过对“文革”时期历史词汇翻译情况的考察，可以看到，杜博妮忠实于原文，力图再现源语文化要素，传达源语文化独特个性；而当译文的陌生化和可读性发生冲突时，译者会结合当时的历史语境对异质历史词语加以阐释，以求准确再现原文含义。杜博妮在翻译中坚持在历史语境中寻求文本意义，把特定历史词语同社会历史等因素结合起来进行整体考察，从文化语境探索文本意义，准确还原了作者对历史的态度，实现了文学阐释和翻译的历史真实性。

三　特殊范畴语言的翻译之一：对方言俗语的翻译

《棋王》的作者阿城是文化寻根派的代表人物之一，其作品语言平实朴素，内容贴近群众日常生活，执着于“民间习俗与器物”，其小说“以表现平凡人的不平凡之处见长”（危令敦，2005：xxix）。除作者本身朴素生动的语言风格外，《棋王》这部小说的创作最早源于阿城的口头表演，小说的口语化特征明显，包含大量的方言俗语，涉及社会各层人物和生活百态。这些方言俗语具有口语性和通俗性的特点，一些可从字面理解，一些则属于修辞用法，需结合社会文化语境探究其实际意义。据统计，小说中的方言俗语如下所示。

1. 这时一个同学走过来，像在找什么人，一眼望到我，就说：“来来来，四缺一，就差你了。”我知道他们是在打牌，就摇摇头。

2. 我们学校与旁边几个中学常常有学生之间的象棋厮杀，后来拼出几个高手。几个高手之间常摆擂台，渐渐地，几乎每次冠军就都是王一生了。

3. 待到对方终于闭了嘴，连一圈儿观棋的人也要慢慢思索棋路而不再支招儿的时候，与呆子同行的人就开始摸包皮儿。大家正看得紧张，哪里想到钱包皮已经易主？

4. 不料呆子却问：“这残局你可走通了？”名手没反应过来，就说：“还未通。”呆子说：“那我为什么要做你的徒弟？”名手只好请呆子开路。

5. 我不服气，说：“你父母在，当然要说风凉话。”

6. 他仍然不看我，“没有什么忧，没有。‘忧’这玩意儿，是他妈文人的佐料儿。……”。

7. 我讲完了，他呆了许久，凝视着饭盒里的水，轻轻吸了一口，才很严肃地看着我说：“……，写书的人怎么可以这么理解这个人呢？杰……杰什么？嗯，杰克·伦敦，这个小子他妈真是饱汉子不知饿汉饥。”

8. （他）又说：“老是他妈从前，可这个故事是我们院儿的五奶奶讲的。嗯——老辈子的时候，有这么一家子，吃喝不愁。粮食一囤一囤的，顿顿想吃多少吃多少，嘿，可美气了。……”

9. 他摇摇头，说：“这太是吃的故事了。首先得有饭，才能吃，这家子有一囤一囤的粮食。可光穷吃不行，得记着断顿儿的时候，每顿都要欠一点儿。老话儿说‘半饥半饱日子长’嘛。”

10. 他很轻地笑了一下，说：“下棋不当饭。老头儿要吃饭，还得捡烂纸。……”

11. 我说这是以前市里的象棋比赛。可他说，“哪儿的比赛也没用，你瞧这，这叫棋路？狗脑子”。

12. 老头儿叹了一口气，说这棋是祖上传下来的，但有训——“为棋不为生”，为棋是养性，生会坏性，所以生不可太盛。

13. 王一生说："我也是这么说，而且魔症起来，问他天下大势。……"

14. 床不管怎么烂，也还是自己的，不用窜来窜去找刷夜的地方。

15. 我叹了一口气，说："下棋这事儿看来是不错。看了一本儿书，你不能老在脑子里过篇儿，老想看看新的。……"

16. 我母亲死后，父亲就喝酒，而且越喝越多，手里有俩钱儿就喝，就骂人。邻居劝，他不是不听，就是一把鼻涕一把泪，弄得人家也挺难过。

17. 他看了看我，又说："不瞒你说，我母亲解放前是窑子里的。后来大概是有人看上了，做了人家的小，也算从良。……"

18. 看了有些日子，就手痒痒，没敢跟家里要钱，自己用硬纸剪了一副棋，拿到学校去下。下着下着就熟了。

19. 我感叹了，说："这下儿好了，你挣了钱，你就能撒着欢儿地下了，你妈也就放心了。"

20. 死之前，特别跟我说，"这一条街都说你棋下得好，妈信。可妈在棋上疼不了你。你在棋上怎么出息，到底不是饭碗"。

21. 王一生听呆了，问："一个人每天就专门是管做燕窝的？好家伙！自己买来鱼虾，熬在一起，不等于燕窝吗？"

22. 脚卵把手搓来搓去，说："我们这里没有会下棋的人，我的棋路生了。……"

23. 脚卵说："我父亲说过的，'寒门出高士'。……"

24. 大家都不知道倪云林是什么人，只听脚卵神吹，将信将疑，可也认定脚卵的棋有些来路，王一生既然赢了脚卵，当然更了不起。

25. 可是大家仍然很兴奋，觉得到了繁华地界，就沿街一个馆子一个馆子地吃，都先只叫净肉，一盘一盘地吞下去，拍拍肚子出来，……

26. 脚卵痛苦不堪，规矩一点儿不懂，球也抓不住，投出去总是三不沾，抢得猛一些，他就抽身出来，瞪着大眼看别人争。

27. 只见三四个女的，穿着蓝线衣裤，胸蹶得不能再高，一扭一扭地走过来，近了，并不让路，直脖直脸地过去。

28. 画家说："好大的个子！是打球的吧？"

29. 王一生倒很入戏，脸上时阴时晴，嘴一直张着，全没有在棋盘前的镇静。

30. 书记很高兴，连说带上来看看。又说你的朋友王一生，他倒可以和下面的人说一说，一个地区的比赛，不必那么严格，举贤不避私嘛。

31. 大家听了，都很高兴，称赞脚卵路道粗，王一生却没说话。

32. 王一生说："我反正是不赛了，被人作了交易，倒像是我占了便宜。我下得赢下不赢是我自己的事，这样赛，被人戳脊梁骨。"

33. 棋不能当饭吃的，用它通一些关节，还是值的。

34. 王一生沉吟了一下，说："怕江湖的不怕朝廷的，参加过比赛的人的棋路我都看了，就不知道其他六个人会不会冒出冤家。……"

35. 后面的人也挤得紧紧的，一个个土眉土眼，头发长长短短吹得飘，再没人动一下，似乎都把命放在棋里搏。

36. 太阳终于落下去，立即爽快了。

37. 脚卵抹一抹头发，说："蛮好，蛮好。这种阵式，我从来也没有见过，你想想看，九个人与他一个人，九局连环！车轮大战！……"

38. 他把碗高高地平端着，水纹丝儿不动。他看着碗边儿，回报了棋步，就把碗缓缓凑到嘴边儿。

39. 众人纷纷传着，这就是本届地区冠军，是这个山区的一个世家后人，这次"出山"玩玩儿棋，不想就夺了头把交椅。

40. 老者推开搀的人，向前迈了几步，立定，双手合在腹前摩挲了一下，朗声叫道："后生，老朽身有不便，不能亲赴沙场。……"

41. 夜黑黑的，伸手不见五指。

文中标下划线的词语是《棋王》中的方言俗语。与书面语比较起来，这些词语灵活生动、活泼直接，生活气息浓厚，但并不怪异难懂。究其原因，这些方言俗语多为北方方言，尤其是北京方言。其为现代标准汉语的普通话即"以北京语音为标准音，以北方话为基础方言，以典范的现代白话文著作为语法规范"的一种语言形式（关纪新，2008：191），因此对于普通汉语读者来说，小说中方言俗语的可理解程度相对较高。小说的作者阿城原籍为重庆江津，但生于北京，长于北京。京腔京韵的长期浸淫和耳濡目染，使得作家笔下的文字常常流露出“京味儿”的风格。

北京方言是“一种相当年轻的汉语方言”（张伯江，2007：33）。与有着上千年历史的闽方言、粤方言、吴方言等不同，“当代北京话的直接源头应该追溯到清代。清初八旗兵进驻北京，实行满汉分居的政策，北京城内原来居住的汉人大多被赶至外城，城内则有八旗兵和他们携带来的家眷、奴隶等居住。外城的大量汉族北京人说的是相对旧些的北京话，即经元、明两代形成的流行于北京地区的方言；而内城八旗兵带来的方言则是他们在入关以前习惯说的在东北地区长期流行的一种汉语方言，这种方言的源头其实也在北京，是辽金时期在燕京地区形成的广泛通行于幽燕地区和东北地区的汉语方言。……这种‘内城话’由于跟‘外城话’有着共同的来源，交流起来并不困难，清代中叶以后，内外城交融日益频繁，就逐渐形成了现代北京话的大致面貌”（张伯江，2007：33～34）。由此可见，北京方言是在变动的时代背景下，方言与方言不断接触发展起来的一种新的方言形式。这种方言“语音明快悦耳，语汇五光十色”（关纪新，2008：185）。老舍在其自传体长篇小说《正红旗下》中对“福海二哥”进行介绍时，对北京话有一段这样的描述：

> 至于北京话呀，他说的是那么漂亮，以至使人认为他是这种高贵语言的创造者。即使这与历史不大相合，至少他也应该分享“京腔”创作者的一份儿荣誉。是的，他的前辈们不但把一些满文词儿收纳在汉语之中，而且创造了一种轻脆快当的腔调；到了他这一辈，这腔调有时候过于轻脆快当，以至有时候使外乡人听不大清楚。（老舍，2012：102～103）

在描述中老舍对北京话予以了极高的评价，认为它是“高贵的语言”，是创作者的“荣誉”之作。这种语言有着“轻脆快当”的腔调，因此京腔又有着“京片子”的俗称。

谈及北京方言的特点，最明显的莫过于“儿化韵”在词语中的大量使用。“‘儿’是北京话里最活跃的名词后缀。”（周一民，1998：8）儿化韵是“由儿尾词发展而成，在这种合音变化中，改变了前字原来的韵母，产生出一整套韵尾为卷舌音的新韵母”（石峰，2003：11）。许多普通话中不需儿化的词，在北京话中则需要将之儿化才自然，如普通话中的“车、鸟、事、玩、花瓶、花、小孩、有趣”，北京话则表达为“车儿、鸟儿、事儿、玩儿、花瓶儿、花儿、小孩儿、有趣儿”。有关儿化韵的来历问题，学界目前尚未取得一致的观点，一些学者认为受满语的影响较大，如俞敏（1987）认为儿化韵始自旗人语言，并由八旗驻防把儿化韵传播到各地。关纪新认为儿化韵与“满族人从本民族母语向汉语转变阶段”有关，“大量儿化韵的出现，正是在清代中晚期也就是满人们以极高的兴致去拥抱汉语北京方言的时候。……也许京旗满人优雅、散淡和落拓不羁、小觑人生的处世态度，也是酿就京腔‘儿化韵’的一重深层的性格原因”（关纪新，2008：189）。也有学者认为北京方言中的儿化韵是“汉语本身产生出来的，它的分布跟八旗驻防无关”（耿振声，2013：154），“是语音自身演变规律和社会因素交互制约”的结果（张世方，2003：20）。

不论儿化韵究竟如何产生，北京方言中存在大量的儿化韵已是为人所公认的事实。《棋王》的方言俗语中也有大量儿化韵的词，如“摸包皮儿”“玩意儿”“佐料儿”“在脑子里过篇儿”“有俩钱儿”“这下儿”“撒着欢儿地”“水纹丝儿不动”等。儿化韵的加入使得词语生动活泼，亲切自然。除语音上的儿化韵特征外，北京方言中的词语丰富而灵动，别具一格。例如文中的“神吹”，据《北京话词典》释义，“神吹”即“神侃”，指“海阔天空地谈论”，如“翟哥别听他神侃/神吹，他没一句正经的”（高艾军、傅民，2013：776）。文中“美气”在北京话中指“惬意”（高艾军、傅民，2013：612），强调人物舒坦和得意的状态。“刷夜”也是北京特有的流行语，指“深夜不回家，在外游玩，甚至通宵在外胡闹”，如“原先，土玩闹之类，常带了婆子到楼内刷夜，鬼哭狼嚎，厮混”（高艾军、傅民，2013：796）。“魔症”又作“魔怔”，意为“心思过于集中，像有病似的”，如“谁叫他犯了魔怔呢！几年来一直对她穷追不舍的”（高艾军、傅民，2013：627）。“开路”在北京话中原指“走会时，善武艺的人手执刀叉剑戟等武器，或装扮成武生、武净等剧中角色，边走边表演地走在最前面”（高艾军、傅民，2013：473）。文中作者对“开路”的字面含义进行引申，“名手请呆子开路”，即请“呆子”离开。

《棋王》中方言俗语的儿化韵特色和词语本身的特色，为我们展现了北京民间语言的独特性、生动性和具象化，为小说增添了独特的文化魅力。然而在翻译中，如何向目的语读者传达这些方言俗语，译者却面临不小的挑战。方言的翻译困境源于其自身形式与意义紧密结合的特征，方言俗语一旦离开原文中的本土语境，其本土化的语言便有着被解构的危险。如果保留方言的异质性和地域性，由于方言非标准语的特点，具有特殊的语法和意义特征，目的语读者在阅读时可能会有一定的接受障碍。如果适应异域读者的阅读特点，那么方言势必要与其扎根的土壤、与其特殊的能指符号相分离，符号背后意义的传达必然也会受到影响。可以说，方言翻译标准化的过程是消灭其地域性、本土性和异质性的过程。

有关方言的翻译，不少学者提出了自己的看法。黄忠廉提出七种方言翻译转换机制，主要可分为两大类：直接转换机制和间接转换机制。间接转换机制涉及方言翻译的中间过程，在此我们不予过多讨论，主要关注方言翻译的结果，即直接转换机制（黄忠廉，2012：144～147）。黄忠廉提出三种方言的直接转换机制：原$_{方}$→译$_{标}$，原$_{方}$→译$_{方}$和原$_{标}$→译$_{方}$。由于我们讨论的是对文中方言的翻译，因此方言的转换主要为前两类：原$_{方}$→译$_{标}$和原$_{方}$→译$_{方}$。

将原文中的方言用目的语中的标准语来表达是方言的“常见之译”，“一是原语译成译语方言多无必要，二是比较费周折”（黄忠廉，2012：145）。诚然，将方言在目的语中进行对译可能费时费力，而且效果存疑，但将方言译为标准语，尤其是符合目的语读者阅读习惯的用语无疑也存在一些问题。方言对于源语文本地域特征的彰显有着重要意义，而将之标准化、归化无疑是对地域性的一种抹杀，“（作家）的方言写作不仅仅是为了真实地刻画人物形象和体现乡土气息，更是一种地域性的象征。因为乡土对于他们来说是一种文学立场，代表他们从国家、集体叙事中走出来，回归故乡，找寻一种个人的、民间的叙事和记忆”（贾燕芹，2016：137）。如果方言遭到同化，那么方言的地域性将无从展现，作者的创作意图和原文的异域文化特色被遮蔽，对于原文不能不说是一个损失。

以方译方，即用目的语中的某种方言来翻译原文方言，这也是方言翻译的方法之一。例如张谷若先生在翻译哈代的《德伯家的苔丝》时，将其中虚构的威塞克斯方言全部用译者熟悉的山东方言进行翻译。一些学者认为该译法“传神地转达了原文的地方色彩和乡土气息”（赵文通，2008：93），“不失为传译原文中乡土气息的成功做法”（郭著章等编著，2010：241），但也有一些学者对这种英汉方言对译的做法提出异议。首先，“方言在英语中往往被当做是一种‘社会标志’，……表现说话人的教育程度和社会地位。……社会地位越高的人，就越少用、或根本不用方言；社会地位越低的人，就越偏向于或全部使用方言。……而是否说方言在汉语中还反映不出一个人的地位和所受的教育。正是由于这个原因，中国作家很少像他们的英美同行那样，用方言来表现人物地位的卑微或所受教育的不足”（韩子满，2002：87），因此在哈代小说中起“社会标志”作用的方言成分，在翻译时转换成的山东方言却不能体现这种功能，而且在译文中“原文很少使用方言的人物也满口方言”，方言区别人物身份的功能就消失了。其次，从方言表现形式来看，原文中英语方言与标准语的差异主要体现在语音上，“对于英语读者来说，原文的方言成分并不难懂”（韩子满，2002：89），而译文中的山东方言与汉语普通话的差别更多体现在词语和句法结构上，对于不懂山东方言的读者来说，这种方言对译法增加了译文的理解难度。另外，从乡土气息的再现来看，原文中的威塞克斯方言的运用提高了作者虚构出来的威塞克斯郡的真实程度，而“译文中的山东方言却无法使读者联想到威塞克斯郡”，山东方言的使用破坏了故事的真实性。因此虽然张谷若先生的山东方言在一定程度上显示了小说语言的非标准化特征，但是“表现不出方言成分的其他主要功能，扭曲了原文的文体特色，增加了读者的理解难度”（韩子满，2002：86）。由此可见，英汉语对于方言的使用有着明显差别，各自的方言也呈现不同的特点，有着特殊的文化内涵，我们在采取以方言译方言的翻译方法时应慎之又慎。

在对《棋王》方言俗语的翻译中，杜博妮具体主要采取三种翻译方法：①字面直译，呈现原文中这类非标准词语的异质性特征；②采取解释性的翻译方法，化方言为通俗易懂的英语口语；③对译为英语俗语。考察译文，三种翻译方法的使用频率呈由高到低的分布态势，字面直译频率最高，英语口语翻译次之，再次是对译为英语俗语。

首先，对于部分方言俗语，杜博妮采取字面直译的方法，力图再现原文本的异域文化内容。对于直译，本雅明曾指出，“翻译的语言可以而且必须使自己从意义中摆脱出来，从而再现原作的意图。……一部真正的译作是透明的，它不会遮蔽原作，不会掩盖原作的光芒，而是通过自身媒介的作用，使纯语言在原作中更充分地得以体现。译者可以通过对句式的直译来实现这种翻译。在这种直译中，译者最基本的因素是词语，而非句子。如果说句子是耸立在原文语言之前的高墙，那么直译就是拱廊通道”（Benjamin，2000：21）。本雅明反对随意性的自由翻译，“拙劣译者的随意性虽然有助于意义的传达，但是却无益于文学和语言”。在他看来，“译者的任务就是要在目的语中找到特殊的意旨，在译文中创造出原作的回声”。为实现这一目的，具体在翻译方法上，译者应“大力抑制传达信息、递送意义”的行为，应通过直译引入异质语言的意旨方式，“打破其自身语言的腐朽障碍”，从而“将纯语言从异质语言的魔咒中释放出来”，实现翻译将“语言碎片”整合成纯语言的终极目的（Benjamin，2000：19－22）。在翻译实践中，杜博妮对方言俗语进行字面直译的方法与本雅明的直译观不谋而合。这种字面直译直接呈现了原文中方言俗语的独特意旨，反映了原文词语的异质性和独特性，译文的陌生化效果因此也更为明显。观察译文，我们可以发现杜博妮的这种陌生化都有一个前提，即不以牺牲译文的可读性为代价。在保证译文可读性的基础上，杜博妮力求呈现原文语言的独特个性。

例 16：

王一生倒很入戏，脸上时阴时晴，嘴一直张着，全没有在棋盘前的镇静。（阿城，2014：38）

Wang Yisheng was totally transported, his face alternately sunny and overcast, his mouth wide in wonder. There was no trace of the composure he displayed before a chessboard.（McDougall，2010：106）

原文的“时阴时晴”描绘的是主人公“王一生”看戏时的心理活动，

指他随着剧情的进展而时悲时喜。在这里译者采取直译的方法，将“晴”和“阴”分别译为“sunny”和“overcast”。“sunny”原意为“晴朗的”“照到阳光的”；“overcast”作形容词讲时指“天阴的”“多云的”。一方面，目的语读者不难根据语境和词语含义推测出原文所要表达的主人公时而快乐时而忧愁的心理状态，其阅读理解并不受到影响；另一方面，这种直译的方法提高了译文的生动和陌生程度，读者能有较为别致的阅读体验。

例 17：

“忧”这玩意儿，是他妈文人的佐料儿。我们这种人，没有什么忧，顶多有点不痛快。（阿城，2014：10）

“Cares” —that's just a trickfucking literary types make up to put a bit of spicein their lives. People like me don't have any “cares”; at most we simply become gloomy. （McDougall，2010：69）

杜博妮对“佐料”的直译不会影响目的语读者的阅读体验，而且还忠实地传达了原文内容和嘲讽戏谑的风格。观察杜博妮的译文，这种字面直译的方法较为多见，不难看出译者对源语文化的重视，在译文中力图传达中国文化的气韵，“在译文中创造出原作的回声”（Benjamin，2000：19）。如在翻译中国象棋的“卒”和“马”时，译者没有借用国际象棋的“兵”（pawn）和“马”（knight）来翻译，而是采用“soldier”和“horse”来翻译“卒”和“马”。这种异化的翻译策略能增强译文的陌生化效果，使目的语读者意识到这是一种新的象棋游戏，传达出源语独特的中国元素。

除字面直译方法外，在一些情况下，杜博妮会放弃在目的语中寻找特殊意旨来再现原文方言异质性和差异性的做法，转而将汉语中的方言俗语译为通俗易懂、流畅自然的英语口语。究其原因，此时直译往往会对目的语读者的理解造成障碍，为保证阅读的顺利进行，译者需要对原文的陌生元素进行调整，使之适应西方读者的认知习惯。如何调整原语文本中的陌生元素？新历史主义文化诗学主张阅读和阐释文本要回到社会历史语境中去，注重文学与社会生活的互相渗透。文化诗学关注文本的社会性、历史性和意识形态性，认为文学文本并非孤立事物，而是与社会、历史、政治等外部因素息息相关的历史文本。《棋王》中不少方言俗语采用修辞手法，具有独特的文化意义，理解这些方言俗语需要结合源语的社会文化语境进行考察，探寻这些词语的实际意义，并将之传达给目的语读者。

例 18：

大家听了，都很高兴，称赞脚卵路道粗，王一生却没说话。（阿城，2014：39）

We are all very pleased to hear this and praised Tall Balls for his crude tactics. Wang Yisheng, however, said nothing. (McDougall, 2010: 107 - 108)

原文中知青“王一生”因为农场领导阻挠其报名而不能参加地区的象棋比赛，朋友“脚卵”因为工作调动的问题向地区文教书记送了一副“明朝的乌木棋”和“一两幅古董字画”，王一生不能参加比赛的事情也因此迎刃而解，所以大家赞叹脚卵“路道粗”。因“路道粗”缺乏文化间的共通性，字面直译会给目的语读者带来理解上的困难。杜博妮将这一词语纳入原文的社会文化语境进行考察。在当时的时代背景下，“门路”有着重要的象征意义，如“有路子”“有路道”“路子广”，以及文中的“路道粗”等，主要用以形容某人有关系或是有办法来实现某种目的，或是指做事的诀窍和方法。原文中的“路道粗”是第一种含义，指“脚卵”有能力和办法来实现其工作调动以及让“王一生”参赛。杜博妮通过对文化语境的考察，探究到“路道粗”一词的实际意义，将其译为英语中常见的表达“crude tactics”来强调“脚卵”的手段和能力。虽然原文符号能指的地域性和特殊性遗失，但将方言俗语这类非标准语置于翻译语境中本身就意味着其本土性或多或少的褪色与遗失，译者只能按照其翻译目的去尽力弥补或是打破重塑。在翻译中，杜博妮力求译文可读性与异质性的平衡，因此在翻译“路道粗”时她选择去除影响读者阅读的异质性，化方言为口语，结合源语文化语境传达出符号所指的内涵意义，其译文体现了新历史主义文化诗学的文本阅读立场。

例 19：

棋不能当饭吃的，用它通一些关节，还是值的。家里也不很景气，不会怪我。（阿城，2014：40）

You can't eat a chess set— it's worth giving away if it'll smooth things out for me. My family's been going through a rough time, too, they won't blame me. （McDougall，2010：109）

上文提到“脚卵”给地区文教书记送了一副“明朝的乌木棋”和“一两幅古董字画”，解决了自己的工作调动问题，就是原文所说的打“通”了“关节”。在中国文化中，“关节”并不仅指生物学意义上的关节，也指代暗中行贿勾通官吏之事，以便达到自己的目的。杜博妮结合原文的历史文化语境，认识到“通关节”一词的修辞用法和文化内涵，将其译为“smooth things out”，准确地解读和传达了原文意义，也较为符合目的语读者阅读习惯，弥补了“通关节”一词带来的文化异质性。

除了直译和结合历史文化语境对特殊方言俗语进行标准化翻译外，杜博妮还会采用英语俗语来翻译原文中的方言俗语。新历史主义文化诗学强调文本的历史性和意识形态因素，同时也关注文本的文学性和审美价值，在进行文化研究的同时强调文本的“诗意”和“语言”（童庆炳，2002：47）。对于翻译时对小说语言风格的处理，杜博妮曾这样论述，“大部分国外出版的中国文学翻译作品是由汉学家翻译的，包括研究中国文化不同领域的专家学者、教师、学生等。这类译者写作和说话风格一般都较为正式，他们自觉或是不自觉地认为目标读者也有着类似的背景，于是在翻译中往往习以为常地将正式的中文译为正式的英文，这个过程太过于理所当然以至于没有谁会去专门进行审视或思考。……他们对于汉语口语的了解往往较为正式和学术化，很少有机会去深入了解街头语言，哪怕是城市里的街头语言。我，当然也是其中一员。……在翻译阿城的作品时，我发现情况大不一样了。在叙事方式上，故事通常是直接和间接引语相互交织，通过第一人称来叙事，往往和对话中的第一人称难以区分。在语言上，知青语言和当地农场居民的语言混融交错，小说中充满了各种俚语、方言、口号、行话、流行语、粗俗语等”（McDougall，1991b：52－53）。因此在翻译阿城作品时，杜博妮强调，要“深入了解中国人日常生活的具体细节”（McDougall，1991：59），对小说中的流行语和市井语言有切实的领会。她提出要通过“创造符合习惯，又不会为读者带来不适的语言”来“保留阿城小说语言的风格”（McDougall，1991b：55）。例如在翻译《棋王》中“文革”时期的术语行话时，“由于这些行话很快会变成日常用语，但仍然留有一丝生硬感。为了达到同等的效果，我会将它们翻译成略微不自然的英语，并将首字母大写”（McDougall，1990a：23－24）。杜博妮还指出“阿城小说的叙事语言大量借用传统白话小说，如《水浒传》《西游记》中的传统叙事词汇。重现这类词语的风格对于英语译者来说是一件非常困难的事情。我的办法是在口语中点缀文学语言”（McDougall，1991b：58－59），以此来突显原文非标准语的语域特点。可以看出，杜博妮重视原文语言的风格，并试图在译文中保留原文的这种风格，力求译文语言与原文在审美特征上保持一致。

在翻译《棋王》方言俗语时，杜博妮适当采用了方言俗语对译的方法。上文曾提到，英汉方言有着不同的特点和使用规则，如不加区分地加以对应，产生的译文往往会不伦不类。杜博妮对译的方法使用得较为谨慎，对译数量并不多。对译的英语俗语与原文方言俗语的意义和用法大体一致，试图再现原文词汇的口语化风格和美学特征，使目的语读者获得与原文读者大致相同的阅读感受。

例 20：

他在路灯底下挺快就看完了，说：“这棋没根哪。”我说这是以前市里的象棋比赛。可他说“哪儿的比赛也没用，你瞧这，这叫棋路？狗脑子”。（阿城，2014：14）

Under the street lights he read through them quickly and said, “Worthless junk”. I told him they were from an old municipal chess tournament, but he said, “Tournaments are a waste of time. Look at this, what sort of a play is that? Jackasses!”（McDougall，2010：73）

原文中“棋呆子”王一生偶遇一位拾荒老人——实则为一位深藏不露的象棋“异人”，他在看过王一生收藏的象棋比赛的棋谱后，认为这些“棋没有根”，对棋谱的评价是“狗脑子”。老人的这一句“狗脑子”相当口语化，指人“没脑子”“蠢笨”，反映了老人对棋谱的不屑以及狷狂洒脱的性格特点。杜译本的“jackasses”属于英语口语中的粗俗语，由“公驴”演变而来，意为“笨蛋、傻瓜、蠢人”，与原文中的“狗脑子”语体风格和内涵意义相似，为目的语读者刻画出了一位洒脱不羁、棋艺超群而又深藏不露的拾荒老人。

例 21：

王一生听呆了，问：“一个人每天就专门是管做燕窝的？好家伙！自己买来鱼虾，熬在一起，不等于燕窝吗？”（阿城，2014：28）

Wang Yisheng gaped. “One person spends all day doing nothing but fussing with bird nests? Son of a bitch! You could go and buy some fish and shrimp yourself and stew them up together— wouldn’t that be just as good?”（McDougall，2010：93）

文中王一生意外来访，“我”高兴不已，邀请大家一同进行蛇肉聚餐。聚餐结束后，“脚卵”回忆起当初家境好时，山珍海味享用不尽，家里还曾专门“雇一个老太婆，整天就是从燕窝里拔脏东西”。这对于母亲早逝，父亲是“卖力气的”王一生来说不可思议，所以感叹道“好家伙”，表达内心的惊叹之情。杜博妮把握了王一生当下的心理特征和酒足饭饱后好友间吸烟闲侃的语境，将“好家伙”译为“son of a bitch”，较为传神地表达出王一生震惊及略带羡慕的心理状态，同时也再现了原文的口语化特点，符合原文中的人物形象及当时的谈话语境。

通过对《棋王》中方言俗语翻译情况的分析，可以看出，对于方言俗语这类地域性和异质性色彩浓厚的词语，杜博妮在翻译中较多地使用字面直译方法，尽量忠实再现原文，力求保留原文本土特色的文化神韵，移植地道的中国元素，为目的语读者呈现方言俗语本来的异质本土特色。当这种直译给目的语读者带来文化误解时，译者会将方言俗语置于原文社会历史语境中进行考察，舍弃语言的异质形式，将之译为常见的英语口语，使译文传达其文化内涵，即原$_{方}$→原$_{标}$→译$_{标}$的翻译过程。另外，当英语中存在意义、用法及语体与原文方言俗语大体相当的俗语时，杜博妮会采用对等翻译的方法，即原$_{方}$→译$_{方}$。通过以上归纳，可以看出，杜博妮重视对方言俗语社会文化语境的考察，重视方言俗语的口语化特征，在翻译中会采用英语口语词语和对应俗语来再现原文口语化的审美效果。综上所述，杜博妮对《棋王》方言俗语的翻译较好地体现了新历史主义文化诗学现实性和审美性并重的特点。

四　特殊范畴语言的翻译之二：对宗教哲学词汇的翻译

《棋王》寓棋于道，棋道结合。小说人物的言语行为都带有丰富的中国道家哲学色彩，如“下道家的棋”的王一生、刻“无字棋”的王一生母亲、下棋讲究“阴阳之气”的拾荒老人、“出山”玩玩儿棋的冠军老者等。小说中除了专门的宗教哲学词汇外，还有大量有道家哲学色彩的短语和小句。表 5－3 列出了宗教哲学词语在杜译本中的翻译情况。

表 5－3　《棋王》英译本中宗教哲学词语的翻译

原文	译文
道家	Daoist
信佛参禅	a Chan Buddhist
禅宗	the Chan tradition
道禅	the Daoist and Chan schools
道	the Way
阴阳	Yin and Yang
阴阳之气	the spirit of Yin and Yang

从表 5－3 可以看出，杜博妮对宗教词语主要采取音译的方法，如“道”音译为“Daoist”，而不是英语中更为常见的“Taoist”，“禅”音译为“Chan”，而非西方读者更为熟悉的“Zen”，“阴阳”也音译为“Yin and Yang”。这与上文中杜博妮用字面直译的方法凸显方言俗语的地域特征一样，表明杜博妮在翻译中力图突出文化他者的陌生特质，传达源语独特的文化元素，加深目的语读者对中国文化的认知。

除宗教哲学词汇外，《棋王》中还有富含宗教哲学色彩的短语和小句，具体如下所示。

1. 阴阳之气相游相交，初不可太盛，太盛则折，折就是“折断”的“折”。

2. 太盛则折，太弱则泻。

3. 若对手盛，则以柔化之。可要在化的同时，造成克势。柔不是弱，是容，是收，是含。含而化之，让对手入你的势。这势要你造，需无为而无不为。

4. 这时你万不可死损，势式要相机而变。

5. 势势有相因之气，势套势，小势开导，大势含而化之，根连根，别人就奈何不得。

6. 你小小年纪，就有这般棋道，我看了，汇道禅于一炉，神机妙算，先声有势，后发制人，遣龙治水，气贯阴阳，古今儒将，不过如此。（阿城，2014）

可以看出，小说中作者主要以文言句法来表述道家思想，尤其常用古汉语的四字结构。德国语言学家洪堡特曾指出，“任何人都无法否认古典汉语具有一种惊人的高雅之美，这种美表现于它抛弃了一切无用的（语法）关系，以语言本身而不必凭借语法形式来充分表达纯粹的思想”（刘宓庆，2001：166）。古汉语具备这种高雅和凝练的美感。新历史主义文化诗学在强调文本的历史现实性的同时，关注文本的文学性和美学特征，因此从文化诗学的视角来说，在翻译这些宗教哲学内容时，译者还必须把握此类古汉语词汇和句法古雅整饬、简洁凝练的风格，并在翻译中重现这种美学特征。下文我们将对杜博妮对这些宗教哲学内容的翻译情况进行考察。

例 22：

太盛则折，太弱则泻。老头儿说我的毛病是太盛。又说，若对手盛，则以柔化之。可要在化的同时，造成克势。（阿城，2014：15）

Too bold you breach, too weak you leak. The old man said that my greatest fault was that I was too bold. He also said that if my opponent was bold I should use softness to assimilate him, but while assimilating him, I should create a winning strategy at the same time. (McDougall, 2010: 75)

原文中拾荒老人在教导王一生棋艺时，告诫他下棋的"毛病是太盛"，要避免"太盛"，同时也不能"太弱"。"盛"指气盛，杜博妮译为"bold"，意为大胆张扬；原文的"折"是"折断"的"折"，杜博妮译为"breach"，这一词有着"使有裂口""造成缺口"的含义。文中"弱"和"泻"分别译为"weak"和"leak"，较为准确地传达了原文内涵。可见在原文内容的传达上，杜博妮处理得较为贴切。另外，在风格的传达上，原文采用古语中常见的四字格形式，对仗工整、简洁凝练，言简义丰。杜博妮的译文同样包含两个小句，每个小句由四个单词组成，形式上与原文较为对称，而且译者弱化了译文的语法关系，使得译文简洁明了。难能可贵的是，译文还具有韵律性美感，其中"bold"与"breach"押头韵、"weak"与"leak"押类韵，译文有较强的节奏感。可以看出，杜博妮在追求内容准确的同时，力图在结构和音韵上再现原文道家语言的审美维度。

例 23：

柔不是弱，是容，是收，是含。含而化之，让对手入你的势。(阿城，2014：15)

Softness isn't weakness—it is taking in, gathering in, holding in. To hold and assimilate is to bring your opponent within your strategy. (McDougall, 2010: 75)

小说主人公王一生在向拾荒老人学习棋艺时，老人指出他的棋路"太盛"，要学习如何"以柔化之"，同时指出他所说的"柔"不是弱，道家所提倡的"柔""是容，是收，是含"，是将对手的"盛"容下、吸收进而包含。杜博妮将"容"译为"taking in"，将"收"译为"gathering in"，即“收集”“吸收”，将“含”译为“holding in”，取“包含”“囊括”之意。同时其译文由三个对仗工整的短语构成，再现了原文形式上的美感。而且译文押尾韵，这种音韵美的“玩具箱”运用也能为读者带来较好的阅读感受。

小说末尾，象棋冠军——“出山”玩棋的老者对王一生棋技的评价是：“汇道禅于一炉，神机妙算，先声有势，后发制人，遣龙治水，气贯阴阳，古今儒将，不过如此。”这些四字结构用词简洁苍劲、庄重古朴，体现了文言句法在结构、音韵和形象上的美学特征。在考察杜博妮译文时，我们可以将之与詹纳尔的译文进行对比分析。詹纳尔翻译的《棋王》英译本 *The Chess Master* 于2005年由香港中文大学出版社出版。

表5－4 杜博妮译文与詹纳尔译文对比

原文	杜译	詹译
汇道禅于一炉，神机妙算	You fusethe Daoist and Chan schools. Your intuitive grasp of strategy is remarkable	You combinethe Zen and the Taoist schools and you are brilliant at seizing your opportunities and making plans
先声有势，后发制人	You seize the initiative with a show of strength, and rally your reserves once your opponent has attacked	You know how to seize the initiative through a display of strength and also how to win by letting your opponent attack first
遣龙治水，气贯阴阳	You dispatch your dragon to rule the waves, and your force traverses Yin and Yang	You can get rid of the dragon and bring the waters under control and combine the positive and the negative
古今儒将，不过如此	The scholar-generals of past and present could do no more than this	That is all the great players of ancient and modern times have had at their disposal

表5－4中，第一句“汇道禅于一炉”中“道”与“禅”的英译，杜博妮与詹纳尔的译文截然不同。杜博妮的异化翻译策略使得译文的异质感更加强烈，詹译则是顺应英语中的表达习惯。“神机妙算”指善于估计复杂的变化情势来决定策略，可以看出詹译“you are brilliant at seizing your opportunities and making plans”的准确性有所欠缺，而且“brilliant”一词较为口语化，正式程度不及杜译本中的“remarkable”。第二句詹译用两个“how to”引导的短语来翻译“先声有势，后发制人”，导致原文简洁凝练的风格在译文中变得累赘和口语化。杜译简洁程度虽不及原文，但相比詹译在简洁性上略胜一筹。第三句“遣龙治水”源于中国古代神话，指龙王

负责一年的雨水，故《易经》中有“三龙治水”之说。“遣龙治水”的字面含义是“派遣龙王去治理水”，詹纳尔将“遣龙”译为“get rid of the dragon”，意为“除掉龙”，显然是受译者母语文化的影响，忽视了对原文语境和历史文化背景的考察。杜译为“dispatch your dragon”，意为“派遣龙”，更为符合源语含义。第四句“儒将”指有学识有文采的将领，杜译中的“scholar-generals”大体属于直译，且形式和原文较为对应。詹译的“great players”则是译者考虑到文中象棋比赛的语境，在此进行了灵活的意译。通过以上比较我们可以看出，在这一段宗教哲学内容的翻译上，杜博妮在内容传达上较为忠实准确，展示了译者对原文及源语文化的遵从；在风格的传递上，尽管古汉语四字格所呈现的特殊的古朴庄重的风格在翻译中有所遗失，但如同诗歌翻译一样，这种有着特殊结构的文本在翻译中往往内容与形式难以兼顾，译者总要面临这样或那样的取舍。总的来说，杜博妮的译文用语较为正式与简洁，结构也尽量对称，显示出译者对原文审美风格的把握，以及为其在译文中的重现所做出的种种努力。

通过对《棋王》宗教哲学词汇翻译情况的考察，可以看出，杜博妮在翻译宗教词汇时主要采取音译的方法，凸显原文语言的陌生性，展现出译者传播中国文化的翻译立场。在翻译道家哲学内容时，杜博妮的译文语言简洁正式、结构工整对仗、韵律优美，力图再现原文的内容、语域特征和句式的文体风格，展现原文道家语言的审美维度。

至此，我们可以进行以下总结。在翻译《棋王》“文革”时期历史词汇时，杜博妮有意识地保留这些文化特色词的异质性，着重再现源语独特的文化要素；当这种异质性与可读性产生冲突时，杜博妮会将这些历史词语同社会历史、政治语境等结合起来进行整体考察，主张结合词语的历史文化语境对异质词汇进行适当阐释，准确再现词语含义。翻译中杜博妮强调对文本历史史实的研究，认为译者应“深入了解中国人日常生活的具体细节”，以求得翻译内容的真实确切效果，体现出杜博妮对翻译语言历史真实的追求，即求“真”。在翻译方言俗语时，杜博妮同样注意保留词汇的本土化及异质性特征；同时她强调“保留阿城小说语言的风格”，即方言俗语的口语化和通俗化。例如，当保留词语的异质性给读者带来阅读障碍时，杜博妮会化方言俗语为通俗易懂、流畅自然的英语口语或意义、用法、语体和情感色彩与原文大体相当的英语俗语。这体现了杜博妮对翻译语言审美效果的追求，即求“美”。在翻译宗教哲学内容时，原文多采取古汉语四字结构，用语简洁、形式工整、风格古雅。杜博妮重视译文的结构、韵律以及用词的正式及凝练程度，尽可能展现原文音美形美的特点，力求再现道家哲学内容的审美特征，同样体现出译者求“美”的思想。综上所述，杜博妮的翻译语言观主要体现为追求翻译语言的历史真实性和文学审美效果。

第三节　小结

阿城小说《棋王》的语言生动诙谐，既有因“口语化写作”而充盈于字里行间的方言俗语，又有特殊年代的历史词汇，也有“棋道”结合、玄妙神秘的道家哲学内容。杜博妮对《棋王》中各类词汇的处理方法，在一定程度上彰显了译者的翻译语言观。

通过对小说中词汇翻译情况的考察，我们不难发现杜博妮以广阔的文化诗学视野来观照翻译。这种新历史主义文化诗学致力于文化与诗学、历史性和审美性的结合。在具体翻译过程中，杜博妮将文化研究和文本考察相结合，一方面以文化研究为基础，将文本置于历史语境和社会文化语境中进行考察，并在译文中充分反映，追求译文的历史真实性。杜博妮对一部分历史词语和方言俗语的翻译体现了这一点。

另一方面，杜博妮以诗学审美为基础，追求译文的文学性。在历史性忠实再现原文内容时，力求充分传达原文的美学风格。杜博妮在翻译方言俗语时，着重再现其地域化、口语化特色，在翻译道家哲学内容时，又力图再现原文古汉语古雅整饬、简洁凝练、富于音韵感的特点。可以说，杜博妮对小说特殊性语言的这种求“真”与求“美”的翻译思想精准地体现了新历史主义文化诗学的翻译立场。

此外，还需指出的是，除文本翻译外，杜博妮翻译时对副文本的处理也体现出文化诗学的立场。在翻译阿城的这本小说时，鉴于原文语言的特殊性和多样性，杜博妮在译本正文前著有25页的序言来全面介绍作者阿城的创作特色、文学成就，以及小说的背景、特点、翻译上的难点等。在译文正文后，她又作了包含 80 条关于小说中特殊词语的释义表。2010 年在美国出版的修订版中，杜博妮调整了副文本形式，删去原来的序言，改为后记附于译文之后。在这些序言和后记中，既有对作品的外部研究，包括对当时社会历史背景、作者生平经历、道家思想等内容的详细介绍，也有对《棋王》的内在剖析，包括作品所体现的哲学主题、文体特征、翻译策略等的说明。这种对文本外部研究以及内部剖析的方法正是文化诗学所倡导的文化研究与文本研究相结合的思想。从这个角度来看，杜博妮这种对副文本的处理也印证了其文化诗学视野。

在《棋王》的翻译中，杜博妮以广阔的文化诗学视野来观照翻译，准确把握了原文的社会历史背景、语言特色和诗学特征。译者对文本历史性、社会性的追寻重构了原文的历史文化语境，凸显了小说的现实性品格，也为文学翻译的历史真实性打下了坚实的基础。另外，杜博妮也同时探寻和追求原文的文学特征，试图在译文中重现原文的文体特点和美学风格。这二者为其翻译语言的历史真实性和文学审美效果奠定了基础。杜博妮的《棋王》译本出版后在国外广受好评，被多次出版、修订、再版，其文化诗学视野下的翻译语言观也许能为今后中国文学作品的海外传播提供一定的借鉴意义。

第六章

杜博妮的文学体裁翻译观

——“不同体裁，不同的翻译要点”

在半个多世纪的翻译生涯中，杜博妮翻译了相当数量的中国现当代文学作品，其中涉及诗歌、小说、散文、电影等多种文学体裁。杜博妮指出，在翻译中译者应认识到每一种文学体裁的特殊性，不同的体裁有着不同的翻译要点（McDougall，1991b：37）。杜博妮基于自己的文学翻译经验，将目光聚焦于中国现当代文学的诗歌、小说、戏剧和电影四种类别，指出各自的翻译侧重点，体现出独特的体裁翻译观。本章将主要探讨杜博妮所提出的各文学体裁的翻译要点，并通过对具体翻译实例的考察，对其文体翻译思想进行验证、阐释和总结。需要指出的是，在这四类体裁中，杜博妮的翻译实践主要集中于诗歌和小说，戏剧和电影翻译涉猎较少，故本章着重分析杜博妮对诗歌和小说的翻译，其戏剧和电影翻译思想仅做介绍。

第一节　文学体裁定义及分类

根据《辞海》，体裁有两层含义。①指文章的风格，中国古代专指诗文的文风辞藻，在西方文论中，相应的概念有“文体”，指散文或韵文的说话和表达方式，属修辞学范畴；②又称“样式”，指文学的类别，如诗、散文、小说、戏剧、文学等（辞海编辑委员会编，2009：645）。本章中所用的“体裁”是第二层含义，指作品思想内容的具体表现形式，即文学作品所呈现的外在的特定样式。

对于文学体裁的分类，最早可以追溯到公元前4世纪的古希腊哲人亚里士多德。在其文艺理论著作《诗学》中，亚里士多德将文学分为史诗、戏剧（悲剧、喜剧）和抒情诗（如酒神颂）三类，各体裁因“模仿所用的媒介、所取的对象、所采用的方法”而不同（亚里士多德，2006：17）。史诗模仿使用的媒介是“语言，或不入乐的散文”，抒情诗同时使用“节奏、语言、音调”，戏剧则是三者“交替使用”；在模仿对象上，“喜剧总是模仿比我们今天的人坏的人，悲剧总是模仿比我们今天的人好的人”；在模仿采取的方式上，史诗主要“用叙述手法”，抒情诗“用自己的口吻来叙述”，而喜剧则是“借人物的动作来模仿”（亚里士多德，2006：20～22）。

自亚里士多德之后，西方出现过许多“三分法”之外的其他分类尝试，一些按照作家的创作心理状态划分，如席勒在《素朴的诗和伤感的诗》中把诗分为两类，一类是诗人在自然朴素的状态中，全部天性在现实的本身中表现出来，诗人尽可能完善地模仿现实，是素朴的诗；另一类在文明状态中，由于诗人脱离了自然，只能把自然当作理想来追求，容易流于感伤，因而是感伤的诗（王确，2015：156）。法国文学批评家布瓦洛（N. Boileau）将文学类型划分为“田园诗、挽歌、颂诗、讽刺短诗、讽刺文学、悲剧、喜剧和史诗”等几大类别（韦勒克、沃伦，2010：263）。虽然新的分类林林总总，但两千多年来亚里士多德的文学“三分法”一直在西方文艺理论中占据主流位置。究其原因，文艺理论家沃尔夫冈·凯塞尔（W. Kayser）在《语言的艺术作品：文艺学引论》中提到，“三部的分类：抒情的、史诗的、戏剧的，非常可靠且与事实相符，……今天确是科学思想方法的公共财产”（沃尔夫冈·凯塞尔，1984：442），而且虽然当今的文学现象远比亚里士多德时代要复杂多样，但“大部分现代文学理论倾向于把想象文学区分为小说（包括长篇小说、短篇小说和史诗）、戏剧（不管是用散文还是韵文写的）和诗（主要指那些相当于古代的‘抒情诗’的作品）三类”（韦勒克、沃伦，2010：260）。可以看出，亚里士多德“三分法”强大的包容性使这一文学分类法一直保持着旺盛而持久的生命力。

中国的文学体裁分类历史悠久，但“文学分类始终混杂在文章分类中”（王确，2015：156），所以大部分分类与其说是文学分类，更准确的说法应是文章分类。最早的诗歌集《诗经》把诗分为“风”“雅”“颂”

三部分，散文集《尚书》将文章分为“典”“谟”“训”“诰”“誓”“命”等多种类型。曹丕的《典论·论文》将当时流行的文体分为“铭”“诔”“诗”“赋”四种形式，萧统编纂的《文选》将文章分为“赋”“诗”“骚”“七”“诏”“册”等39类体裁，宋元以来又新增了戏曲、小说等文学类别，这些都反映了自古以来我国文学自觉的状况和文学分类的活跃性。“五四”运动以来，中国较为流行的文学分类是“四分法”，主要依据文学作品塑造形象的方式、语言运用等，把文学文本分为四种体裁类型：诗歌、散文、小说和戏剧文学（陈晓红，2013：144）。不难看出，这一分类是对亚里士多德的“三分法”——“抒情类、叙事类、戏剧类”文学形式的继承和发展。“三分法”中“抒情类”的抒情散文和“叙事类”的小说在“四分法”中单独列类，凸显了散文和小说在现代文学中的重要地位。“四分法”中的戏剧文学则与“三分法”大体保持一致。

20世纪90年代以来，文学分类又出现了新的变化。由于影视文化的日益繁荣，影视文学（电影、电视剧文学剧本）开始迅速崛起，成为不可忽视的文学类型之一。传统文学体裁类型的“四分法”已不能满足现实需求，“五分法”——诗歌、小说、散文、戏剧、影视文学已为越来越多的人所接受。由此我们可以看出，由于时代的发展，文学也必将随之发展，固有的体裁分类往往会在文学创新中被打破，文学体裁的分类具有历史性、相对性和开放性，其发展是永无止境的。

杜博妮依据自己的翻译实践经验，对诗歌、小说、戏剧和电影四类文学体裁的特征及其翻译要点进行了思考。本章将对其文学体裁翻译思想进行挖掘梳理和系统阐述，并佐以实例进行论证。

第二节　诗歌的韵律、意象与语域问题及其翻译

一　诗歌及诗歌翻译的三要素

作为一种文学体裁，诗歌一般具有语言精练、组织严密、意境深远的特征，被誉为文学王冠上的明珠。诗歌在《辞海》中被定义为“文学的一

大样式。运用有一定节奏韵律的语言，反映生活、抒发作者思想感情的文学体裁。感情充沛，想象丰富，语言凝练而富形象性。一般分行排列。按内容性质，可分为叙事诗和抒情诗；按语言组合有无格律，可分为格律诗和自由诗；按押韵与否，又可分为有韵诗和无韵诗”。其中，叙事诗有比较完整的故事情节和人物形象，如史诗、英雄颂歌、诗剧等；抒情诗通过直接抒发诗人的思想感情来反映社会生活，没有完整的故事情节，如情歌、挽歌、哀歌等（黎昌抱，2009：60）。格律诗指句式、韵律、节奏等遵循一定规则的诗歌，如中国诗歌中的五言、七言律诗等；自由诗则不讲究格律，诗歌形式和内容较为自由。诗歌往往篇幅短小，但承载着诗人的幻想、想象与回忆，可以言志、抒情，或是表达哲理。

诗歌虽美，但诗歌翻译往往并不轻松。诗歌一般被认为是最难翻译的体裁（McDougall，1991b：37）。首先，诗歌与小说、戏剧等叙事性文学不同，后者往往可以靠情节、主题等内容弥补翻译的不足，例如小说可以靠“小说人物形象的塑造和故事情节的巧妙安排”来增加作品的吸引力，戏剧则可以靠“戏剧冲突中的人物言行和逼真表演”等传递作品的效果（王宏印，2014：4），而诗歌则是抛弃了对现实图景的模仿和再创造，直接袒露人们最深沉的生命体验和美学想望（林静怡，2011：26），致力于在有限的篇幅中表达丰富的思想感情。诗歌脱离了故事情节的渲染，仅靠微妙的诗意来打动读者，这对翻译来说是一个挑战。其次，诗歌的难译性还体现在其独特的文体特征上。与散文、小说等文体不同，诗歌是具有特殊形式的文学体裁。以格律诗为例，在丰富的语言意蕴外，诗歌还有着精密齐整的韵律、错落有致的节奏和工整对仗的结构。这些形式不仅具有装饰功能，而且也有着表意功能，属于诗歌内容的一部分。诗歌意蕴和风格的传达离不开诗歌的特殊形式。因此，在翻译诗歌时译者需要考虑在翻译中如何兼顾诗歌的形式与内容，尽量做到保全原诗诗形、传达诗意以及再现原诗风格。

杜博妮认为，诗歌翻译要“考虑译文的语言（language）和形式（form），……译诗的形式与原诗形式对等，无疑是诗歌翻译的理想情形”，但在实际的翻译中则需要考虑具体情况。在翻译诗歌时，译者要格外注意原诗的“韵律”（rhyme）、“意象”（imagery）和“语域”（register）三点

（McDougall，1991b：39－40）。其中，韵律是诗歌形式的重要方面，意象组成了诗歌的内容，而语域则涉及诗歌的风格。

（一）诗歌的韵律

韵律是指诗歌押韵的规律，即相同的音在诗行的一定位置（通常在句尾）反复出现而使诗句产生押韵效果。韵律对诗歌的艺术性有着直接的影响，优美的韵律可以使诗歌形成一种回环往复的节奏，营造出行云流水般的连贯气势。许多经典诗歌节奏明朗，音韵优美，有着起伏跌宕的旋律，感染人心。

中国早期的诗都注重明显的诗的音韵效果（王宏印，2014：143）。如《诗经·关雎》中的“关关雎鸠，/在河之洲。/窈窕淑女，/君子好逑。……”。这首四言诗中除了“鸠”“洲”“逑”押韵外，还有双声叠韵词“关关”，联绵词“雎鸠”、“窈窕”和“好逑”，这些富于音乐感的词在诗中反复出现，营造出一咏三叹的艺术效果，整首诗吟诵起来朗朗上口，婉转悠扬，让人回味无穷。中国的古典格律诗，如五言律诗、七言律诗、五言绝句、七言绝句等，都注重对偶、押韵和平仄。诗歌通常是两句为一联，用词工整对仗，“出句与对句相当位置的词，词类需相同：名词对名词，形容词对形容词，虚词对虚词等”，“出句和对句相当位置的词组，结构需相同，如主谓结构对主谓结构，动宾结构对动宾结构”（袁行霈，2010：195）。用韵以两句为一个单位，“在唐以前完全依照口语，唐以后则需依照韵书”（袁行霈，2010：195）。就平仄节奏来说，诗句内部通常以两个音节为一个音步，平仄交替通常两个音节转换一次，诗歌读起来起伏有致，抑扬顿挫。对于诗歌的韵律，“中国诗向来以用韵为常例”（朱光潜，2008：146）。韵脚“是格律诗的第一要素，没有韵脚不能算是格律诗”（王力，1959：14）。格律诗除句尾用韵外，还常用双声叠韵、顶针、回文等手法构建诗歌的音韵美，如曹丕的《杂诗》“漫漫秋夜长，烈烈北风凉。……郁郁多悲思，绵绵思故乡”。诗句中除“长”“凉”“乡”押韵外，诗人还重复使用双声叠韵的手法，“漫漫”“烈烈”“郁郁”“绵绵”形成了独特的音韵效果。诗歌的韵律往往还可体现诗人所抒发的情感，表述欢快豪放之情多用响亮的音韵，凝重悲痛之情当用低沉的音韵

(周方珠，2014：197)。如李清照的《声声慢·寻寻觅觅》“寻寻觅觅，冷冷清清，凄凄惨惨戚戚。乍暖还寒时候，最难将息。三杯两盏淡酒，怎敌他晚来风急？雁过也，正伤心，却是旧时相识。满地黄花堆积，憔悴损，如今有谁堪摘？守着窗儿，独自怎生得黑？梧桐更兼细雨，到黄昏、点点滴滴。这次第，怎一个愁字了得!”，诗中“戚”“息”“急”“积”“滴”等低沉、急促的韵律表现了诗人孤寂落寞、动荡不安的心绪，渲染出了一种哀婉忧郁、深沉凝重的诗歌意境。

诗歌之所以有韵律，我们最早可以追溯到诗歌的源起。据考证，诗歌与音乐、舞蹈是同源的，而且在最初是一种三位一体的混合艺术（朱光潜，2008：6)。古时的诗歌与乐曲联系密切，诗可以入歌，如《诗经》中的诗大半都有乐，《乐府》中的诗词多与乐调相伴。后来诗、乐、舞三种艺术分化，每种均仍保存节奏，但于节奏之外，音乐尽量向和谐方面发展，舞蹈尽量向姿态方面发展，诗歌尽量向文字意义方面发展（朱光潜，2008：8)。诗歌与音乐同源的痕迹使得诗歌仍然保留了一些传统的音乐特征，如节奏、韵律。

中国格律诗习惯用韵，除源于诗歌的音乐性传承之外，还与汉语语音本身的特点密不可分。(中文的）音轻重不甚分明，音节散漫，中文诗的平仄相间不是很干脆地等于长短、轻重或高低相间，必须借韵的回声来点明、呼应和贯串。韵在一篇声音平直的文章里生出了节奏，犹如京戏、鼓书的鼓板在固定的时间段落中敲打，不但点明板眼，还可以加强唱歌的节奏。韵可以把涣散的声音联络贯串起来，成为一个完整的曲调（朱光潜，2008：148～149)。因此，汉语的音节特点决定了格律诗中韵律存在的必要性，它可以与前后诗句相互呼应并串连成完整的诗篇。

在西方诗歌中，韵律的使用也和中国诗一样古老，韵律同样也是诗歌格律体的条件之一。英语中的押韵不少于十种，大致包括全韵（perfect rime)，如“may”和“day”、“make”和“take”，非全韵（imperfect rime)，如“time”和“mine”，视韵（eye rime)，如“watch”和“catch”，辅音韵(consonance)，如“best”和“worst”，似韵（pararime)，如“mill”和“meal”，头韵（alliteration)，如“black”和“bright”，准韵（assonance)，如“mad”和“action”，反向韵（reverse rime)，如“mad”和“dam”，

同源词韵（paregmenon），如“succed”和“success”，后缀韵（homeoteleuton），如“happiness”和“business”（郭著章等编著，2010：367）。押韵的若是单音节词，元音应相同，如果元音前有辅音，辅音应不相同，如元音后有辅音，辅音应相同；若是双音节或以上的词要押韵，则重读音节后的元音和元音后的辅音都应相同（周方珠，2014：197）。如莎士比亚的十四行诗的第18首：

Sonnet 18

Shall I compare thee to a summer's day?
Thou art more lovely and more temperate.
Rough winds do shake the darling buds of May,
And summer's lease hath all too short a date.

Sometime too hot the eye of heaven shines,
And often is his gold complexion dimm'd;
And every fair from fair sometime declines,
By chance or nature's changing course untrimme'd.

But thy eternal summer shall not fade,
Nor lose possession of that fair thou owest;
Nor shall Death brag thou wander'st in his shade,
When in eternal lines to time thou growest.

So long as men can breathe, or eyes can see,
So long lives this, and this gives life to thee. (Shakespeare, 1999: 18)

可以看出，这首格律诗分为四个诗节，每个诗节中行数固定，结构固定，韵律规整，表现为 abab cdcd efef gg，主要为全韵和辅音韵。中西方格律诗的共同点可归纳为用固定的规范来表现诗的音乐性（林静怡，2011：68），诗歌有着固定的结构、明确的节奏和严密的韵律。

从19世纪中后期开始，国外诗歌迎来了“自由化”时期，如英美的意象派、法国的象征派、德国的表现派等的诗先后对世界诗坛的格律化秩序造成冲击。这些诗派的作品大都采用有别于传统的自由形式和白话语言，从而宣告了世界诗歌自由化时代的到来（熊辉，2013：206）。在中国，自“五四”运动后，白话文盛行，受西方诗歌自由化思潮的影响，中国出现了脱离传统格律束缚的“我手写我口”的白话诗，即新诗。这种新诗“推翻了旧诗的格式、平仄和押韵，它用现代的语言、自由的形体、自然的韵律来表达人们的复杂的生活和情感”（徐芳，2006：3）。此时新诗对传统格律形式的否定与消解很大程度上来源于其内容的激进性，“（新诗）的内容的特征先天就注定了是一种精神的不安，是一种热烈的反叛，而唯其因这种特征的内容的要求，这才对于形式上的一切束缚都无所顾忌也无所爱惜地一概挣脱。它决不能容忍古典文学中那种闲适中庸的情操，所以也不耐烦像古典诗格那样一板三眼的踏方步”（傅东华，2014：279）。新诗追求诗歌形式和内容上的自由，所以往往也被称为“自由诗”，“自由诗与新诗实质上是两个可以互换的称谓”（王光明，2013：70）。

需要指出的是，中国的自由诗虽然受西方自由诗（free verse）的影响颇深，但二者存在本质的差别。西方的自由诗“既有强烈的‘创体’意识，更有根深蒂固的‘常体’观念。西方自由诗虽然不再注重格律，但仍然追寻内在节奏，在诗中常常会利用排比、重复、停顿等手法营造出新的音乐性效果”（林静怡，2011：75）。与西方的诗歌相比，中国的自由诗对格律特征消解得更加彻底，它不拘于任何形式和内容。在结构上，诗歌没有固定的诗节数，没有固定的行数，每行没有固定的字数。诗行的长短与字数不再遵从格律诗的固定框架。在音乐性上，不再追求诗歌的节奏和韵律。在用词上，自由诗作者抛弃了古诗的文言，提倡口语入诗，用词无雅俗之分，在题材方面也不加限制。自由诗从西方诗歌中寻找美学观念和表达技巧，传达现代思想观念，寻求思想的解放。从韵律上来说，脱离传统格律诗的音韵规范、摆脱格律的束缚可看作中国现代自由诗的重要特征。

（二）诗歌的意象

意象在我国古典诗论和文学理论史上有着悠久的历史。“意象”一词的最早使用，可见刘勰在《文心雕龙·神思》篇中的叙述——“独照之匠，窥意象而运斤：此盖驭文之首术，谋篇之大端”，大意为“有着独到眼光的工匠，可以按照心中的形象来自如挥斧：这是驾驭文思的首要方法，也是谋篇布局的重要开端”。在文中“窥意象而运斤”被认为是“驭文之首术”，可见意象在创作中的重要地位。此处的“意象”是指作者对生活物象有了感悟的结果，是经过运思而形成的形象，重在“意”字。诗人余光中曾这样解释意象，“所谓意象，即是诗人内在之意诉之于外在之象，读者再根据这外在之象试图还原为诗人当初的内在之意”（王宏印，2014：155）。意象可以看作诗人将抽象的情感付诸具体客观事物的描写，激发出读者的想象或是共鸣。不难看出，意象中主观的“意”与客观的“象”相互融合，意象是蕴含着主观情感意念的客观物象。诗人可以利用意象承载个人情感，传达出含蓄微妙的美学感受。

中国诗歌重意象，诗歌的创作离不开意象，如杜甫的《绝句》“两个黄鹂鸣翠柳，一行白鹭上青天。窗含西岭千秋雪，门泊东吴万里船”。诗中意象纷呈，有动有静，构成了一幅绚丽生动的山水画。诗中前两句的意象“黄鹂”、“翠柳”、“白鹭”和“青天”给人活泼、闲散、安逸的感觉，而后两句“西岭”、“雪”和“船”则把读者由眼前的景观引向广远的空间和悠久的时间之中，把读者引入对历史和人生的哲思理趣之中。

要想领略到诗歌的意境，必须让意象与情感交融，诗歌的境界是主观情趣和客观意象的结合。正如朱光潜所说，“意象”是景，“情趣”是情，寓情于景，即景生情，情景相生而相契无间（朱光潜，2008：39～40）。如果情趣不附着到具体的意象上去，就根本没有可见的形象；而意象单独存在也是零乱破碎，不成章法的，须有情趣来融化它们、贯注它们，才内有生命，外有完整形象。对于同一意象，诗人所贯注的情趣不同，所创作的诗歌的意境也会不一样，诗歌欣赏也是如此。每个人所领略到的境界都是个人性格、情趣和经验的返照，因此不同人所见到的意象和所感到的情趣都各有不同。而且个人的情趣和经验又是随着时间变化的，因此对于同一首诗，人们所感知到的诗歌意象和领悟的诗歌境界也是不断更新的。

意象不仅可以通过情景交融来唤起人们的文学体验，还通常具有或鲜明或隐晦的象征意义，即读者在读到某个意象时不仅能联想到词语所指本身，也会联想到这个意象在生活中的作用或特殊意义，如“太阳”与温暖和希望，“月亮”与思念之情，“雨”与惆怅和离别伤怀，以及中国诗中常见的“梅”“兰”“松”“竹”“菊”等，这些意象在诗中往往不再是字面之意的如实呈现，而是表示诗人特定情绪和深层含义的艺术符号。除去这些固定的意象套语，诗歌中常常还存在许多意义和价值因人而异的意象，我们在欣赏诗歌时必须格外注意。

（三）诗歌的语域

语域是语言学领域的一个概念，在普通语言学、社会语言学和系统功能语言学中都出现过。在普通语言学中，语域是指“常见于某一特定行业、职业、话题或活动的专门词汇”（Radford et al.，1999：256），较为侧重于词汇。在社会语言学中，语域指“根据使用目的而形成的语言变体”（Hudson，1996：45），这与普通语言学里的语域有两点区别：第一，此处的语域不仅包括词汇，还可指语言的其他方面；第二，不同的行业、职业、话题或活动的语域并不是一成不变的（程晓堂，2002：11）。系统功能语言学中的语域则更为复杂，语言学家韩礼德等人把语言使用者所处的文化语境和语言实际发生的情景语境结合起来，形成了语域理论（Halliday，1973，1978；Halliday & Hasan，1989）。韩礼德等人认为，在具体语境中，说话者所说的话主要取决于语境中的各种因素，包括语言发生的环境——语场（field）、说话者之间的关系——语旨（tenor）和语言交际的渠道或媒介——语式（mode）。语场、语旨和语式是语域的三种变量，基于三种参数的不同，语言在实际使用中会产生不同的语言变体，即不同的语域，如新闻语言、法律语言、广告语言等。

杜博妮所说的语域更接近于社会语言学与系统功能语言学范畴中的语域概念，指在不同语言使用环境中以及不同说话者（即诗人）使用所产生的诗歌语言变体。语域大体可分为书面语和口头语两类。柯平按语域级别从高到低将其细分为“刻板的”（frozen）、“正式的”（formal）、“商谈的”（consultative）、“随便的”（casual）、“亲昵的”（intimate）五级，并强调文中语域情况需“前后谐调”，且译文的“文辞语气需与原文相符”（柯平，1991：30～31）。郭著章等按语言的规范程度，将语域大致分成“随便语”（包括 slang，spoken，informal，familiar language，regional dialects 等）、“共用核心语或共同语”（common core）和“规范语”（指 written，formal，polite，elevated languages 等）三大类，并指出语域的使用以及判断语域是否正常要依据“说话人、受话人、说话内容和交际方式”而定（郭著章等编著，2010：236）。

语域的使用与诗歌风格密切相关，“正式、高级别语域的诗歌一般用词较为规范，多书面语，尤其多用文学语言，能传达出正式的风格”（McDougall，1991：44），譬如中国古典格律诗的语域一般较为正式，用词文雅、洗练、雕琢，具备一套精巧的词汇系统和营造诗意的句法规则。语域级别较低的诗歌则多用口语词汇，甚至不乏俗语、俚语和方言，由此传达出特定的非正式风格。在谈到中国当代诗歌的语域特征时，杜博妮指出，“尽管正式程度各不相同，但即便是当代诗人创作的白话新诗一般也都采用较高级别的语域，多用文学词汇而非口语词汇，多用抽象或普遍的意象而非具体、带有文化特殊性的意象”（McDougall，1991b：44）。基于语域的重要性，译者在翻译诗歌时，应充分重视诗的语域特点，在传达诗歌中词语意义的同时，还应尽量再现原诗的语言风格。

对于诗歌翻译，杜博妮认为译者应尽可能兼顾对原诗内容和形式的忠实，译诗的形式要尽量与原诗对等（McDougall，1991b：39）。老舍说过，“（诗的）文字与内容是分不开的，专看内容而抛弃了文字是买椟还珠，专看文字不看内容也是如此。诗形学是一种研究工夫；要明白诗必须形式与内容并重：音乐，文字，思想，感情，美，合起来才成一首诗”（老舍，2016：137）。相应地，诗歌翻译的目标是保留原诗的内容与形式，即诗的节奏、韵律、结构、意象和风格，这是诗歌翻译的理想境界。然而，在具体的翻译活动中，诗歌自身特殊的文体特征又使得这种理想境界的实现困难重重，语言和形式有时无法兼顾。如果保留了原诗的形式，往往如同给译作套上了僵硬的枷锁，难以充分传达原诗的内容；如果体现了原诗的诗意内涵，有时又会破坏原诗的形式。

相比于形式较为自由宽松的自由诗来说，格律诗的翻译困难尤其明显。格律诗有着明确的韵律、节奏，整齐的布局，精巧的剪裁等特点。这些形式不仅是内容意义的载体，也是诗歌内容的一部分，有助于诗歌神韵义理的传达，但译诗要“做到（与原诗）‘形式上对等’远比看上去困难”（McDougall，1991b：40）。若译者一味拘泥于原诗形式，单纯依靠文字和技巧，缺乏想象力和变通性地译诗，往往非明智之举，形式此时会成为“无精力的死板格式”（老舍，2016：138）。可能译者最初的目的是传达原诗韵味，但最终的结果可能会有损原诗诗趣诗味。另外，如果译者抛弃原诗格律特征，无视其在形式上的艺术化体现，那么译文也会因“精神找不到形式”而“不能成为艺术的表现”（老舍，2016：138）。

因此，杜博妮认为，在翻译诗歌时，译者需要在诗歌内容与形式之间做出一定的平衡。译者首先要考虑到具体“诗歌的精髓”（poem’s genius）（McDougall，1991b：49），另外，还要考虑诗人的创作意图以及自身的翻译目的，在此基础上选择合适的翻译策略，对原诗的形式和内容进行保留或是适当的取舍。

杜博妮曾系统翻译过北岛的诗歌作品，译有北岛诗集《太阳城札记》、北岛国内时期诗歌全本《八月的梦游者》（1970～1986）和出国后推出的诗歌集《旧雪》（1989～1991）等。本章将以诗集《八月的梦游者》和《旧雪》为例，考察杜博妮对北岛诗歌韵律、意象和语域的处理，具体论述杜博妮诗歌翻译思想。

二　北岛诗歌翻译实践举隅

（一）北岛的诗

北岛，原名赵振开，朦胧派代表诗人之一。1949年出生于北京，1966年高中未毕业，就因“文革”中断学业，此后做过建筑工人、报刊编辑等。1970年北岛开始写诗，他于1976年所创作的《回答》一诗于1979年在《诗刊》发表后开始引起当代诗坛的瞩目。1989年北岛移居国外。从北岛的创作来看，其诗歌有着一个明显的时间界限：诗人在国内的前期创作和移居国外的后期创作。虽然后期的诗歌数量更多，但“确立北岛在文学上地位的是其前期作品”（牛殿庆，2010：6）。

北岛最早的一些诗歌受中国古诗影响较大，诗节对称，多骈偶句，注意节奏和押韵，如创作于1972年的《星光》："花开了、花谢了/徘徊着一缕芳香；/雁北归、雁南飞/洒遍满天的凄凉。"逐渐北岛的诗歌形式发生了变化，传统的音乐美、节奏感被淡化，诗歌的形式越来越自由，语言的韵律化逐渐削弱，转而重视语言的视觉效果，图画美尤其建筑美或称造型美突出，视觉的审美效果被强化（王干，1988：33）。如《界限》一诗："我要到对岸去/河水涂改着天空的颜色/也涂改着我/我在流动/我的影子站在岸边/像一棵被雷电烧焦的树/我要到对岸去/对岸的树丛中/掠过一只孤独的野鸽/向我飞来。"可见，早期诗中的节奏和旋律特征消失不见，取而代之的是富有冲击力的意象和振聋发聩的语言。杜博妮也指出，北岛诗歌重在"想法"（ideas）和"意象"（images），而不是"韵律"（rhyme）或"节奏"（rhythm）（McDougall，1990b：11－14）。

北岛前期的诗歌作品以象征手法著称，诗中往往意象丰富，大多数意象带有某种程度的象征性。诗人借助象征来表达自己的情感，因此作品往往给人朦胧绰约甚至隐晦的感觉。例如在《太阳城札记》组诗中，以"红波浪/浸透孤独的桨"暗示在"文革"的"红色"汪洋大海中个体生命的随波沉浮，以及一代人被耽误的青春。诗结尾处的一个字"网"，隐喻现代人受束缚而又挣脱不出、相互关联的生存状态。北岛诗中一些意象来自大自然，如"天空""鲜花""红玫瑰""橘子""土地""野百合"等。这是浪漫主义诗歌经常用来表现美好事物的意象，体现着人与人、人与环境之间和谐、正面的价值含义。北岛诗中另一个意象群，在价值上则处于对立的位置，整体上带有否定色彩和批判意味，如"网""生锈的铁栅""颓败的墙""破败的古寺"等，则表示对正常的、人性的生活的破坏、阻隔，对人的自由精神的禁锢（洪子诚，2005：8）。

在诗歌的内容表达上，北岛的诗歌致力于展现两个世界：充满关爱、宁静、安定、有着正常生活、本应存在的理想世界，以及残酷、恐怖、充满憎恶的现实世界。诗中往往体现着对人类基本需求和渴望的尊重，对苦难的展示，对个体尊严和责任的信仰，以及对个人内心世界神圣不可侵犯的认可。北岛的诗试图展现真正的自我，揭示公众和个人的伤痕，信任人类本能的感知，触碰其他受伤的灵魂，可以说北岛是一个"人道主义者"（McDougall，1990b：10－13）。北岛努力用诗的想象来营造一个理应存在的真、善、美主宰的天地，其诗歌的一个重要主题是“爱”，但由于特定年代里现实环境的险恶，又使诗人的视景蒙上了冷峻的色泽，因而作为诗人心境投射的诗歌世界，总是蒙着一层阴影（毕光明、樊洛平，1985：40）。“恨”是北岛情感的另一极，十年动乱，面对理想的坍塌，诗人对冷酷的现实进行清醒的思辨，通过心灵对外在客体的过滤，来揭示“文革”时代的荒诞、罪恶。

因此，北岛诗中常常会流露出浓厚的抗衡色彩和“孤独的英雄气质”，其为人所熟悉的“孤绝冷峻”的风格也来源于此（王光明，2013：170），如成名作《回答》中开头的“卑鄙是卑鄙者的通行证，/高尚是高尚者的墓志铭”以及诗中的“我——不——相——信!”，还有组诗《岛》中“举起叛逆的剑/又一次/风托起头发/像托起旗帜迎风招展”，无不凸显了诗人强烈的否定意识，以及怀疑和批判精神，体现了青年一代由信仰到怀疑，由狂热到清醒，由笃信到叛逆的心路历程，无怪乎北岛的诗被认为“质地是坚硬的，是‘黑色’的”（洪子诚，2005：4）。

北岛诗歌创作后期，即20世纪80年代末北岛旅居欧洲后，其诗歌手法有了较大变化。诗人不再满足于单一的象征主义，受西方超现实主义思想影响，其诗歌消解了前期的思想叛逆性和先锋性，写作风格趋于隐晦、平静。“早期诗歌的孤独和冷寂淡化了，悲观意识却深刻起来”，诗歌“突破正常逻辑，注重描写直觉、潜意识，甚至梦境”，具有超现实主义特征（毕光明、樊洛平，1985：44）。在诗歌中北岛把象征基调与超现实的手法有机结合起来，使诗歌在朦胧的底色上更呈现了“错综、奇诡、扑朔迷离”的特点（赵敏俐、吴思敏，2012：337）。例如《履历》：“我曾正步走过广场/剃光脑袋/为了更好地寻找太阳/却在疯狂的季节里/转了向，隔着栅栏/会见那些表情冷漠的山羊/直到从盐碱地似的/白纸上看到理想/我弓起了脊背/自以为找到了表达真理的/唯一方式，如同/烘烤着的鱼梦见海洋/万岁！我只他妈喊了一声/胡子就长出来了。”诗人通过荒诞不经的超现实意象组合，揭示了“文革”中受愚弄的一代理想破灭的怨愤之情，以及从迷惘到觉醒的心路历程。诗歌结尾更具有想象力，“当天地翻转过来/我被倒挂在/一棵墩布似的老树上/眺望”。

在诗歌作品的传播上，由于北岛在国内创作的诗歌主要表达的是一种怀疑、否定的精神，以及对社会和人性缺陷的批判，不少作品是对当时（20 世纪七八十年代）社会主流话语的反抗，因而最初北岛的作品很难有公开发表的机会，往往只能在内部传播，“只为自己和一小圈相近的朋友写作”（亚思明，2015：141），比如在北岛和其他几位朦胧派诗人自办的刊物《今天》上发表。随着北岛诗名日显，以及国内环境的暂时宽松，他的一些诗作开始在官方刊物上出现，如上文提到的《诗刊》，但此时北岛的作品仍处在边缘位置，不被当时文学界主流所认可。1983 年国内开展“清除精神污染运动”，要求全面整治党和文艺界的“精神污染”，号召抵制艺术美学领域的人道主义、自由主义倾向。北岛的诗因其激进性和批判性再次被禁，直到运动结束后相当一段时间才得以解禁。因此，当时的北岛只能是“地下作家”，其作品不符合当时社会的主流意识形态，在国内得不到出版机会，只能寄希望于海外。杜博妮在 20 世纪 80 年代初曾在外文出版社担任专职译员，工作之余也从事私人翻译活动。在这一时期，杜博妮经人介绍与北岛相识，旋即被其诗作吸引，着手北岛诗歌的翻译工作，并帮助其在海外出版。翻译的诗集包括 1983 年美国康奈尔大学出版社出版的《太阳城札记》，1988 年由英国 Anvil 出版社出版的《太阳城札记》的修订及扩展版《八月的梦游者》，以及 1991 年新方向出版社出版的《旧雪》。杜博妮在每一部译著前都撰有前言，详细介绍北岛的生平经历、作品的社会背景、作品特色等内容，为西方读者了解北岛及其诗歌提供了宝贵材料。此外，杜博妮还系统翻译了北岛的小说集，主要有 1985 年由香港中文大学出版社出版的《波动》，1989 年和 1990 年又陆续在英国和美国推出该小说集的修订本。

北岛的作品经翻译出版后在国外获得较大反响，他曾三度获得诺贝尔文学奖提名，并入选美国艺术文学院终身荣誉院士。北岛之所以获得成功，固然与其作品“真实记录了特殊年代人们对个人梦境和希望的探寻”，以及“对现代社会中人类普遍困境的展示”（McDougall，1990b：14）的特色密不可分，但杜博妮对其作品的译介和推广也功不可没，正如中国现当代文学研究者雷金庆所说，“北岛幸运的是，他有一个出色的批评家和翻译者杜博妮”（Louie，1987：205）。

（二）北岛诗歌的韵律及翻译

纵观北岛诗歌，自诗人1970年开始创作诗歌，到1989年出国，其在国内的诗歌可以分为三个阶段：第一阶段是1970～1978年，这一时间段是北岛诗歌创作的早期。此时，中国正经历着“文化大革命”，1976年运动结束后的余波仍在，给国家、社会和个人生活都带来严重影响。北岛的诗集中于对人的生存、人的尊严、人的自由、历史与文化境遇等主题进行思考，流露出对现实社会和现实人生强烈的否定和怀疑的精神，其诗歌基本只能在“地下”流传，很少有公开发表的机会。第二阶段是1979～1983年。随着1978年12月党的十一届三中全会的召开，国家开始在思想、政治、组织等方面进行大规模的拨乱反正工作，并做出改革开放的决策。这一时期国内的环境较为宽松，反思“文革”问题、揭露“文革”苦难的“伤痕文学”兴起。北岛带有强烈批判意识的诗歌开始进入人们的视野，诗人的诗名日显，影响力与日俱增，成为朦胧派诗歌的代表作家之一。1983～1989年是北岛诗歌的第三阶段。受1983年开展的“清除精神污染运动”的影响，北岛的作品再次被禁，在相当长的一段时间内得不到出版的机会，诗人开始尝试在海外出版自己的作品。

北岛诗歌的韵律情况较为复杂，但大致可以分为两类：韵律诗和无韵诗。韵律诗主要见于北岛创作的早期，即上文所述的第一阶段，约占早期诗歌数量的一半（McDougall，1991b：40）；而无韵诗多见于其诗歌创作的第二、三阶段，以及诗人移居国外后所创作的诗歌。北岛的诗绝大多数为无韵诗。

北岛的韵律诗虽然数量不多，但特点较为鲜明。诗歌多由两个或两个以上的诗节组成；每一节通常是四行，偶尔也会多于四行，形式较为整饬；韵脚通常落在诗歌对句的末尾，“诗行的行进总会以一个相同的字音结束”，“一韵到底”（江弱水，2010：57）。全诗由相同或者相近的韵律贯串而成，形成完整的曲调。北岛的代表作《回答》就是一首有着明晰韵律的诗歌。

回答

卑鄙是卑鄙者的通行证，

高尚是高尚者的墓志铭，
看吧，在那镀金的天空中，
飘满了死者弯曲的倒影。

冰川纪过去了，
为什么到处都是冰凌？
好望角发现了，
为什么死海里千帆相竞？

我来到这个世界上，
只带着纸、绳索和身影，
为了在审判之前，
宣读那些被判决了的声音：

告诉你吧，世界
我——不——相——信！
纵使你脚下有一千名挑战者，
那就把我算作第一千零一名。

我不相信天是蓝的，
我不相信雷的回声，
我不相信梦是假的，
我不相信死无报应。

如果海洋注定要决堤，
就让所有的苦水都注入我心中，
如果陆地注定要上升，
就让人类重新选择生存的峰顶。

新的转机和闪闪的星斗，

正在缀满没有遮拦的天空，
那是五千年的象形文字，
那是未来人们凝视的眼睛。（北岛，2014：4～5）

这首诗不仅是北岛的代表作之一，同时也是朦胧派诗歌的开山之作。诗歌揭露了那个时代黑白混淆、是非颠倒的社会现实，诗人以坚定的口吻表达了对暴力世界的怀疑，同时对荒谬的时代、险恶的社会发出了愤怒的质疑，并庄严地向世界宣告了“我——不——相——信”的回答。全诗弥漫着冷峻孤独的英雄主义氛围，体现出诗人挑战宿命、绝不低头的勇气。诗中既有直接的抒情和充满哲理的格言警句，这使得诗句气势磅礴，具有强烈的震撼力；同时还有大量的象征性意象，把明示转为隐晦的暗喻，扩大了诗句的张力，使得诗歌含蕴丰厚，令人回味无穷。从形式上来看，全诗共七个诗节，诗节中骈偶对仗，如“卑鄙是卑鄙者的通行证，/高尚是高尚者的墓志铭”，“如果海洋注定要决堤，/就让所有的苦水都注入我心中；/如果陆地注定要上升，/就让人类重新选择生存的峰顶”，诗节基本由两组带有明确意义指向的对立因素构成象征意境，具有对称性。另外，第五个诗节是四个连续的排比句，前两句通过象征手法对现实社会表示否定，后两句是对理想、规律的肯定，排比的手法使诗歌产生了一种冷峻大气、气势磅礴的效果。在韵律节奏上，全诗节奏明确，韵律严密，韵脚落在每一对对句的最后一个字，如“铭”“影”“凌”“竞”“影”“音”“信”“名”“应”“顶”“睛”。这些韵律具有回环往复的特点，读起来朗朗上口，使得这首雄浑激荡的诗歌具有音乐上的美感。可以说，这首诗的格律特征较为明显。

北岛早期的韵律诗还有《你好，百花山》《走吧》《日子》《陌生的海滩》《在我透明的忧伤中》等。这些韵律诗的共同特点是：诗歌基本由多个诗节组成，每一诗节又多由两组意象构成，这两组意象在结构上多工整对仗。在韵律上，基本每一对对句的句尾都讲求押韵。除了诗节内部的骈偶对称外，北岛的一些韵律诗是诗节之间的对称和押韵，如诗歌《走吧》。

走吧

走吧，
落叶吹进深谷，
歌声却没有归宿。

走吧，
冰上的月光，
已从河面上溢出。

走吧，
眼睛望着同一块天空，
心敲击着暮色的鼓。

走吧，
我们没有失去记忆，
我们去寻找生命的湖。

走吧，
路呵路，
飘满了红罂粟。（北岛，2014：6）

这首诗一共五个诗节，每节三行，诗节之间整齐匀称。伴随着起始句“走吧”，五个诗节指向五个不同的画面，随着时空场景的转换，整首诗的时空长度被拉长，“走”的动作得到了延伸，体现了诗人执着“寻找生命的湖”的坚定态度。这首诗的韵律明朗，每一诗节最后一句押韵，如“宿”“出”“鼓”“湖”“粟”。韵律短促轻快，犹如小调，渲染出“走”的愉快雀跃的心情，可以说这首小诗在结构和音韵上都别具美感。

除去早期创作的少量的韵律诗外，北岛中后期创作的诗歌多是无韵诗。随着创作时间渐久，北岛的语言表达和情感抒发不再轻易受传统诗歌格律特征的限制，形式更加灵活自由。诗人的文笔日益老练，情感抒发上挥洒自如，诗歌内容不乏超现实主义的意象。这种“自由”反映在韵律形式上则是讲求押韵的诗越来越少，许多诗的韵律模糊不清，甚至没有韵律。有人指出，对于北岛诗中“节奏长短、旋律的缓急，以及字的音质音色的呼应与变化”严重缺失的状况，他的诗“要求我们以神遇而不以目视，以目视而不以口诵耳聆”（江弱水，2010：57）。北岛的无韵诗在形式上主要有两种：一种是没有划分诗节的短诗，这种诗的数量较多，如《一切》《履历》《恶梦》《你在雨中等待着我》《祝酒》《乡村之夜》《传说的继续》《十年之间》等。以北岛的《一切》为例：

一切

一切都是命运
一切都是烟云
一切都是没有结局的开始
一切都是稍纵即逝的追寻
一切欢乐都没有微笑
一切苦难都没有泪痕
一切语言都是重复
一切交往都是初逢
一切爱情都在心里
一切往事都在梦中
一切希望都带着注释
一切信仰都带着呻吟
一切爆发都有片刻的宁静
一切死亡都有冗长的回声。（北岛，2015：16）

在这首诗中诗人用强烈的判断意味的句式来诉说内心的感受，思考何为生活，何为生活的真谛。北岛的诗歌常用带有宣言色彩的表述方式来抒发澎湃的情感，如《回答》中的“告诉你吧，世界/ 我——不——相——信”，《明天，不》中的“谁期待，谁就是罪人”，《同谋》中的“自由不过是，/猎人与猎物之间的距离”。《一切》这首诗在结构上较为规整，对句间的骈偶特征明显，两两对称，但是韵律却比较模糊。开头两对对句的句尾“运”和“寻”押韵，但之后的句子在音节上较为自由，“痕”“逢”“中”“吟”“声”不再有韵律上的联系。用杜博妮的话说，“诗人没有去刻意营造音韵上的效果”（McDougall，1991b：40）。

另一种无韵诗的形式是组诗。诗歌由多首短诗构成，篇幅一般较长，如《太阳城札记》《岛》《白日梦》等。以《太阳城札记》为例，这首组诗包含14首短诗，每首诗篇幅较短，最多为四句，最少仅为一句，且只有一个字，如《生活》只有一个字“网”。每首短诗的标题都为名词，可分为两类，一类是关于生命存在的状态，如《生命》《爱情》《孩子》《姑娘》《青春》《命运》，另一类则是关于社会存在的形态，如《自由》《艺术》《人民》《劳动》《信仰》《和平》《祖国》《生活》。在这首组诗中，这两类题材被归置在一起，展示“太阳城”存在的状态。这首组诗没有固定的结构，每首短诗内部及短诗之间诗句的结构较为自由，如《自由》：“飘/撕碎的纸屑”，《孩子》：“容纳整个海洋的图画/叠成了一只白鹤”，《姑娘》：“颤动的虹/采集飞鸟的花翎”，《青春》：“红波浪/浸透孤独的桨。”整首组诗没有统一的韵律模式，上文的“屑”“鹤”“翎”等无音韵上的关联，诗人在创作中摆脱了格律体的限制，诗歌形式较为自由随意。

对于北岛诗歌的自由形式，有学者指出，北岛诗歌的特征在于“集约化的意象，短兵相接的句法，起落无端的诗节，有的是质感，却没有乐感”，因此“诗歌在通过翻译时，音乐性上几乎没什么折扣可打”，可以因其“高度的抗磨损性”而在“各大语种之间的流通中而获得普遍的意义”（江弱水，2010：58），其诗歌“极为适合翻译”，有着“自行翻译的本领”，是“真正国际性的诗歌”（world poetry）（Owen，1990：31）。因此，对于北岛的无韵诗，译者可以摆脱格律形式的束缚，在翻译中专注于原诗内容意象的传达。以杜博妮对上文中《一切》的翻译为例：

All

All is fate
all is cloud
all is a beginning without an end

all is a search that dies at birth
all joy lacks smiles
all sorrow lacks tears
all language is repetition
all contact a first encounter
all love is in the heart
all past is in a dream
all hope comes without footnotes
all faith comes with groans
all explosions have a momentary lull
all deaths have a lingering echo（McDougall，1990b：35）

从内容上看，北岛这首诗中的意象具有普遍性，如“命运”“烟云”“微笑”“泪痕”等。这些意象的中英文文化异质性较小，可以较为顺畅地用英语对应词语进行表达。从形式上来说，诗人用直白的判断句来串联这些意象，如“……是……”，“……有……”，“……在……”。杜博妮在翻译中沿用这些主谓、动宾及介宾结构，传递原诗判断句式直抒胸臆的风格，同时注意诗句的对称性特征，在韵律上也秉承原诗的特点，韵脚较为随意，不讲求韵律节奏，但求传递原诗的内容意蕴。要指出的是，基于原诗韵律上的自由形式，杜博妮在翻译诗歌时除第一句首字母大写以外，其余每一行的首字母均采取小写形式，“首字母小写同不用韵律一样，都可以营造出一种‘现代感’的效果”（McDougall，1991b：43）。译文中首字母小写与韵律模式的淡化相呼应，渲染了诗歌的自由感和现代感，传递出奔放恣意的风格。

对于北岛早期少数节奏明确、韵律严密、结构整饬、有较强的格律特征的韵律诗，杜博妮在翻译中的处理较为特殊，她选择淡化原文的音韵形式，一律采用自由诗的无韵形式来翻译诗歌。例如对《回答》的翻译：

The Answer

Debasement is the password of the base,

Nobility the epitaph of the noble.
See how the gilded sky is covered
With the drifting twisted shadows of the dead.

The Ice Age is over now,
Why is there ice everywhere?
The Cape of Good Hope has been discovered?
Why do a thousand sails contest the Dead Sea?

I came into this world
Bringing only paper, rope, a shadow,
To proclaim before the judgement
The voice that has been judged;

Let me tell you, world,
I—do—not—believe!
If a thousand challengers lie beneath your feet,
Count me as number one thousand and one.

I don't believe the sky is blue;
I don't believe in thunder's echoes;
I don't believe that dreams are false;
I don't believe that death has no revenge.

If the sea is destined to breach the dikes
Let all the brackish water pour into my heart;
If the land is destined to rise
Let humanity choose a peak for existence again.

A new conjunction and glimmering stars

Adorn the unobstructed sky now;

They are the pictographs from five thousand years,

They are the watchful eyes of future generations. (McDougall, 1990b: 33)

从形式上来看，由于原诗的格律特征明显，杜博妮在翻译中将诗句每一行的首字母大写，突显诗歌的传统性和正式性。除此之外，杜博妮不再刻意追求原诗形式的再现。首先在诗句结构上，不再追求诗节内部诗句的工整对仗。例如对句“如果海洋注定要决堤，/……，/如果陆地注定要上升，/……”，杜博妮将“决堤”译为“breach the dikes”，“上升”译为“rise”，原诗对称的结构被打破，原诗第五诗节的四个排比句在译文中也是长短不一。其次在韵律表达上，原诗韵律严密连贯，而译诗中对句末尾“noble”“dead”“everywhere”“sea”“shadow”等却没有押韵效果。可以看出，在北岛诗歌形式和内容的表达上，杜博妮在翻译中摆脱原诗形式，译文不再遵从与原诗韵律上的对等，而是关注原诗内容的传达。考察译者对北岛其他韵律诗的翻译，情况也大致类似。如对《走吧》的翻译：

Let’s Go

Let’s go—

Fallen leaves blow into deep valleys

But the song has no home to return to.

Let’s go—

Moonlight on the ice

Has spilled beyond the river bed.

Let’s go—

Eyes gaze at the same patch of sky

Hearts strike the twilight drum.

Let’s go—
We have not lost our memories
We shall search for life’s pool.

Let’s go—
The road, the road
Is covered with a drift of scarlet poppies. (McDougall, 1990b: 34)

从诗歌韵律上来说,《走吧》原诗中每一诗节的句尾词押韵,而在译文中这种韵律特征消失不见,句末“to”“bed”“drum”“pool”“poppies”没有音韵上的联系,诗歌的形式较为自由。

有关杜博妮对北岛诗歌韵律的“自由化”处理方法,她曾明确指出“在翻译北岛诗歌时(我)较少使用原诗对应的韵律”,翻译中“避免韵律”(McDougall, 1991b: 41-42)。对于杜博妮淡化原文韵律色彩,采取无韵诗的形式来翻译北岛韵律诗的策略,我们认为其原因主要有二。

首先,北岛诗歌重在意象内容,而非韵律节奏。杜博妮指出,北岛诗歌的“精髓在于其有感染力的意象,而非精巧的文字游戏和音韵效果”(McDougall, 1991b: 49)。宇文所安(Stephen Owen)① 也认为,“北岛诗歌的成功不在于其文字,文字总是被困在语言的国籍中,而在于通过文字展现出的意象中的画面”,即黑格尔所说的“诗意的思想”(poetic ideas)(Owen, 1990b: 31)。虽然译诗的理想境界是全面再现原诗的形式和内容,但在实际的翻译中形式和内容有时难以兼顾。如果保全了原诗的形式,则内容表达上难免会有所调整,甚至会带来“意义上的扭曲”(McDougall, 1991b: 41),如果传达了原诗的内容,原诗的形式有时又会被破坏。面对形式与内容难以完全兼顾的问题,译者在翻译中难免会侧重一点,而另一

① 宇文所安(Stephen Owen),美国汉学家,任教于哈佛大学东亚系、比较文学系,中国古典诗歌研究专家,著有《追忆:中国古典文学中的往事再现》(*Remembrances: The Experience of Past in Classical Chinese Literature*)、《初唐诗》(*The Poetry of the Early Tang*)、《盛唐诗》(*The Great Age of Chinese Poetry: High Tang*)、《晚唐:9世纪中叶的中国诗歌(827—860)》[*The Late Tang: Chinese Poetry of the Mid-Ninth Century (827-860)*]等。

点则会有所牺牲。相比起诗歌的音韵效果和结构模式，北岛诗歌的语言内容更为突出，诗歌意蕴丰富，善用高度概括性的悖论式警句和格言式诗句来抒发诗人的情感，如“卑鄙是卑鄙者的通行证，/高尚是高尚者的墓志铭”，“在没有英雄的年代里/我只想做一个人”，“一切希望都带着注释/一切信仰都带着呻吟”等。北岛的诗歌重在意象，韵律只是起辅助作用。为充分传达原诗的内容，杜博妮在翻译中选择淡化诗歌的音韵色彩，确保不会因为原诗形式的保留而影响到诗歌内容和风格的传达。

其次，无韵的形式、“散文化的节奏”、“个性化开放化的创作模式”是英语自由诗的重要特点，其“表现方法、表现内容是现代化、当代化的”（傅浩，2010：96），自由诗的这种现代性正是北岛诗歌所强调的。尽管诗人为数不多的韵律诗具有某些传统的格律特征，但其诗歌仍具有相当的现代性和激进性。从内容上看，北岛的诗往往蕴含着对当时社会强烈的怀疑、否定和批判精神；从风格上看，诗歌的“语言、意象、句法和结构，都极具原创性和实验性”（McDougall，1990b：10）。在翻译中选择“淡化韵律形式可以营造诗歌的现代感”（McDougall，1991b：42）。在英语中，现代英语时期（约 1830 年至今）与中古英语时期（约 1150 ~ 1500 年）和早期现代英语时期（约 1500 ~ 1750 年）相比，诗歌对韵程度大幅降低，尤其“是 20 世纪的英语诗，……受自由诗风气的影响，韵已到可有可无之境地”（王宝童，2002：59 ~ 62）。杜博妮在一次采访中也表明，“他（北岛）的诗更重内容，押韵很少，而且他强调诗的现代性，而现代英语诗歌是不重韵律的，所以翻译时我更多地去营造一种口语化的节奏，而不是传统意义上的诗歌韵律”。可以说，杜博妮选择英语自由诗的表达方式，淡化原诗的音韵形式，为的是更好地向西方读者传达北岛诗歌现代性的特征。

在北岛诗歌韵律的处理上，杜博妮在翻译中淡化了韵律诗的句尾押韵效果，转而用更加自由的诗歌形式来传达原诗的内容和风格。然而，这并非杜博妮诗歌韵律翻译的绝对准则。

杜博妮认为诗歌翻译必须“把握原诗的精髓”（McDougall，1991b：49）。北岛诗歌的精髓在于其冷峻苍劲、有着“坚硬”质地的语言内容，在于其意蕴丰富、富有张力的诗句，在于富于现代感的诗歌风格，而非诗句的外在音律形式。而当诗歌重视形式时，则有必要在翻译中呈现这种形式特征，“如果当韵律成为诗人遣词造句的主要考虑因素时，那么译者在翻译中也必须采取同样的标准”（McDougall，1991b：42）。以杜博妮翻译的朱湘的诗歌为例：

雌夜啼

　月呀，你莫明，
莫明于半虚的巢上；
　我情愿黑夜
来把我的孤独遮藏。

　风呀，你莫吹，
莫吹起如叹的叶声；
　我怕因了冷
回忆到昔日的温存。

　露水滴进巢，
我的身上一阵寒栗。
　猎人呀，再来：
我的生趣已经终毕！（朱湘，1984：247）

Nocturne

Moon, do not shine so bright,
　　On my half-empty nest;
I crave the darkness of the night
　　To hide my loneliness.

Wind, do not freshen.
　　Stirring a sigh through the grass;
I fear that the cold will beckon
　　Memories of warmth from the past.

Dew soaks my nest,
    I am seized with trembling.
Hunter, do not rest:
    I long for an ending! （McDougall, 1984b: 246）

朱湘是民国时期的著名诗人，被鲁迅誉为“中国的济慈”，柳无忌称其为“诗人中的诗人”。朱湘是“新月派最讲究形式美的诗人，强调音韵格律与‘文字的典则’，诗作有鲜明的音乐感，同时又刻意营造一种古典美”（程光炜等，2000：125），其诗歌简洁凝练，意蕴深远，注重剪裁布局以及音韵格律的整饬，追求诗歌的形式美。苏雪林（1934）将朱湘的诗概括为三个特征：“善于融化旧诗词”、“音节的协调”以及“长诗创作的试验”。柳无忌（1934）也认为，朱湘的诗歌“重格律形式，诗句锻炼有力，铿锵可诵，不苟且，不草率，尤不喜堆砌”。可以看出，与北岛诗歌重意象内容、轻音韵乐感相比，朱湘的诗重韵律、重古典传统、重形式和谐。《雌夜啼》这首诗正体现了诗人注重格律形式的特点。全诗共三个诗节，诗节之间结构对称，每一诗节内部押韵，如“上”与“藏”、押半韵的“声”与“存”，以及“栗”与“毕”，诵读有着优美的旋律感。另外“月呀”“风呀”“猎人呀”等语气词为诗歌营造出一种婉转飘忽的节奏，极富音乐感，这些叹息与呐喊为全诗笼罩了一层身处绝境诚惶诚恐的氛围，以及对现实充满了绝望感的死亡意识。对于原诗所注重的形式因素，杜博妮在翻译中采取标准的英语韵律模式，力求达到诗歌的押韵效果，如原诗中押半韵的“声”与“存”，译诗中杜博妮也用半韵“grass”和“past”进行对应。为取得押韵的效果，杜博妮甚至不惜替换原诗内容，将诗中的“叶”译为英语中的“grass”。关于这一点，杜博妮为自己辩护道，“虽然字面意义有差别，但二者在所指类别上相似”（McDougall, 1991b: 42）。为传递原诗的音乐感，译文的韵律甚至比原诗更为严格，如第一诗节中的一、三句“bright”和“night”押韵，第二诗节中的“freshen”和“beckon”押半韵，第三诗节中的“nest”和“rest”押韵。通过杜博妮对朱湘诗歌的翻译方法，我们可以大致窥见其处理诗歌韵律的态度。

综上所述，韵律是诗歌形式的重要内容，也是困扰诗歌翻译的一大难题。杜博妮认为，翻译诗歌要关注原诗的韵律，而诗歌韵律的处理并没有一成不变之法，但有一点是确定的，即译者要把握诗歌的精髓，翻译诗歌时是“避免韵律”还是将“韵律列为遣词造句的主要考虑标准”要根据具体诗歌及诗人特点而定（McDougall，1991b：40－42）。譬如朱湘的诗注重形式，形式本身就是其诗歌内容的一部分，在翻译中译者应充分再现原诗韵律等格律要素，为实现这一目标，必要时甚至可以放弃对语义的坚持，可对诗歌的内容进行适当的调整。而北岛的诗重在意象内容，为了充分传达诗歌有质感的内容、表达诗歌的“现代性”，对于北岛的韵律诗，译者可以摆脱原诗固有格律框架的束缚，淡化诗歌的韵律形式，以便原诗内容精髓和风格特征的充分传达。

（三）北岛诗歌的意象及翻译

北岛诗歌的精髓在于其充满质感和力度的意象，诗人情感的表达往往是借助各种意象来叩问生活，叩问人性，或是利用意象来批判现实世界的丑恶，或是来建构想象中的“真诚而独特的世界，正直的世界，正义和人性的世界”（北岛，1981：90）。

阅读北岛的诗，不难发现北岛深受西方诗歌影响。诗中许多抽象术语、文化暗指、具体指称等都直接或间接地来自西方，许多可以找到对应的英语词语，一些短语和句子结构等也受西方诗歌的影响较大，甚至“有一些读者批评北岛的诗歌过于‘西化’”（McDougall，1991b：43－44）。此外，北岛的诗在内容上较少涉及中国文化及历史典故，易被不同文化语境中的读者所理解和接受。由于北岛诗歌的内容和形式具有“西化”、脱离中国传统历史文化典故的特点，以及绝大部分诗歌在格律形式上的自由性，其诗歌的可译程度相当高。正如江弱水指出的，“北岛的诗在通过翻译时，音乐性上几乎没什么折扣可打，所以他的诗具有高度的抗磨损性。……抗磨损性还有一个重要原因，就是其民族历史文化的遗传因子之极为罕见。他的写作风格，是‘白战不许持寸铁’，略无民族传统的牵挂，遂可以在不同的语言之间赤条条来去”（江弱水，2010：58）。可以说，在诗歌形式上“不用（本民族的）韵”，以及在诗歌内容上“不用（本民族的）典”大致可以看作北岛诗歌的两大特征（江弱水，2010：60）。

综观北岛诗歌，可以发现诗人多用较为直白、标准的诗歌意象。这些意象“大部分来源于中西读者都较为熟悉的自然界和城市景物，较少涉及特殊的人、物、地等”（McDougall，1990b：14），如“生命”“死亡”“夜”“月光”“星星”“乌云”“波涛”“玫瑰”“苹果树”“乌鸦”“鸽子”“海鸥”“仙后星座”“桅杆”“网”“臭虫”“十字路口”“霓虹灯”“车灯”“广告牌”“吉他”“钥匙”等。这些普遍、标准的意象正是“世界诗歌”的特点之一。对于“世界诗歌”，宇文所安曾有这样的描述：

> 世界诗歌是这样的诗：它们的作者可以是任何人，它们能在翻译成另一种语言以后，还具有诗的形态。世界诗歌的形成相应地要求我们对“地方性”重新定义。换句话说，在“世界诗歌”的范畴中，诗人必须找到一种可以被接受的方式代表自己的国家。和真正的国家诗歌不同，世界诗歌讲究民族风味。……除了这种精挑细选过的“地方色彩”，世界诗歌也青睐具有普遍性的意象。诗中常镶满具体的事物，尤其是频繁进出口，因而十分可译的事物。地方色彩太浓的词语和具有太多本土文化意义的事物被有意避免。即使它们被用在诗中，也只是因为它们具有诗意；它们在原文化里的含义不会在诗里出现。（Owen，1990：28－29）

在宇文所安看来，“世界诗歌”既青睐诗歌的地方色彩，也强调诗歌意象的普遍性和可理解性，诗歌在本质上应让人感到熟悉、易读。也许正是因为北岛诗歌意象内容的标准化、直白化，才使得其在西方世界的传播与接受通行无碍，为其在西方获得普遍认可创造了条件。

北岛诗歌的意象从情感色彩上来说，大体可以分为两类：具有正面价值的、和谐肯定意味的意象，如星星、月光、鸽子、野百合、鲜花、黎明等（洪子诚，2005：8）。如：

> 你是画框，是窗口/是开满野花的田园（《一束》）
> 沿着鸽子的哨音/我寻找着你（《迷途》）

你来自炊烟缭绕的农场/野菊花环迎风飘散（《挽歌》）

在黎明的铜镜中/呈现的是黎明/水手从绝望的耐心里/体验到石头的幸福（《在黎明的铜镜中》）

于是你吹出一颗金色的月亮/冉冉升起，/照亮了道路（《在我透明的忧伤中》）

从微笑的红玫瑰上，/我采下了冬天的歌谣（《微笑·雪花·星星》）

如果大地早已冰封/就让我们面对着暖流/走向海（《红帆船》）

北岛诗的另一组意象群，则处于上文对立的位置，整体上带有批判和否定的色彩，如网、臭虫、栏杆、乌鸦、铁条、栅栏等。如：

紫黑色的波涛凝固了/在山涧/在摇荡的小桥下/乌鸦在盘旋（《冷酷的希望》）

雾中浮起的栅栏，/打开夜晚的小门，/黑暗在用灯盏敬酒（《路口》）

你靠着残存的阶梯，/在生锈的栏杆上，/敲出一个个单调的声响（《陌生的海滩》）

一次次把血输给臭虫/没有工夫叹息（《艺术家的生活》）

让墙壁堵住我的嘴唇吧/让铁条分割我的天空吧（《雨夜》）

这些意象在北岛诗歌中往往具有象征性，可以看作诗歌的隐喻。北岛重视现代诗歌表达技巧的应用。在他看来，“隐喻、象征、通感、改变视角和透视关系，打破时空秩序等手法为我们提供了新的前景。我试图把电影的蒙太奇手法引入自己的诗中，造成意象的撞击迅速转换，激发人们的想像力来填补大幅度跳跃留下的空白”（北岛，1981：90）。诗人借助具有象征性的意象，构建出独特的隐喻世界，以《迷途》为例：

迷途

沿着鸽子的哨音
我寻找着你

高高的森林挡住了天空
小路上
一颗迷途的蒲公英
把我引向蓝灰色的湖泊
在微微摇晃的倒影中
我找到了你
那深不可测的眼睛（北岛，2014：19）

这首诗的主题是“寻找”，反映的是“文革”后青年一代内心的迷茫以及寻找出路的渴望。诗的意象丰富，有“鸽子的哨音”、“高高的森林”、“天空”、“小路”、“迷途的蒲公英”、“蓝灰色的湖泊”、“倒影”和“深不可测的眼睛”，这些具有象征性的意象为诗歌营造了一种朦胧感，隐晦地传达出诗人对现实的怀疑，对自我的反省以及对理想的追寻。诗中“鸽子的哨音”象征着理想的召唤与指引，“我”开始了追寻之旅，但作为反对和保守势力的“高高的森林”却阻挡了“我”前进的步伐，“我”在偏僻的“小路”上被“迷途的蒲公英”所带领，必然也同样陷入迷茫之中，在带领下“我”来到颜色不明的“蓝灰色的湖泊”边。在闪烁不定的“倒影”中，我看到的是自己“深不可测的眼睛”——在追寻真理和希望的尽头，我找到的是自己已经成熟的双眼，诗人指出要相信自己的眼睛，表现出对自身的反省以及信任。

《迷途》整首诗的意象是中西方较为普遍、随处可见的自然意象，如“鸽子”“哨音”“森林”“天空”“小路”“蒲公英”“湖泊”等。除了具有普遍性外，这些象征性意象往往还具有中西文化上的共通性，如“鸽子”象征着美好事物，“森林”指代自然与幽暗，“小路”则是偏僻的所在，“迷途”与迷茫相关，“眼睛”则指人自身的判断与智慧。这些意象的中西文化异质性较小，往往能够引发国外读者情感上的共鸣，并对诗歌做出自己的解读。因此诗歌的意象在翻译时较为顺畅，杜博妮对《迷途》的翻译如下：

Lost

Following the pigeon’s whistle

I searched for you
the tall forest blocked off the sky
on the small path
a lost dandelion
led me to the blue-gray lake
in the gently rocking reflections
I found your
unfathomably deep eyes（McDougall，1990b：67）

原诗中“鸽子的哨音”译为“the pigeon's whistle”，“高高的森林”译为“the tall forest”，“天空”译为“the sky”，“小路”译为“the small path”，“迷途的蒲公英”译为“a lost dandelion”，“蓝灰色的湖泊”译为“the blue-gray lake”，“微微摇晃的倒影”译为“the gently rocking reflections”，“深不可测的眼睛”译为“unfathomably deep eyes”。可以看出，无论是在意象表达还是句子结构处理上，杜博妮的译文都偏于直译。究其原因，就意象而言，这些自然意象西方读者较为熟悉，意象的象征意义也比较明确，在中西方文化语境中非常相似，译者不需要为照顾到目的语读者的阅读习惯和文化先结构而对原诗意象进行调整或解释。

北岛诗歌的意象大多较为常见，具有中西文化间的共通性，“描述的事物以及它们唤起的氛围对于西方读者来说较为熟悉，在英语中有着对应的词语”（McDougall，1991b：47），因此杜博妮在翻译中往往采用“紧跟原文”的方法来传达北岛诗歌意象的内容及其象征意义（McDougall，1990c：15），如上文所列的北岛诗中带有肯定和否定意象的诗句：

你是画框，是窗口/是开满野花的田园
You are a picture frame，a window/A field covered with wild flowers
从微笑的红玫瑰上，/我采下了冬天的歌谣
From the smile's red rose/I've plucked the winter's song
如果大地早已冰封/就让我们面对着暖流/走向海
If the earth is sealed in ice/let us face the warm current/and head for

the sea

紫黑色的波涛凝固了/在山涧/在摇荡的小桥下/乌鸦在盘旋

Dark purple waves have congealed/between the hills/under the small swaying bridge/crows circle overhead

让墙壁堵住我的嘴唇吧/让铁条分割我的天空吧

Let walls stop up my mouth/let iron bars divide my sky

北岛诗歌的意象虽然大部分是“直白标准的诗歌术语”（McDougall, 1990b：14），其象征意义具有中西文化间的共通性，但仍然不乏一些特殊的意象，其隐喻的内涵对于其他文化语境中的读者较为陌生，如北岛诗中的常见意象——“太阳”。“太阳”是当时“文革”时期人们常用的一个指称，在以北岛诗歌为代表的朦胧派诗歌中出现频率较高。“太阳”同时也是西方诗歌中的常见意象，往往也有着象征意义。

在西方世界，太阳常常被拟人化为太阳神阿波罗——“金黄色卷发的阿波罗诞生时，洛斯岛上散发着明亮的、如黄金般的祥光。他容光焕发，手执基发拉琴，肩背银弓，在蔚蓝色的天空中疾行；他背上的金箭铮铮作响，震慑着一切邪恶和黑暗的东西，成为人们仰慕的太阳神”（库恩，2002：22～23）。西方读者在阅读关于太阳和太阳神的诗歌时，“主观情感上会产生一幅神勇无比、力量超群、光芒四射的阿波罗形象，这种想象动力导致了主体情感的升华，赋予了现实生活中人们的勇气、希望和力量”（毛玲莉、王琼，2009：84）。因此，“太阳”意象在西方诗歌中往往有着神圣、正义、神性、超自然的意义。

此外，在《圣经·创世记》第一章中“上帝说，要有光，就有了光。上帝看光是好的，就把光暗分开了”。此处的“光”即太阳之光，太阳是一切光明之源，能驱走黑暗。在一般的文化语境中，太阳这一意象又象征着光明、生机、希望等，如李白《古风五十九首·其二十六》中“碧荷生幽泉，朝日艳且鲜”，《阳春歌》中“长安白日照春空，绿杨结烟桑袅风。披香殿前花始红，流芳发色绣户中”，郭沫若《太阳礼赞》中“光芒万丈地，将要出现了哟——新生的太阳！”美国诗人惠特曼的诗歌 *For You O Democracy* 中“Come, I will make the continent indissoluble, / I will make the most splendid race the sun ever shone upon, /I will make divine magnetic lands, /With the love of comrades, /With the life-long love of comrades. /...” 这首诗中的“太阳”有着光辉灿烂的形象，“我”要“创造出太阳自古以来照耀过的最光辉的民主”，“创造神圣的、有魅力的土地”。“太阳”这一意象可看作温暖与热情、理想与光明、生机与活力的象征。

与西方读者所熟悉的“太阳”神性、正义、力量、温暖、希望、光明的象征意义不同，在北岛所处的特殊年代，“太阳”在中国文化语境中有着特殊的指代。创作于 1944 年的民歌《东方红》生动地反映了这一点：

东方红，太阳升，
中国出了个毛泽东，
他为人民谋幸福，
呼儿嗨哟
他是人民大救星
……
共产党像太阳
照到哪里哪里亮
哪里有了共产党
呼儿嗨哟
哪里人民得解放
……

在歌曲中，共产党及党的领袖毛泽东被喻为高悬于空的“太阳”。自贺敬之创作于 1941 年的《太阳在心头》第一次直接用“太阳”比拟领袖开始，在此后多次的革命和运动浪潮中，人们逐渐把共产党领袖毛泽东比作“（红）太阳”。于是“太阳”意象在这一时期的诗歌中有了具体的投影。

面对“文革”时期盛行的“太阳”崇拜现象，北岛始终持怀疑和批判态度。例如在《结局或开始——献给遇罗克》中的诗句“以太阳的名义/黑暗在公开地掠夺/沉默依然是东方的故事/人民在古老的壁画上/默默地永生/默默地死去/……”，诗人描绘了眼中的社会现状，象征着恶势力的“黑暗”打着“太阳”的旗号，到处肆意践踏，美好的事物在全民癫狂的状态中被破坏、扭曲和漠视，个人的尊严和自由不复存在，人们对此却无能为力，无人能反抗，只能低头保持沉默。

又如在《雨夜》一诗中：“即使明天早上/枪口和血淋淋的太阳/让我交出自由、青春和笔/我也决不会交出这个夜晚/我决不会交出你/……”这里的“太阳”被描述为“血淋淋的”，与“枪口”并列，可见诗人对“太阳”的否定和批判态度。此处的“太阳”是对当时掌权者的隐喻，在诗人心中是暴力的、残酷的，逼迫着“我”交出“自由、青春和笔”，剥夺人的精神自由，压榨人的青春，封闭人的思想，迫使“我”屈服顺从，而“我”发出了坚定而悲怆的回应，决不会屈从淫威，誓要与罪恶抗争到底。

还有《履历》中“我曾正步走过广场/剃光脑袋/为了更好地寻找太阳/却在疯狂的季节里/转了向，隔着栅栏/会见那些表情冷漠的山羊/……”。这首诗以超现实主义的意象组合，展现出了一种充满荒诞感和悲凉感的诗歌风格。诗句中“我”曾经相信、追随过“革命”，“曾正步走过广场”，为了信奉的“太阳”——当时的领导者和革命事业，甚至“剃光脑袋”，表明了“我”对革命事业的无比虔诚，无条件地信任跟随当时心中的光明。但是在“疯狂的季节里转了向”，在“文革”疯狂的氛围中“我”迷失了方向，“隔着”曾经禁锢自己思想的牢笼“栅栏”会见被喻为“山羊”的顽固、老派、迂腐的冷漠当权者。这首诗表达出“我”从盲从、迷茫到觉醒再到抗争的心路历程。

北岛诗歌中具有指代意义的“太阳”意象还有许多，在此不再一一赘述。从上述三例可以看出，北岛诗歌创作于特殊历史时期，“太阳”这一意象的意义已经有所变异。诗中的“太阳”已不再是一般文化语境中“正义”“光辉”“神圣”“温暖”“希望”的象征，而是有着特殊内涵的指代。对于普通西方读者来说，中国社会文化语境赋予的这一意象的特殊内涵往往较为陌生。

在翻译此类具有文化异质性的意象时，杜博妮的翻译策略是“忽略（异质性）”（McDougall，1991b：48），她主要采取直译的方法来处理此类有着特殊含义的意象。如：

> 以太阳的名义/黑暗在公开地掠夺/沉默依然是东方的故事/人民在古老的壁画上/默默地永生/默默地死去
>
> In the name of the sun/Darkness plunders openly/Silence is still the story of the East/People on age-old frescoes/Silently live forever/Silently die and are gone
>
> 即使明天早上/枪口和血淋淋的太阳/让我交出自由、青春和笔/我也决不会交出这个夜晚/我决不会交出你
>
> Even if tomorrow morning/the muzzle and the bleeding sun/make me surrender freedom youth and pen/I will never surrender this evening/I will never surrender you
>
> 我曾正步走过广场/剃光脑袋/为了更好地寻找太阳/却在疯狂的季节里/转了向，隔着栅栏/会见那些表情冷漠的山羊
>
> Once I goosestepped across the square/my head shaved bare/the better to seek the sun/but in that season of madness/seeing the cold-faced goats on the other side/of the fence I changed direction
>
> 也许有一天/太阳变成了萎缩的花环/垂放在/每一个不朽的战士/森林般生长的墓碑前
>
> Perhaps one day/The sun will become a withered wreath/To hang before/The growing forest of gravestones/Of each unsubmitting fighter

可以看出，即便意象在原诗中具有特殊的含义，中英文语境中的象征意义大不相同，杜博妮在翻译中也未对“太阳”意象做出调整或是进行解释，而是采取异化的翻译策略保留原诗意象，其背后的原因稍后进行探讨。

北岛诗歌虽然多用抽象普遍的意象，“具体的、带有文化特殊性的意象较为罕见”（McDougall，1991b：44），但少数诗中仍然存在某些涉及中国文化、历史典故的暗指，这些典故为中国文化语境所独有，西方读者较为陌生。翻译诗歌时，在短小精练的诗歌中处理原诗的典故是译者面临的

一大挑战。我们将以北岛长诗《白日梦》中的典故意象为例分析杜博妮的翻译思想。

《白日梦》是北岛创作于20世纪80年代中后期的一篇重要诗歌，是其为数不多的组诗之一，共23小节，近500行诗句。这首组诗是诗人对过往岁月自身成长过程的总结，是“对自己诗歌的一次清算，对旧生活和旧我的祭奠”（牛殿庆，2010：7）。这首诗以跳跃杂乱的意象著称，各种场景排列得杂乱无章，诗人运用各种意象从不同方面揭示过往的人生不过是一场“白日梦”，一些意象的跳跃性甚至超出了常人的理解范畴，衬托出现实世界的无序和狂乱。虽然20世纪80年代国家开始号召进行“思想解放”，但现实在诗人笔下仍然是一个“破碎、荒败、绝望和死亡”的世界（一平，2003：150）。在诗人看来，生活是“向日葵的帽子不翼而飞/石头圆滑、可靠/保持着本质的完整”“一个来苏水味的早晨/值班医生正填写着死亡报告”；人是“动物园里的困兽”“迷失在航空港里的儿童/总想大哭一场”“从巨型收音机里走出来/赞美着灾难”“我们终将迷失在大雾中/互相呼唤”；文明是“一只铁皮乌鸦/在大理石的底座下/那永恒的事物的焊接处/不会断裂”“那伟大悲剧的导演/正悄悄死去”；历史是“巨蟒在蜕皮中进化/一绳索打结/把鱼群悬挂在高处/一潭死水召来无数闪电/虎豹的斑纹渐成蓝色/天空已被吞噬”“昔日阵亡者的头颅/如残月升起/越过沙沙作响的灌木丛/以预言家的口吻说/你们并非幸存者/你们永无归宿”；对于我来说，“我需要广场/一片空旷的广场/放置一个碗，一把小匙/一只风筝孤单的影子”“我死的那年十岁/那抛向空中的球再也没/落到地上”“心如枯井/对海洋的渴望使我远离海洋”；对于现实中荒谬的革命，“多少年/多少火种的逃亡者/使日月无光/白马展开了长长的绷带/木桩钉进了煤层/渗出殷红的血/毒蜘蛛弹拨它的琴弦”“就像单性繁殖的生物一样”；对于时代，“牌位接连倒下/——连锁反应的恶梦”“当年锁住春光的庭院/只剩下一棵树”；对于死亡与祭奠，“你把一根根松枝插在地上/默默点燃它们”“从死亡的山冈上/我居高临下”“你没有如期归来”；等等。在死亡和祭奠后，诗人的“白日梦”也终于醒了，虽然对于“你的回答”我仍然“一无所知”，仍然迷茫，但对于现实世界已经有了更为清醒的认识。

在长诗纷繁复杂的意象中，不乏一些典故意象，如第9节中“医生举起白色的床单/站在病树上疾呼：/是自由，没有免疫的自由/毒害了你们”。关于诗中的“病树”，中文读者不难联想到刘禹锡的名句“沉舟侧畔千帆过，病树前头万木春”。诗人此处意在指出虽然现实丑恶、扭曲、令人窒息，呈现“病树”的状态，而且还有人诋毁“自由”，为这种窒息的世界拍手叫好，但只要仍有勇于抗争的人，就有能自由呼吸、正常生活的那一天，就有“万木春”的希望。

在第20诗节“在我们的视野里/只有一条干涸的河道/几缕笔直的烟/古代圣贤们/无限寂寞/垂钓着他们的鱼”中，不难看出，诗人此处的意象仍属于隐喻，具体来说是延伸隐喻范畴，即“被展开的贯串于语篇中的隐喻表达”（苗兴伟、廖美珍，2007：52）。诗人将多个典故意象打散于诗中，形成了层层迭进的隐喻。在这些延伸隐喻的共同作用下，诗意能得到最大限度的烘托。诗句中的“圣贤”代表着中国古代的隐士形象，其理想抱负和内心诉求在现实中得不到实现，面对理想的幻灭和人生的失意，他们往往选择归隐生活，独善其身。“古代圣贤们/无限寂寞/垂钓着他们的鱼”呈现了一种中国文化语境中常见的“古来圣贤多寂寞”的状态，传达出一种愤懑而又无奈的心情。因理想和现实的巨大落差，“古代圣贤们”有志难舒，选择“散发弄扁舟”的归隐生活，“垂钓着鱼”，不与世俗为伍。此外，“笔直的烟”让人联想起“大漠孤烟直”，诗句散发着独特的悲凉萧肃之感，与“干涸的河道”并列，渲染出一种悲怆的、虽然失意但坚守内心的态度。这种坚守的形象也是诗人的自况，通过这些文化典故北岛表达出对现实世界的否定和拒绝，即便“干涸的河道”“无限寂寞”，也要秉持心中信念，追寻心中“正义和人性的世界”（北岛，1981：90）。

典故有着深刻的历史文化寓意，往往具有文化特殊性，对于西方读者来说较为陌生。杜博妮指出，翻译此类意象译者需要格外注意，要进行仔细斟酌，翻译不能损害原诗意境和风格。在翻译有着典故的意象时，杜博妮倾向采取“忽视暗指”的方法（McDougall，1991b：48），避免对典故进行加注或是文内解释，如：

> 医生举起白色的床单/站在病树上疾呼：/是自由，没有免疫的自由/毒害了你们

the doctor raised a white sheet/standing on a sick tree he shouted：/ it's freedom，unvaccinated freedom/that has poisoned you

在我们的视野里/只有一条干涸的河道/几缕笔直的烟/古代圣贤们/无限寂寞/垂钓着他们的鱼

within our field of vision/there is only a dried up river bed/and a few straight wisps of smoke/the sages of ancient days/in infinite loneliness/ spend their time fishing

通过以上对北岛诗中意象的分析，我们发现，虽然北岛诗歌中绝大部分为普遍、标准的意象，其象征意义在中西文化间有着共通性，但一小部分有着特殊含义以及文化典故的意象只有深谙中国历史文化的西方读者才能读懂，诗歌翻译的难度也部分体现于此。杜博妮对北岛诗中具有特殊含义的意象——如上文中的“太阳”，以及涉及文化历史典故的意象主要采取忽略其特殊性的异化翻译策略，其原因主要有以下几方面。

首先，译者经过综合考量，认为这种翻译方法较为符合目标读者群的阅读习惯。杜博妮曾明确表示，其目标读者群“不是学术读者，而是西方的普通读者，这类读者并不在乎译文的内容，而是看重译文的可读性和风格，希望能通过阅读领略到诗歌的文学价值”（McDougall，1991b：39）。基于此，杜博妮不希望将诗歌的特殊意象译得过于烦冗，成为“学术化的翻译”（academic exercise）（McDougall，1991b：48）。杜博妮比较了其他几种处理特殊意象的翻译方法，如添加脚注和尾注、文内解释、在前言和术语表中进行解释等，并进行了一一排除。在她看来，脚注和尾注容易分散读者注意力；在文中对特殊意象进行解释则会抹杀诗歌特有的简约凝练的特点，破坏诗歌的风格，且详尽的解释会给人“诗歌为国外读者而作”的错觉；而在诗集的前言和术语表中对意象进行解释说明也不太现实（McDougall，1991b：48）。因此，经过综合考虑，杜博妮倾向于保留原诗特殊意象的陌生性。这种翻译策略避免了其他几种翻译方法的不足，不会干扰读者的阅读进程，符合普通读者的阅读习惯。

其次，这种异化的翻译策略与杜博妮“信任读者”的翻译思想有关。杜博妮认为，西方普通读者往往“对他国文化抱有好奇心，且习惯作品中的陌生场景，能够根据语境和上下文获取意义”（McDougall，2007：23）。她强调，“译者应该信任读者的理解和判断能力，有些（不懂的）内容可以通过上下文猜到。如果遇上读者不理解的，他们一般直接忽略掉，或者自己去上网查，他们知道该怎么处理，……过度翻译只会让译文不伦不类，而且原作的魅力也会打折扣”（McDougall，2007：24）。杜博妮反对在翻译中将原文的文学特质、相关文化信息等内容毫无遗漏地传递给英语读者，她认为这样的过度明示往往会产生相反的效果。因此，在处理具有文化特殊性的意象和典故时，杜博妮保留了意象的陌生性。她信任读者的阅读能力，不去解释特殊意象和典故的内涵意义，而是留待普通读者自己去体会。

此外，杜博妮还用“西方诗歌的普遍做法”来为自己的翻译策略辩护。她指出，“许多当代西方诗歌都包含着读者不熟悉的意象，它们仍然在没有脚注和其他解释的情况下进行出版”（McDougall，1991b：48），并以《泰晤士报文学增刊》（*The Times Literary Supplement*）上刊登的诗歌“Tricky Little Magdalene”为例进行说明。

综上所述，意象组成了诗歌的内容，杜博妮认为在诗歌翻译中应注意意象的传达，尤其对于北岛诗歌来说，意象是其诗歌的精髓所在，诗人通过各种意象来抒发内心情感，表达内心对自由的需要、对虚幻的期许和对现实世界黑暗内容的坚决拒绝，从而展现出独特的“硬质”“黑色”的诗歌特质。北岛诗歌中的意象较为普遍常见，在意义上具有中西文化间的共通性，也有少量带有特殊文化内涵和历史典故的意象。杜博妮认为在进行诗歌翻译时译者应注意原诗意象内容的表达，且要传递意象的风格。对于目的语读者较易理解的具有文化共通性的普遍意象，杜博妮一般采取字面直译的方法；对于有特殊含义和典故的意象，考虑到其目标读者群的阅读习惯，同时又因为杜博妮“信任读者”的翻译思想以及目的语文化主流诗学的普遍做法，她在翻译中多忽略此类意象的文化内涵，保留意象的陌生性。

（四）北岛诗歌的语域及翻译

由上文可知，语域是依据不同语言使用场合、不同说话者、不同说话内容等情况使用的语言变体。语域“常常表示同一种语言的不同的正规程度”，可分为“随便语、共用语、规范语三类”（郭著章等编著，2010：222～236）。杜博妮在诗歌翻译中强调诗歌的语域特征，主张认真分析原诗语域，把握原诗的意义和风格，并在目的语中寻找对等语域，使译文再现原诗的风格。在翻译北岛诗歌时，杜博妮指出北岛诗歌“语域的正式程度较高，多用文学语言，而非口头语，即便是普遍的对话也多采用较为正式的词语，俚语、方言等较为少见，……诗歌语域的正规性特征也是当时（‘文革’时期）‘地下诗人’诗歌作品的普遍特点”（McDougall，1991b：49）。

下文主要考察北岛诗集《八月的梦游者》和《旧雪》中诗歌的语域特点，并与杜博妮的译文进行比较，探讨译者对北岛诗歌中不同语域内容的处理方式。

检索两部诗集共129首诗，我们发现除5首诗——《习惯》《你说》《艺术家的生活》《青年诗人的肖像》《履历》中含有非正式语域的内容外，其余124首诗均采用了正规语域的书面语，这也印证了杜博妮所提出的北岛诗歌语域正式程度较高的观点。如：

一切都在飞快地旋转，/只有你静静地微笑（《微笑·雪花·星星》）

我并不是英雄/在没有英雄的年代里，/我只想做一个人（《宣告——献给遇罗克》）

在我和世界之间/你是画框，是窗口/是开满野花的田园/你是呼吸，是床头/是陪伴星星的夜晚（《一束》）

我不想安慰你/在颤抖的枫叶上/写满关于春天的谎言/来自热带的太阳鸟/并没有落在我们的树上（《红帆船》）

此时此地/只要有落日为我们加冕/随之而来的一切/又算得了什么（《传说的继续》）

远方/白茫茫。/水平线/这浮动的甲板，/撒下多少安眠的网？（《陌生的海滩》）

是的，我不是水手/生来就不是水手/但我把心挂在船舷/像锚一样/和伙伴们出航（《港口的梦》）

甚至忘掉太阳/在那永恒的位置上/只有一盏落满灰尘的灯/照耀着（《雪线》）

……

通过以上诗句我们可以大致窥见北岛诗歌的正式程度。具体来说，在音层语域标志上，北岛诗歌主要使用正规高雅的书面语和文学语言所使用的语音，绝少使用“常见于口语和非正式语言中的‘儿’化词尾和人们为模仿实际发音而选用的字词”（郭著章等编著，2010：239）。在词层语域标志上，北岛诗中俚语、方言、粗俗语等较为罕见，普遍采用较为正式的文学词语，如上文中的“旋转”“呼吸”“谎言”“加冕”“安眠”“永恒”等。在非正式语域的口语体中，这些文学词语运用得较少。在句层语域标志上，口语化的语体“较为自由，简短或富于变化”，“省略句多，插入语、口头语或个人语型多”（郭著章等编著，2010：238～239）。北岛诗句基本都有着完整的结构和精心的剪裁，如《一束》中“你是画框，是窗口/是开满野花的田园/你是呼吸，是床头/是陪伴星星的夜晚”排比和反复修辞格的使用，《微笑·雪花·星星》中“一切都在飞快地旋转，/只有你静静地微笑”诗句的对称排列，都反映出北岛诗歌在句子结构上的正式程度。

对于北岛这类有着正式语域的诗歌，杜博妮是如何处理语域问题的呢？考察杜博妮译文，《微笑·雪花·星星》中“一切都在飞快地旋转，/只有你静静地微笑”，杜译为“Everything is spinning rapidly, /Only you are smiling softly”，译者用词正式且考究，“旋转”对应为“spin”，“softly”传达原诗中“静静地”的神态，译文两句结构对称，再现了原文句式上的特点。《宣告——献给遇罗克》中的“我并不是英雄/在没有英雄的年代里，/我只想做一个人”，译为“I am no hero/In an age without heroes/I just want to be a man”。译者用简短有力的语言，再现了原诗悲壮萧索的氛围。《一束》中的“在我和世界之间/你是画框，是窗口/是开满野花的田园/你是呼吸，是床头/是陪伴星星的夜晚”，译作“Between me and the world, /You are a picture frame, a window/A field covered with wild flowers/You are a breath, a bed/ A night that keeps the stars company”。基于北岛诗歌词语较为正规的特点，译者选用语域对应的英语词语进行翻译，如“呼吸”译为“breath”，“陪伴”译为“company”；而且注重在句法层面把握原诗排比反复的特点，并在译文中予以再现。《红帆船》中的“我不想安慰你/在颤抖的枫叶上/写满关于春天的谎言/来自热带的太阳鸟/并没有落在我们的树上”，被译为“I don’t want to comfort you/the trembling maple leaf/is scrawled with spring lies/the sunbird from the tropics/hasn’t perched on our trees”。《传说的继续》中“此时此地/只要有落日为我们加冕/随之而来的一切/又算得了什么”，被英译为“here and now/as long as we have the setting sun to crown us/everything that follows after/counts for nothing”。《陌生的海滩》中的“远方/白茫茫。/水平线/这浮动的甲板，/撒下多少安眠的网?”被译为“In the distance/A vast expanse of white/The horizon/This swaying deck, how many/Slumbering nets has it cast?”《港口的梦》中的“是的，我不是水手/生来就不是水手/但我把心挂在船舷/象锚一样/和伙伴们出航”，被译为“true I’m not a sailor/not born to be a sailor/but I’ll hang my heart on the side of the ship/like an anchor/and set sail with the crew”。《雪线》中的“甚至忘掉太阳/在那永恒的位置上/只有一盏落满灰尘的灯/照耀着”，杜译为“forget even the sun/only a lamp covered in dust and ashes/is shining/in that eternal position”。

可以看出，杜博妮充分注意到北岛诗歌语域正式的特点，翻译时在语音、词语、句法层面上都力求做到与原诗语域对等，使得译文既忠实于原诗内容，又忠于原诗风格。由于北岛诗中多为普遍、标准的意象，以及诗歌往往不重韵律，翻译中语音和词语层面的对应往往也较易实现。

虽然北岛诗歌总体上来说多用书面语，但仍有5首诗有着非正式的语域。这些诗均来自诗集《八月的梦游者》，即北岛出国前所创作的诗歌。诗集《旧雪》中所收录的北岛出国后的诗在内容上更偏向诗人的内心感受，更加内在化、个人化，在风格上褪去了前期诗歌中常见的情感宣泄，更为沉稳内敛，偏重理性的内心思考和独白，诗歌用词较为正式，语域正式程度低的词语罕见。《八月的梦游者》中5处语域正式程度较低的诗句如下，前四首为词语层面的口语化，第五首诗涉及词语与句法层面。

我习惯了你在山谷中大声呼喊
然后倾听两个名字追逐时的回响
抱起书，你总要提出各种问题
一边撇着嘴，一边把答案写满小手
在冬天，在蓝幽幽的路灯下
你的呵气象围巾绕在我的脖子上（《习惯》）（北岛，1987：65）
……

I'm used to how you call out in the vally
listening afierwards for the echo that chases our names
how you bring your books，always asking questions
with pursed lips writing the answers on your hands
how your warm breath wraps round my neck like a scarf
under the deep blue street lights in winter（McDougall，1990b：58）
…

当我把你抱起
你说：别慌，傻瓜
一只惊恐的小鹿
正在你的瞳孔中奔跑（《你说》）（北岛，1987：69）
……

When I held you
You said Don't be alarmed，silly
A frightened fawn
Leaping in your eyes（McDougall，1990b：60）
…

第一、二首诗均为北岛早期偏口语化的爱情诗。从诗句的字里行间可以看出在诗人内心世界“坚硬”的质地下依然有着一颗温情、柔软的心。两首诗描绘了恋人间亲密无间的交往状态，亲昵的口语表达如“撇着嘴”“小手”道出了“我”眼中“你”的可爱模样，而“别慌，傻瓜”的口语称谓更是体现出恋人间的满满爱意。杜博妮将“撇嘴”译为“pursed lips”，“写满小手”译为“writing…on hands”，生动地传达了“你”打动“我”内心的神态。第二首诗中的“傻瓜”杜译为“silly”。“silly”在英语中属于口语化词语，语气强度要弱于“stupid”“foolish”等，且带有亲昵的感情色彩，无太多贬义，有着“傻头傻脑”“呆子”等含义，同原诗中恋人说“傻瓜”的娇嗔语气较为一致。可以说，杜博妮的译文在情感色彩上再现了恋人间的缱绻情愫，在语域上呈现了原诗明快亲密的非正式风格。

我曾正步走过广场
剃光脑袋
为了更好地寻找太阳
却在疯狂的季节里
转了向，隔着栅栏
会见那些表情冷漠的山羊
直到从盐碱地似的
白纸上看到理想
我弓起了脊背
自以为找到了表达真理的
唯一方式，如同
烘烤着的鱼梦见海洋
万岁！我只他妈喊了一声
胡子就长出来了（《履历》）（北岛，1987：114）
……
Once I goose stepped across the square
my head shaved bare
the better to seek the sun
but in that season of madness
seeing the cold-faced goats on the othe side
of the fence I change direction
when I saw my ideals

on blank paper like saline-alkaline soil
I bent my spine
believing I had found the only
way to express the truth, like a baked fish dreaming of the sea
Long live…! I shouted only once, damn it
then sprouted a beard (McDougall, 1990b: 87)
…

这首诗的背景是当时的“文化大革命”运动，描述了诗人理想破灭后的痛苦心境。诗人曾经“正步走过广场”，甚至“为了更好地寻找太阳”而“剃光脑袋”，对心中信仰的“太阳”“弓起了脊背”，自以为找到了真理，实则是绝境中的美好幻想而已，如同“烘烤着的鱼梦见海洋”。“我”对曾经心中的信仰高呼“万岁”，但是信仰却急剧崩塌，诗人用“我只他妈喊了一声”来描述这种短暂，其中粗俗语“他妈”的使用生动地展现出诗人极度愤怒、痛苦而又无可奈何的心情，诗人在理想破灭后迅速衰老了，“胡子就长了出来”，心境变得迷惘。杜博妮在翻译中将“他妈”译为“damn it”。首先，“damn it”意为“该死的”“（他）妈的”，情感表达充沛强烈，能较好再现诗中“我”愤怒激动的情绪；其次，“damn it”属于英语俚语，用于非正式的场合，语域的正规程度与原诗中的“他妈”一词基本对应。可以说，诗句的内容和风格在翻译中得到了较好的保留。

……你
一瘸一拐地
出入路边的小树林
会会那帮戴桂冠的家伙们
每棵树
有每棵树的猫头鹰
碰上熟人真头疼
他们总喜欢提起过去
过去嘛，我和你

大伙都是烂鱼（《青年诗人的肖像》）（北岛，1987：126）

...you
limp in and out of the brake beside the road
meeting laurel-wreathed louts
every tree
with its own owl
running into people you know is a pain
how they do like to bring up the past
the past, yes, you and me
skunks, all of us（McDougall, 1990b: 94）

在《青年诗人的肖像》中，诗人用讽刺的口吻描绘了作为“青年诗人”的“你”、“我”及“戴桂冠”同行的创作及生活状态。诗中用“家伙们”称呼“桂冠”诗人，表达内心的不屑与嘲弄，将“熟人”比作“猫头鹰”，把自己及“大伙”刻画为“烂鱼”，感叹“生下来就老了”。这首诗用戏谑的方式表达了诗人的自嘲以及对现状的不满。杜博妮将“家伙们”译为“louts”，“碰上”译为“run into”，“真头疼”译为“a pain”，“总喜欢”译为“do like”，“过去嘛”中的语气词“嘛”用“yes”来传达，“烂鱼”译为“skunks”。可以看出，译者在用词上尽力延续原诗口语化的特点，尤其是将“烂鱼”译为“skunks”可谓是精妙之译。虽然“skunks”脱离了原文的“烂鱼”中“鱼”的形式，但仍然达到了某种程度的形义兼备，便于西方读者对原文内容的理解。“skunks”原意为“臭鼬”，符合“烂鱼”体现的“臭”之意味。“skunks”在美式俚语中，意指“讨厌的人”“无用、败坏之人”，与“烂鱼”传达的“衰败”“无用”的内涵意义相当。由此可见，译者无论是在内容表达，还是语域特征上都力图呈现原诗词语的特点。

去买一根萝卜
——母亲说

嘿，注意安全线
——警察说
大海呵，你在哪儿
——醉汉说
怎么街灯都炸了
——我说（《艺术家的生活》）（北岛，1987：95）
……

Go and buy a radish
—mother said
hey, mind the safety line
—the cop said
ocean, where are you
—the drunk said
why have all the street lights exploded
—I said（McDougall, 1990b：75）
…

《艺术家的生活》一诗首先用一组口语中常见的谈话语体作为诗篇的开始，表达出“艺术家生活”的琐碎与“我”的不满。谈话语体，即对话体有着“句式简短，句子结构简单，省略现象普遍”的特点（金学美，2011：74～75），本诗即如此。诗中句子结构没有复杂的修饰成分，“说”的每一句最多不超过七个字，且“母亲说”的内容“去买一根萝卜”中的主语被省略。谈话语体“充分利用语音手段，……语气词较多，抑扬顿挫，富有感情”（金学美，2011：74～75），如诗中“警察”说的“嘿”，“醉汉”说的“呵”，都体现出谈话语体所特有的口语化风格。杜博妮在翻译中也同样延续了这种口语风格。句式结构均与原诗一一对应，句子短小、句法简单，同样运用省略结构。在词语层面，译文中的单词词长较短，多为简单易懂的口语词语，如“go”“buy”“mind”“hey”等。译者还将“警察”译为英语俚语“cop”，而非书面语中的“policeman”，凸显出诗句内容的非正式化特征。

通过对5处诗句中非正式语域内容及其译文的分析，可以看出，杜博妮在翻译中注意使用非正式语域的词语或句子进行对等翻译，力求再现原诗这些口语词语及口语体句式所带来的特定的风格。

语域与诗歌风格密切相关，杜博妮认为翻译诗歌时要“重视诗歌的语域问题”（McDougall，1991b：37），并在译文中做到语域上的“对等”（McDougall，1991b：39）。通过对杜博妮北岛诗歌翻译实例的考察，我们发现，她善于挖掘北岛诗歌语音、词汇、句法上的语域特点，并在翻译中力求忠实于原诗的语域特征。当原诗使用正式语域时，其译文也相应使用书面语，以及结构考究的句子；当原诗使用非正式的语域，如含有俚语、粗俗语等口语词语时，杜博妮会使用目的语中的俗语、俚语等对应语域的词语进行翻译，同时也注意到口语体在句法中的特点。概言之，杜博妮强调对原文语域的分析，注重在目的语中寻找对等语域，力求译文与原诗在语域及风格特点上保持一致。

综上所述，本节以北岛诗集《八月的梦游者》和《旧雪》及杜博妮的英译为例，论述了杜博妮诗歌翻译的思想。杜博妮认为诗歌翻译要重视诗歌的三要素：韵律、意象和语域。就韵律而言，韵律是诗的重要形式因素，翻译韵律诗的理想情况是充分再现原诗的形式与内容，但在实际操作中译者却往往难以兼顾二者。杜博妮认为译者需要明确何为诗歌的精髓，在译文中充分再现诗歌的精髓。如果诗人强调的是韵律形式，而非具体内容，如朱湘的诗歌，则译文应充分展现原诗形式上的特点，甚至为了韵律的传达可以在翻译中适当改变原诗的内容；如果原诗的精髓是内容，韵律只是起修饰作用，如北岛诗歌，则译文应充分传达原诗的“充满现代性”的意象内容和文体风格（McDougall，1991b：42；McDougall，1990b：14），韵律此时不再是译者关注的重点。

就意象而言，杜博妮认为诗歌翻译要充分传达原诗的意象。对于涉及中国历史文化典故的意象或是具有文化特殊含义的意象，当目的语读者群是国外大众读者时，杜博妮不赞成对特殊意象进行详细的文内解释或是添加尾注与脚注。她认为译者应信任读者的阅读水平，保留意象的陌生性，这样符合普通读者文学鉴赏的阅读习惯，不会干扰其阅读进程，且可以满足读者文化上的好奇心，另外也与“当代大量英语诗不加脚注及其他解释”的做法相一致（McDougall，1991b：48）。

就语域而言，杜博妮认为译者应明确原诗的语域特征，即诗歌在音、词、句层上所展现出的正规程度，在目的语中寻找对应语域，再现原诗的风格。

因此，对于如何进行诗歌翻译的问题，杜博妮的翻译思想可以归纳为，诗歌翻译要综合考虑具体诗歌的形式与内容的特点、目标语文化主流诗学、译者翻译目的、目标读者群的阅读特点，以及参考译者自身的翻译思想，在此基础上选择相应的翻译策略。

第三节　小说语言的多样化问题及其翻译

小说“是文学的一大样式。以叙述为主，具体表现人物在一定环境中的相互关系、行动和事件以及相应的心理状态、意识流动等，从不同角度反映社会生活。在各种文学样式中，表现手法最丰富、表现方法也最灵活，叙述、描写、抒情、议论等多种手法可以并用，也可有所侧重；一般以塑造人物形象为基本手段”（辞海编辑委员会编，2009：3147）。在中国，“小说”一词最早见于《庄子·杂篇·外物》：“饰小说以干县令，其于大达亦远矣。”“小说”在此指“琐碎的言论”“无关于治国大道的浅薄言辞”（檀作文，2000：80）。东汉班固所著的《汉书·艺文志》中也有“小说家者流，盖出于稗官，街谈巷语，道听途说者之所造也”的说法。此处将“小说”归于“稗官野史”，虽与当今小说的内涵有较大差别，但突出了小说这一文学体裁“故事性”和“虚构性”的特点（陈晓红，2013：147）。中国小说的历史悠久，在汉魏六朝时期就有记叙以神异鬼怪故事为主要内容的“志怪小说”，唐代有文言短篇小说，即“唐传奇”，到宋元时期出现了多种注重趣味性、面向市井民众的话本。元明清时期，章回体小说日趋繁荣，《三国演义》《水浒传》《西游记》《红楼梦》《聊斋志异》《儒林外史》等是这一类小说的杰出代表。虽然古典小说创作空前繁荣，但小说长期受到传统文艺观念的贬低和排斥，“长期以来得不到正统文艺观念的承认”（王确，2015：167）。“五四”新文化运动后，受西方文学思潮的影响，小说的正统地位才得以确立（王确，2015：167），逐渐成为现代文学的一种主要的文体。

西方的小说则是发源于“希腊神话”“史诗”（曹廷华，1993：151），以及“民间故事”“骑士传奇”等（陈晓红，2013：147），成熟于文艺复兴时期，18 世纪英国笛福、菲尔丁等人的创作成果使得小说作为一种独立的体裁被确立下来，19 世纪则是西方小说的巅峰时期（陈晓红，2013：148）。

通过对小说这一文学体裁历史的追溯，可以看到无论是在我国还是在西方，小说出现的时间都晚于诗歌和戏剧，可谓是“文艺的后起之秀”（老舍，2016：224）。虽是“后起之秀”，但小说却有着其他文体所无法比拟的优越性，例如其表现方式上的弹性，以及小说在传递文学艺术性上的灵活程度。首先，与诗歌和戏剧不同，小说没有固定的形式，它可以用千变万化的文学形式来写作，如日记体、通信体、报告体、笔记体、散文体、诗体等。小说可以通过这些多种多样的表现形式来叙述一切自然与生命中的事物。其次，小说在传递艺术性上比诗歌与戏剧更为周到和生动。“小说之所以是艺术，是使读者自己看见，而并不告诉他怎样去看；它从一开首便使人看清其中的人物，使他们活现于读者的面前，然后一步步使读者完全认识他们，由认识他们而同情他们，由同情他们而体认人生；这是用立得起来的人物来说明人生，来解释人生；这是哲学而带着音乐与图画样的感动，能做到这一步的，便是艺术。”（老舍，2016：230）戏剧和诗歌也是艺术，也可以使读者通过对内容的认识、了解来感悟人生，但戏剧舞台往往侧重于动作和语言，不能自如地描述人物的思想，自白或旁白不可过度使用，小说则可以对人物的思想、内心等进行细致入微的刻画。诗歌虽然隽永意幽，但囿于其精练的语言及形式，在内容表述上往往不如小说那样畅所欲言。因此，老舍有言，“由观察人生、认识人生、从而使人生的内部活现于一切人的面前，应以小说是最合适的工具”（老舍，2016：232）。

小说作为重要的文学体裁，一般来说，有着三方面的重要因素：“人物”、“情节”和“环境”（曹廷华，1993：151）。即小说重在“多方面地细致刻画人物形象、生动而完整地叙述故事情节、具体形象地描绘自然和社会环境”（曹廷华，1993：151），而不管是小说人物形象的塑造、故事情节的叙述还是具体环境的描写都离不开语言的使用。“语言是文学的唯一形式，舍此之外，文学并无形式”（刘恪，2013：1）。小说创作需要运用语言去描画人物肖像、描写人物行为和心理、展开呈现故事情节，以及进行景物描写。

语言对于小说如此重要，小说这种文体中的语言又呈现何种特征呢？也许我们可从巴赫金的文学体裁论中得到一些启示。在探讨小说语言之前，巴赫金介绍了诗歌的语言意识，并将之作为小说语言的对立面。巴赫金指出，“诗人所遵循的思想，是只有一个统一的又是唯一的语言，只有一种统一的独白式的话语”。诗人使用的语言“应是一个统一的意向整体；语言的任何分化，任何杂语现象（指同一标准语中的各种语言变体，笔者注），更不消说是不同语言的并存，在诗歌作品中都不应该有很明显的反映”。因此，诗歌的语言“不应感觉到过于具体的语言特色、特定的语言姿态等等，它们的背后不应有任何具有社会典型性的语言面貌”。在诗歌中，“不论什么地方，只有一个面孔，就是作者的语言面孔，……无论诗中每一词语包含多么丰富多样的意义和情调的线索、联想、展示、暗指、呼应，所有这些内容都只要求有一种语言，有一个视野，而不需要多种的杂语的社会环境。……社会上的杂语事实，如果渗透到作品中并引起作品语言的分化，就会妨碍作品中形象的正常发展和演变”（巴赫金，1998：77～79）。因此，由于诗歌语言中消除了“社会杂语”和多语现象，抽掉了语言因素中一切他人的意向和语调，只呈现诗人自己的意志和语言表达，因此在诗歌作品中形成了“语言的严格统一”（巴赫金，1998：79）。可以说，诗歌创造了一个封闭、单一、协调的语言世界。

与诗歌封闭化的语言意识相反，小说的语言则乐意去拥抱现实语言世界中真实存在的各种“社会杂语”和多语，乐意去展现语言分化后的他人意识与个性。巴赫金指出，小说创作“不清除词语中他人的意向和语气，不窒息潜存于其中的社会杂语的萌芽，不消除显露于语言的词语和形式背后的语言面貌和讲话姿态。相反，作家让所有这些词语和形式，都同自己作品的文意核心，同自己本人的意向中心，保持或远或近的一段距离”。小说家们“不从自己作品的杂语中抽除他人的意向，不破坏在杂语背后展现出来的那些社会思想的不同视野，他把这些视野都引进了自己的作品”，如小说所囊括的不同体裁、语域、功能、社会价值、个人特色、地域的语言，经过作家的整顿加工，可把“反映作者意向的主体变成一首合奏曲”。巴赫金强调杂语“合奏”的重要性，“小说家的意识要只囿于众多杂语中的某一种语言里，是回旋不开的；仅有一种语言的音色，对他来说是不够的”。可见，在小说中，杂语和多语现象的存在不仅不像在诗歌中那样被削弱，而是得到了强调与深化，“就是靠语言的这种分化，靠语言的杂语现象甚至多语现象，作者才建立起自己的风格”（巴赫金，1998：79～81）。可以说，小说创造了一个开放、多样化、多元调和的语言世界。

对于巴赫金所提出的小说语言中的社会杂语和多语现象，即小说中广泛存在的各种语言及语言变体，杜博妮也有着深切的认识，她尤其强调“小说词汇的多样化”问题（McDougall，1991b：50）。以阿城小说为例，其代表作《棋王》《树王》《孩子王》中“知青语言和当地村民使用的语言交织混杂”，小说有着“鲜活自然的口语节奏”（McDougall，1991b：52）。文中出现了各种历史词汇、行话口号、市井俚语、方言俗语、宗教哲学词汇等内容，这些丰富多彩的语言为读者的阅读过程增添了许多乐趣，但对于译者来说却是一桩挑战，尤其是对于“对中文的了解偏于正式和学术化、不熟悉中国街头语言”的外国“学者型译者”来说（McDougall，1991b：53），小说中口语词汇的含义更是要仔细审读。以《棋王》小说中的“街上”一词为例，在一般情况下，“街上”指“在街道上”（on the street）；而在一些语境中，“街上”则指的是“在城里”（in town），而这一含义往往会被不熟悉汉语日常语言表达或是未仔细揣摩语言细节的译者所忽略。因此，杜博妮强调，在小说翻译中，面对语言的多样化问题，译者需要“熟悉中国人的日常生活和语言表达”，应仔细“揣摩原文语境”（McDougall，1991b：52－53），发掘其真正含义，不能被词语的字面意思所蒙蔽。

阿城小说的另一个特点是语言的高度具体化，注重对具体事物的关注和描写。小说“包含大量中国农村日常生活的具体事物及物件”，而“一些事物在字典中鲜有解释，在国外也没有大致的对应物”（McDougall，1991b：59），因此如何准确传神地翻译这些具体事物是小说翻译的一大难点。以阿城小说《孩子王》中的短语“支起锅灶”为例，为确切了解这一短语的含义，杜博妮曾专程去往陈凯歌拍摄电影《孩子王》的片场，与演员和导演交流，观察演员“支起锅灶”的具体动作，以求准确把握这一短语的含义，这反映出杜博妮翻译小说具体化事物的审慎态度。

总的来说，对于小说语言的多样化问题，杜博妮认为译者必须贴近原文作者的日常生活，了解小说中的生活细节，熟悉市井语言和流行话语，同时还要了解小说语言的历史语境和文化语境，准确把握特殊年代词汇及文化词汇的含义。杜博妮还强调应重视小说语言的具体化，对于文中具体事物和动作要有切实的体会，使不熟悉中国家庭日常生活的国外读者了解原文中的各种具体事物。

在杜博妮所翻译的作品中，与阿城“口语化写作”的小说形成鲜明对比的是北岛的小说。除诗歌外，北岛也进行小说创作，著有中篇小说《波动》以及短篇小说《在废墟上》《归来的陌生人》《旋律》《稿纸上的月亮》等。北岛小说多以城市生活为背景，主人公为学生或是知识分子，小说的语言较为丰富，一些对话偏向于口语，但小说中人物较少使用粗俗语、赌咒语等，语法及句法错误的情况也较为少见，语域一般较为正式。

以北岛小说代表作《波动》为例，《波动》是北岛最为知名的中篇小说，描绘了“文革”中的青年一代对祖国、理想、正义、爱情等充满绝望而又不失希望，心存怀疑而又心生向往。小说叙述结构较为特殊，全文以小说中人物的名字作为小标题，其后展开在这一人物视角下的行为活动和意识流动。相比阿城小说语言多用方言俗语、市井俚语、流行语、历史词汇、宗教哲学词汇的特点，《波动》中多为正规文雅的书面语和文学语言，但由于小说人物众多，形象丰富，语言的多样化特征仍然较为突出，包括一些成语、方言、谚语、歇后语、行话等。下文我们将对杜博妮对这些多样化词语的翻译情况进行分析。

四字成语的使用凸显了《波动》语域正规的特点。如表 6 - 1 所示，汉语成语涉及社会各层人物和生活百态，一些成语的意义可从字面理解，如文中的“入境随俗”“肥头大耳”“因噎废食”“声嘶力竭”等，还有一些成语则来源于历史和文学典故，其意义具有隐含特征，如“呕心沥血”“门当户对”“天南海北”等。从表 6 - 2 可以看出，17.1% 的四字成语被杜博妮译为英语习语。如果汉语成语能够与其相对应的英语习语在意义和用法上一致，那么二者就有可能实现互译，这是习语翻译的最理想境界（刘泽权、朱虹，2008：462）。

表 6－1　《波动》中的成语

心不在焉，入境随俗，经久不息，不速之客，浑然一体，震耳欲聋，因噎废食，呕心沥血，转瞬即逝，深不可测，自作多情，闲情逸致，无拘无束，幸灾乐祸，有气无力，肥头大耳，久病不愈，蹑手蹑脚，毫无顾忌，草草了结，同归于尽，乱七八糟，愁眉苦脸，天南海北，声嘶力竭，东倒西歪，居高临下，断壁残垣，五颜六色，大梦初醒，没精打采，若有所思，衣衫褴褛，门当户对，道貌岸然
共计：35 个

表 6－2　《波动》中成语翻译情况统计

用英语习语翻译		其他翻译方法			
		字面直译		内涵意译	
频数	百分比	频数	百分比	频数	百分比
6	17.1%	19	54.3%	10	28.6%

例 24：

我出了胡同口，迎面碰上媛媛。她拎着草篮子，眼睛盯着鞋尖，一副没精打采的样儿。（北岛，1986：105）

I left the laneway and ran straight into Yuanyuan. She was toting a straw basket, her eyes fixed on the toes of her shoes and lookingvery down-in-the-mouth.（McDougall，1990c：166）

“她”指原文中的人物媛媛，因所爱慕的人杨讯心另有所属而“没精打采”。“没精打采”形容人精神不振，提不起劲头，郁郁不乐的样子。杜博妮把握该汉语成语的意义，将其译为英语中的固定短语“down-in-the-mouth”。“down-in-the-mouth”指人“心情低落”“沮丧”“垂头丧气”。该英语习语的意义与用法和“没精打采”大体对应，较好再现了文中“她”情绪不高的状态，且符合目的语读者的阅读习惯。

当英语中找不到意义和用法对应的习语时，杜博妮会用其他表达方法翻译成语。对于某些可以从字面意义上理解的成语，译者采取字面直译的方法译出成语的词语意义，此类翻译方法杜博妮使用较为频繁，占《波动》中成语翻译的一半（54.3%）。

例 25：

“我看，不要因噎废食嘛。”吴杰中不满地摇摇头。（北岛，1986：12）

“My view is we shouldn't stop eating because of a hiccup.” Wu Jiezhong shook his head in dissatisfaction. （McDougall，1990c：86）

“因噎废食”原意为因为吃饭噎住而放弃进食，可引申为因为小问题而放弃或推翻全局。杜博妮充分考察了该成语的字面意义和文化内涵，在翻译中采用了字面直译的方法，这种直译不影响读者的阅读和理解，读者可以根据译文的字面含义联想到该成语的引申意义，即因小事而放弃大局。这种直译的方法在不干扰读者阅读的前提下，传达了源语文化中特有的词语表述，展现出杜博妮对原文及源语文化的遵从。

例 26：

“不错，洛尔迦的诗？”

“《梦游人谣》。”

“多美的梦，可惜只能转瞬即逝。”（北岛，1986：24）

“It was good. By Lorac?”

“*A Sleepwalker's Balld.*”

“It's a beautiful dream. What a pity it only lasts an instant before it dies.” （McDougall，1990c：96）

“转瞬即逝”指一转眼就消逝，形容时间过得非常快。杜博妮把握该成语的意义，直译为“lasts an instant before it dies”，忠实于原文的同时不会对目的语读者造成阅读上的障碍。

虽然上文中的成语可从字面理解其意义，但小说中仍有部分成语的含义具有隐含特征，如“门当户对”“呕心沥血”“得陇望蜀”等。如果对这类成语进行直译，则往往会引发歧义。考虑到目的语读者的文化背景，杜博妮往往会在充分理解成语意义的基础上，避开成语的字面意义而译出其隐含寓意，这种意译的方法在杜博妮的成语翻译中并不少见，从中可以看出译者对目的语读者阅读感受的重视。以杜博妮对“门当户对”的翻译为例。

例 27：

“小讯，你到底了解她吗？”

“当然。”

“了解什么？”

“内在价值。”

他做了个嘲弄的手势。“我头一回听说。”

“是的。只有那些家庭条件之类的陈词滥调才会被人们重复千百次。”

“我反对一定要门当户对。”（北岛，1986：126）

“Xun，do you really know what she's like?”

“Of course I do.”

“What do you know?”

“Her instrinsic value.”

He made a mocking gesture. “It's the first time I've heard that.”

“Yes，it's only those clichés about family conditions that can be duplicated by people millions of times.”

“I'm opposed to making family background the major consideration.”（McDougall，1990c：184）

原文中主人公杨讯与萧凌相爱，但遭到长辈林东平的反对，杨指出林只考虑“家庭条件之类”的原因，林表明自己“反对一定要门当户对”的观点。成语“门当户对”源自中国古代建筑学中的概念。“门当”本意指古代民居建筑中“门顶部骑跨在左右两根木柱上的横木”，“户对”指“门框两边的立柱”（陶海鹰，2010：76）。随着时代的变迁，“门当户对”演变成“具有象征意味的建筑装饰部件”。“门当”成为“官宦人家大宅门前左右两侧相对而置的一对石鼓或石墩”，“户对”则是“置于门楣或门楣两端的砖雕或木雕”，通过门当和户对的图案纹饰可以“了解主人所从事的行当和官位品级”（陶海鹰，2010：76）。此后，“门当”与“户对”逐渐演变成男女婚嫁的衡量标准，指社会世俗观念中男女双方家庭地位、财富、职业相当，适合结亲，其含义已脱离原有的字面上的“门”“户”之意。在翻译“门当户对”时，如果译者照字面进行直译，无疑会使目的语读者不知所云，产生错误的理解。杜博妮避开了字面意义，结合上文中出现的“家庭条件”，抓住“门当户对”这一成语所强调的家庭情况、社会地位、经济条件等内涵寓意，采取解释性的翻译方法，将其译为“making family background the major consideration”，较为贴切地传达出原文成语的隐含意义。

通过对杜博妮成语翻译的分析，可以看出译者在充分理解成语字面意义和内涵意义的基础上，在翻译中通过直译成语字面含义的方法保留了其陌生化效果，再现了源语文化独特个性。此外，译者会兼顾目的语读者的阅读感受，适当采用意义和用法与原文成语大致相当的英语习语进行对等翻译。当文中具有隐含意义的成语对译文读者构成阅读障碍时，杜博妮会采用意译的方法解释成语的内涵意义，提高译文的可读性和可接受性。

表6-3列出了小说中出现的方言及杜博妮的翻译。除去“丧门星”译为“mourning stars”属于部分直译外，对于大部分的方言杜博妮都进行了解释性的意译，原因在于这些方言词语或是具有修辞色彩，其意义不能从字面理解；或是具有强烈的地域特征，保留其异域色彩会给西方读者带来理解上的困难，因此在翻译中译者首先需要将方言转换为源语中的标准语，再采用合适的目的语进行翻译。杜博妮在翻译中注重深入了解中国人日常生活和语言使用的细节，努力克服“学者型译者”所带来的局限，使自己熟悉小说中的各种市井语言，确保了解方言所指的确切含义，同时注意选用目的语中意义、语域及情感色彩等相当的词语进行翻译，以“坐蜡”为例。

表 6-3 《波动》中的方言及翻译

原文	杜译文
丧门星	mourning stars
扯点（花布）	go shopping (for a bit of printed cotton)
（渴得）够呛	terribly (thirsty)
扯皮	bicker
坐蜡	give...a hard time
砸明火	threaten...
挨刀似的	as if the throat was being cut
（少这儿）添丧	don't be so gruesome
脸上贴金	glorify...
冒冒烟吧	have a smoke
敢情	sure
摆上谱了	put on airs
别找不自在	don't look for trouble
缺心眼儿	be a bit thick
耍滑头	be slippery
溜达溜达	take a stroll
装蒜	play-acting
逗闷子	cheer...up
邪了门	weird

例 28：

"急啥？里头有个姐儿，别让她坐蜡……"（北岛，1986：104）

"What's the rush? There's a sister in there, don't give her a hard time..."（McDougall，1990c：166）

"坐蜡"原本为佛教用语，是佛教徒的日常修行之一，指僧众聚集一处，齐诵《戒本》，自我反省以及由他人批评有无违戒犯律之事，有"受斥责、受过"之意，后来引申为"使……为难""受困窘"的含义，属于北京地区较为常见的方言。原文中小偷白华及同伙盯上了一处杂货铺，同伙询问行动时间，白华回答“里头有个姐儿，别让她坐蜡”，决定下次找个“刮风下雨的好日子”再来。可见此处“坐蜡”是指别让女售货员为难。杜博妮将“坐蜡”译为“give...a hard time”，可见译者对该方言的意指内容有着透彻的了解。她在翻译中采取解释性的翻译方法，使得“坐蜡”褪去了晦涩难懂的异域符号形式，直接将其内涵意义传递给目的语读者，使目的语读者较为顺畅理解文中这一方言的含义。

例 29：

“老哥，冒冒烟吧。”白华蹲下去，递给小贩一支雪茄，接着用地方土腔说。“打哪儿来？”（北岛，1986：109）

“Have a smoke, brother.” Bai Hua squatted down and handed the pedlar a cigar, and continued in the local accent. “Where are you from?” (McDougall, 1990c: 170)

对于小说中的多样化语言，杜博妮强调要关注小说语言的具体化，译者应对文中事物及动作的细节有切实的体会和准确的传达。上文中杜博妮对“冒冒烟”的处理就是一例。根据小说的上下文，不难看出“冒冒烟”表达的是“地方土腔”中的“抽烟”之意，虽然作者本意是传达具体的概念，含义并不模糊，但“冒冒烟”在字面意义上却较为抽象，如采取直译的方法则会使读者有隔雾观花之感。杜博妮将“冒冒烟”置于上下文语境中进行考察，用明确具体的表示动作的短语“have a smoke”将原文含义明晰化，使读者对文中这一动作有较为确切的认识。

如表 6－4 所示，小说中有着少量的谚语、歇后语和行话。对于这些特色用语，杜博妮主要采取了异化的翻译策略。谚语和歇后语的译文与原文表述一致，结构对应。对于原文中鸦片贩子使用的行话，杜博妮进行了字面直译，保留了原文独特的文化意象。可以看出，在不影响目的语读者阅读理解的情况下，杜博妮在翻译中以源语文本和文化为中心，“忠实于原文作者的文学技巧和哲学深度”（McDougall，1990a：25），倾向于保留原文中独特的中国文化元素，充分唤起目的语读者对原文和源语文化的关注和解读。

表 6-4 《波动》中的谚语、歇后语、行话及翻译

原文		杜译文
谚语	没有享不了的福，没有受不了的罪	there's no blessing you can't enjoy and no suffering you can't endure
	只见鱼喝水不见腮里漏	we only see the fish drinking water, you don't see the gills leaking
	马王爷有三只眼	Horse King has three eyes (a popular name for Buddha, whose divinity is manifested in his third eye)
	姜还是老的辣	old ginger's hot
歇后语	镶金边的夜壶，尽是嘴上功夫	a golden-edged chamber pot, all your effort's in your mouth
行话	赶毛驴	got any dope
	在哪个柜上吃粮	what table have you been eating at
	豆腐房后边种高粱	there's a sorghum planted behind the beancurd shop

综上所述，对于小说中的多样化语言，杜博妮认为译者不仅要熟悉中国人日常生活的细节和日常语言的使用，熟悉流行话语和方言俗语等口语表达，还应了解小说语言的特定历史和文化语境，对语域较为正式、往往带有隐含意义的成语等书面语也必须切实掌握其含义，同时注意小说的具体化语言。在翻译实践中，杜博妮在切实领会小说多样化语言内容的基础上对原文采取异化与归化相结合的方法，大量保留多样化语言的异域文化元素，力图突出原文文化他者的陌生特质，以满足西方读者对遥远东方的叙事期待。当原文语言的异质性对读者的理解造成干扰时，如小说中的部分方言俗语、具有隐含意义的成语等，译者会着重淡化原文过多的文化异质特征，注意译文的可读性和可接受性。杜博妮的异化和归化策略相互关联、互为补充。她斡旋于两种语言和文化之间，最大限度地呈现中国特质和传播中国文化。可以说，杜博妮的翻译策略展现了译者一贯的以中国为中心的文化诗学翻译立场。

第四节 戏剧语言的舞台表演问题及其翻译

戏剧是“综合艺术的一种，是由演员扮演角色，当众表演情节、显示情境的一种艺术。在中国，戏剧是戏曲、话剧、歌剧等的总称，也常专指

话剧。在西方，戏剧（英：drama）即指话剧。多由古代的宗教礼仪、巫术扮演、歌舞、伎艺演变而来，后逐渐发展为由文学、表演、音乐、美术等多种艺术成分有机组成的综合艺术。其基本要素是情节性的动态造型，通过从空间到时间、从视觉到听觉对观众的多方面作用，引起演员与观众、观众与观众之间的反复交流，进入集体的心理体验”（辞海编辑委员会编，2009：1421～1422）。戏剧按内容性质分类，可分为喜剧、悲剧、正剧；按表现手法可分为话剧、歌剧、舞剧、歌舞剧、诗剧；按结构形式可分为独幕剧、多幕剧；等等（陈晓红，2013：155）。通过对戏剧的描述，我们可以看出，戏剧既是一种文学体裁，又是一门综合表演艺术，融文学性和舞台性于一体。

作为一种文学形式，戏剧剧本虽然可以像小说、诗歌、散文那样供人阅读，但它的主要特点在于可表演性，即主要是“供演员在戏剧舞台上表演而存在的”（陈晓红，2013：155）。戏剧的这一特征决定了戏剧翻译不同于其他文学体裁的翻译，戏剧翻译必须考虑到舞台的表演效果。对于戏剧翻译的这一特征，著名表演艺术家、翻译家英若诚曾指出，“我们的很多译者，在处理译文的时候，考虑的不是舞台上的‘直接效果’，而是如何把原文中丰富的旁征博引、联想、内涵一点儿不漏地介绍过来。而且，我们要翻译的原作者名气越大，译文就越具备这种特点。本来为了学术研究，这样做也无可厚非，有时甚至是必要的。但是舞台演出确实有它的特殊要求，观众希望听到的是‘脆’的语言，巧妙而对仗工整的，有来有去的对白和反驳”（老舍，1999：3～4）。应该说，在戏剧译介的过程中，译者应考虑如何赋予译文以鲜活的生命，如何使译本台词产生较好的舞台表演效果，使目的语观众获得美好的艺术享受。

对于中国现当代戏剧作品，杜博妮并未进行相关的翻译实践。她曾谦虚地表示“戏剧翻译要求译者能够自如地驾驭口语化语言，而我的语言比较正式，对英语口语的表达和转换掌握得不够好”，但对于戏剧翻译，杜博妮仍有着自己的见解，主要围绕着戏剧翻译的舞台表演问题展开，具体包括戏剧语言的口语化和个性化特征、戏剧语言的“时间要素”问题以及戏剧翻译要具备“即时效率”等（McDougall，1991b：60－63）。

杜博妮认为，不同于诗歌、小说“私人阅读”（private reading）的特点，戏剧翻译是为“表演”（performance）而做的（McDougall，1991b：60），而用于舞台表演的戏剧往往具有直观性的特点，追求“直接交流、快速反应，追求现场效果，当即发出感情的冲击波”（孟伟根，2012：66），其语言往往具有通俗化、口语化的特点。此外，戏剧语言还有着个性化的特点，“每个剧中人物用自己的语言和行动来表现自己的特征”（陈晓红，2013：154）。因此，在翻译中国戏剧作品时，译者需要“了解作品中涉及的口语，包括俚语、大量的短语和句子语气助词，熟悉当时的社会文化语境”（McDougall，1991b：60），应注意在翻译时再现原文戏剧语言口语性的特征。译文应通俗易懂，不可晦涩难明。另外，译者要仔细揣摩人物角色，译文语言要“保留人物的独特个性，千面千腔，而不是千面一腔”（McDougall，1991b：60）。

杜博妮还强调翻译戏剧时要注意译文的“时间要素”（time element），即译文应与原文每一行的语句有着大致相同的长度（McDougall，1991b：60－61）。在表演中，戏剧的话语与演员的动作表演紧密相连，二者是一个完整的统一体，因此在翻译中原文语句的长度不可随意改动，以免与动作不协调，从而影响演出的效果。这种戏剧语言的“时间要素”给译文带来了某种程度的话语固定性，往往会给译者的翻译工作带来一定的约束和挑战。

戏剧语言与其他文学体裁的语言不同，其在舞台上的呈现转瞬即逝，是“直观的、双向交流性和不可重复的一次性艺术”（董健、马俊山，2012：22），因此杜博妮强调戏剧翻译需要具备“即时效率”（immediate sufficiency）（McDougall，1991b：61）。即时效率首先要求戏剧译文朗朗上口，具有“听觉效果”（auditory effect）（McDougall，1991b：61），即戏剧台词应注意声调节奏的和谐优美，如此一方面便于演员在舞台上表演，另一方面也有利于观众的接受和欣赏。戏剧的听觉效果一直是戏剧艺术性的重要组成部分，明代戏剧家李渔曾指出，“宾白之学，首务铿锵。一句聱牙，俾听者耳中生棘；数言清亮，使观者倦处生神”（李渔，1962：83），戏剧语言明朗动听的重要性由此可见一斑。

另外，即时效率还要求戏剧译文在含义上明白晓畅，能让国外观众一听即懂。杜博妮指出，译文在内容传达上即时效率的实现往往要求译者采取合适的翻译策略（McDougall，1991b：61）。对于原文戏剧中的文化异质内容，原文观众可能较为熟悉，而对于目的语观众而言，译文的即时效率可能会因此打上折扣。当戏剧译本作为“案头剧”、面向阅读作品的读者时，译者往往“会在译文中对原文戏剧中的文化特色词语、短语等添加脚注、尾注或其他注释”；而当翻译面向舞台演出时，译文则没有文外加注的可能，只能进行“文内解释”，译者此时需要“对戏剧某些重要背景进行简要补充，或是对反复出现的特殊内容进行适当阐释，而针对单个的特殊词语的解释可能会予以省略”。译者在译文中进行的这种必要的解释说明，杜博妮称为“应急”（expedient）解释。在一般情况下，杜博妮为保留原文的陌生化效果会尽量避免在译文中添加解释——“在翻译诗歌和小说时会尽量少用”（McDougall，1991b：62），但考虑到戏剧台词稍纵即逝的特点，其内容必须简明易懂，因此译者必须对部分陌生化和异质性内容进行说明，而考虑到戏剧文本可表演性的特点，对原文的这种解释必须合适、适度，避免语焉不详或是拖沓烦冗。杜博妮以戏剧《假如我是真的》的翻译为例，对于剧中人名如“张春桥”“张闻天”等，西方观众较为陌生，译者需要在译文中加以说明，但考虑到戏剧的时间因素和舞台表演的即时效果，杜博妮认为不宜对这两处人名进行详细的解释。她建议在“张春桥”前加上“that swindler”或是“that thug”，在“张闻天”前加上简要的职务介绍（McDougall，1991b：62），这样在解除国外观众困惑的同时，也传达了原文的情感色彩，有利于译文即时效率的实现。

第五节 电影语言的简洁通俗和直观生动问题及其翻译

电影艺术是在现代电子工业和物理、化学等科学技术进步的基础上产生发展起来的一门新兴的艺术，它包含文学、戏剧、音乐、舞蹈、美术、工艺、摄影等多种艺术形式，具有丰富多样的表现手段，便于反映广阔复杂的社会生活（曹廷华，2003：167）。可见电影文学不仅是文学体裁的一种形式，同时也是一门有着影视媒介特点的综合性艺术。

电影翻译是文学翻译的一个分支，其目的是“利用通俗化、口语化、个性化的语言，将源语影视作品的内容传达给目的语观众，使其对异域文化有所了解，同时在审美、教益等方面获得与源语影片观众类似的感受”（辛红娟，2012：382）。基于电影的组成要素，杜博妮将电影翻译分为三种类型：配音翻译（dubbing translation）、字幕翻译（subtitling translation），以及可供读者阅读的剧本翻译（screenplay translation）或台本翻译（shooting script/tabulated script translation）（McDougall，1990b：63）。配音翻译是将源语影音文本转换为目标语文本，再由配音演员依据目的语台本将源语语音转换为目的语语音的翻译过程（张修海，2015：8）。这一翻译需要译者和配音演员的密切合作，译员需要“充分掌握原影片人物的句型，刻意讲究词位，按照源语的口型来琢磨每一句台词的特定译法”，而演员则要“一音一节地套用，在吐词节奏、语调的抑扬顿挫上与源语中的发音配合得当”（林煌天，1997）。关于电影的配音翻译，杜博妮谈论得较少，她更多关注的是电影的字幕翻译和台本翻译。

字幕翻译指在“保留电影原声的情况下将源语译为目的语并叠印在屏幕下方”的翻译（李运兴，2001：38）。字幕通常以文字呈现影片中的对话或旁白，或是协助观众了解对话以及其他信息，包括声音类的背景音乐、电话铃声以及影片音轨中的其他声音；非声音类的如影片中出现的字、词、路牌等语言类信息（杜志峰、李瑶、陈刚，2013：66）。杜博妮的第一次电影翻译实践是在20世纪80年代初，对改编自蒋子龙小说《乔厂长上任记》的电影进行字幕翻译。对于自己首次的电影字幕翻译经历，杜博妮事后回忆，“（我）还未观看影片即被要求开始翻译，他们只给了我电影台本作为参考，但这不够，我要求至少观看一遍影片。另外翻译字幕必须时时对着电影，译者手头要有能随时播放、暂停的设备，没有这个做不好字幕翻译”。由于当时条件匮乏，杜博妮的要求没有得到满足。以至于现在来看，这部电影的“字幕错译之处随处可见”（McDougall，1991b：64）。

此后，杜博妮从事过陈凯歌拍摄的电影《孩子王》的字幕翻译。与第一次字幕翻译相比，这一次的翻译条件有所改善，杜博妮的准备也更为充分，取得的翻译效果也较好。杜博妮认为，电影的字幕翻译与戏剧翻译一样，也要追求“即时效率”的实现（McDougall，1991b：66），这是由字幕瞬间性的特点决定的。电影字幕一瞬而过，观众若是不懂只能放弃，没有时间去仔细思索，否则会影响对下一句的理解，因此字幕的即时性要求其内容必须“简洁通俗”（McDougall，1991b：66），能让目的语的电影观众一看即懂。为了达到译文的“即时效率”，实现译文内容的简洁通俗，杜博妮认为两点尤其重要。一是译者要充分准备。例如在翻译《孩子王》的字幕时，杜博妮亲自前往位于西双版纳的电影拍摄现场，与剧组工作人员交流，与编剧陈迈平讨论，力求透彻理解影片，准确理解并传达原影片字幕的含义。二是译者在翻译中应注意选用合适的翻译策略。杜博妮指出，由于电影视听并行、声画统一的特点，观众只有一小部分时间被分配到字幕观看上。为使字幕便于“阅读”，译者必须对原文字幕中的特殊内容进行灵活处理。对于目的语观众较为陌生的短语或词语，译者不妨考虑在字幕中“添加简明扼要的解释或者酌情进行改译”，但必须注意适度，增添的内容“不可让观众目不暇接”（McDougall，1991b：66－67）。

除字幕翻译外，杜博妮还参与了陈凯歌导演的电影《黄土地》的台本翻译。在此我们首先要区分剧本与台本。剧本又称为“文学剧本”，是电影创作的文本基础。剧本“对电影的主题、人物、情节、结构、风格、样式等都有明确的规定”（朴哲浩，2008：10）。剧本在电影拍摄之前即交付电影公司，由其决定是否将剧本拍摄成电影。剧本一般对每个景别、镜位等所做的规定不够明确具体，导演要在文学剧本的基础上进行再度创作，制订更加细致的拍摄计划（朴哲浩，2008：10），这种更为具体的方案即台本。台本会在开拍前拟好初稿，在电影拍摄、编辑的过程中不断进行更新。当电影拍摄结束时，台本能完整、准确地呈现影片中的动作、对话及电影的整体方向，其内容通常涵盖了场景序号、时间日期、地点、人物、动作、神态、对话、音效等。一般来说，台本“最后呈现的内容与最初的文学剧本会有较大差别”（McDougall，1991b：64）。与剧本相比，台本除了更为准确地体现电影内容外，其语言也往往更为清晰、生动和简洁。以电影《黄土地》为例，其台本“删去了剧本中的情感夸张及语言拖沓之处”，“更具有文学价值”（McDougall，1991b：64），因此杜博妮选择《黄土地》的台本来进行翻译，而非文学剧本。在翻译的过程中，杜博妮力求再现台本语言简洁明了、通俗易懂的特点，“避免拖沓烦冗”。当遇到意义不明之处时，译者会“与熟悉电影原作的人进行讨论”，寻求帮助（McDougall，1991b：64－65）。杜博妮对《黄土地》的台本翻译在国外广受好评，曾被英国电影协会推荐在台本翻译的基础上进行字幕翻译。

可以说，不论是电影的字幕翻译还是台本翻译，杜博妮都强调翻译语言的简洁凝练、含义清晰和通俗易懂。对于电影语言的简洁性，杜博妮认为，电影包含着“画面语言”和“人物语言”（对白、独白、旁白）。画面语言是电影作品受众通过视觉解读的部分，而人物语言则是通过听觉理解的部分，二者之间高度互补。电影语言的大量叙事与刻画人物的任务由画面语言承担，因而在很大程度上人物语言方面的任务减少了，为电影人物语言的简洁性提供了条件（McDougall，1991b：64）。译者在翻译时应注意到人物语言简洁性的特点，并在译文中予以再现，译文切忌出现冗长繁多的对话。

对于电影语言的通俗性，这是由电影作为“大众文化娱乐产品”的本质特征决定的（辛红娟，2012：382）。以经小说改编的电影为例，小说中的叙事性内容常常会“在电影中采用通俗的口语表述方式”，译者在翻译电影作品时要注意口语表达的这种通俗性，“这些琐碎口语往往最能考验译者的翻译功底”（McDougall，1991b：66）。例如，电影《孩子王》中“来娣”送“我”到村口的一段，电影将小说中的叙述性描写改为对话，并选用口语化的词语“慢走”来替代“再见”。“慢走”一词看似简单随意，但译者必须仔细琢磨才能翻译得准确地道，不失原文韵味。综合考虑，杜博妮认为译成“take care”较为合适，既有字面上的“保重，当心”之意，又有实质上的告别含义，表述也较为口语化（McDougall，1991b：66）。

除简洁性和通俗性外，杜博妮还强调电影翻译的语言应具有“直观化”效果（McDougall，1991b：64），这是由电影语言在形象上具体可视的特点决定的。苏联电影艺术大师普多夫金曾指出：“编辑必须经常记住这一事实，即他们所写的每一句话将来都要以某种视觉的、造型的形式出现在银幕上。因此，他们所写的字句并不重要，重要的是他的这些描写必须能在外形上表现出来，成为造型的形象。”（普多夫金，1980：32）因此，电影语言所塑造的人物外貌、性格特征、人物的内心活动等必须能转换为具体可见的银幕形象，能被观众眼见耳闻。如阿城小说《孩子王》中的对话多为间接引语，而小说改编成电影后，为取得直观、生动的效果，“间接引语基本被改编为简明直接的对话形式”（McDougall，1991b：66）。因此，在电影字幕和台本翻译中，杜博妮强调要“避免抽象的陈述性文字”。无论是对环境的展示、对人物内心活动的再现，还是社会环境的习俗风貌、故事的情节发展等，译者使用的语言都应“具体生动”“直观可感”（McDougall，1991b：66）。

可以看出，对于电影的台本翻译和字幕翻译，杜博妮强调电影语言的简洁性、通俗性和直观性，主张在透彻理解源语内容含义的基础上，在翻译中充分再现源语简洁凝练、通俗易懂、直观具体的特点，必要时可适当对源语字幕进行解释或改译，实现译文的即时效率。

第六节　小结

本章主要对杜博妮的文学体裁翻译思想进行了梳理、分析和总结。杜博妮主要关注诗歌、小说、戏剧和电影四类文学体裁，在她看来，不同文学体裁有着不同的侧重点，在翻译中译者应对这些要点予以足够的重视。

就诗歌而言，杜博妮认为诗歌的侧重点在于韵律、意象和语域。韵律涉及诗歌的形式，意象涉及诗歌的内容，语域则与诗歌的风格有关。杜博妮认为诗歌翻译的理想境界是译诗能完整再现原诗的形式、内容和风格，但在实际操作中，诗歌的形式和内容有时则无法完全兼顾，译者需要根据具体情况选择合适的翻译策略。本章以杜博妮对北岛诗集《八月的梦游者》和《旧雪》的英译为例，探讨了杜博妮对原诗韵律、意象和语域的处理方法。北岛诗歌重内容而轻形式，有质感的意象内容是原诗的精髓，诗人希望通过诗歌的内容和风格传达出诗歌现代性的特点，而现代英语诗歌往往是不重韵律的。因此，杜博妮在翻译中普遍忽略北岛韵律诗的韵律节奏，摆脱原诗韵律格式的框架，力求充分传达原诗的内容意蕴以及其所传递的现代感。北岛诗歌的意象通常是中外常见的自然或城市景物，大部分具有中西文化间的共通性。因此，杜博妮在翻译中往往采取字面直译的方式传达原诗的意象内容。对于少数具有文化异质性的意象以及有着历史文化典故的特殊意象，杜博妮通常忽略意象的特殊性，采取保留异域文化特色的异化翻译策略。这是杜博妮考察其目标读者群阅读习惯、参考西方诗歌通行做法之后慎重采取的做法。此外，这种翻译策略也与译者长期以来奉行的“信任读者”的翻译思想不无联系。关于诗歌翻译中语域的处理，北岛诗歌的语域一般较为正式，口语化的表述较为少见，但也仍然少量存在。杜博妮在翻译中注重把握原诗的语域特征，在译文中对原诗语域进行忠实再现，不仅传达原诗的内容，也注重再现原诗的风格。

总的来说，对于诗歌翻译，杜博妮曾明确指出，诗歌翻译没有一成不变之法，如翻译北岛诗歌需要侧重内容，而翻译朱湘诗歌则需要注重原诗形式。诗歌翻译唯一不变的应是译者在翻译时需要对诗歌的精髓、诗人的特点、诗人的创作意图、译者自身的翻译目的、翻译思想、目标读者群的阅读习惯、目的语文化的主流诗学等进行综合考虑，具体问题具体分析，在翻译中妥善处理好诗歌的韵律、意象和语域问题。

对于小说类文体，杜博妮认为其侧重点在于丰富多彩的语言，这些多元化但又相互调和的语言构成了小说作者独特的写作风格。对于小说中的多样化语言，杜博妮指出译者必须熟悉中国人日常生活的细节和语言表达，了解小说中出现的各种书面语和口语化词汇，熟悉小说语言的特定历史和文化语境，而且在翻译中要注意小说语言的具体化。本章以杜博妮对北岛小说《波动》中成语、方言、歇后语、谚语、行话的翻译为例，探讨了杜博妮对多样化语言的翻译态度。结果表明，译者熟悉这些特色词语及其历史文化语境，能充分领会字面意义以及内涵寓意。译文不仅内容表述准确，而且流畅自然，可读性强。在具体的翻译中，杜博妮以原文本为中心，以陌生化为主导，主要采用异化的策略，有意识地保留原文独特的中国元素。同时，为方便目的语读者的理解与认同，对于读者阅读有障碍之处进行适当的归化处理。杜博妮对《波动》多样化语言采取的翻译策略与对阿城小说《棋王》的翻译策略一脉相承，相互呼应，体现了杜博妮以原文为中心，尊重中国文化、传播中国文化的翻译立场。

戏剧是一种特殊的文学体裁，融文学性和可表演性于一体。杜博妮指出，在进行戏剧翻译时，译者应重视戏剧语言的舞台表演效果。为此，译者应注意译文语句长短与演员动作的一致性，做到译文与原文语句保持大致相同的长度。译者应尽量再现戏剧语言口语化的特点，使其通俗易懂、流畅自然。由于戏剧语言的即时性，当原文戏剧内容对西方观众较为陌生时，译者可适当在戏剧文本内添加解释，让观众一听即懂，实现译文内容的“即时效率”。

电影文学是文学的一个分支，杜博妮指出电影语言往往具有简洁性、通俗性和直观性的特点。她将电影翻译分为三种类型：配音翻译、字幕翻译，以及主要供读者阅读的剧本翻译或台本翻译。对于台本翻译，杜博妮认为在译文中要着重再现源语台本简洁性和通俗性的特点。对于字幕翻译，译者应充分准备，透彻理解原影片的内容含义，在此基础上力求字幕译文具备简洁明了、通俗易懂、直观生动的特点，必要时可适当对字幕添加解释或进行改译，实现译文的“即时效率”，克服字幕瞬间性特点所带来的不便。

第七章
结　语

第一节　杜博妮翻译思想总结

作为西方少有的“既有译，又有论”的知名翻译家和翻译理论家，杜博妮有着波澜壮阔的学术人生和翻译人生。她译论丰富，涵盖面广，在翻译主体、译者主体性、译者权利、读者分类、读者观照、翻译模式、翻译标准、翻译方法、译者素养、文学体裁翻译等方面都有着深刻而精辟的见解和主张。而且，杜博妮的翻译思想并非空有其表，而是根植于自己的翻译实践，是对自己50余年翻译经验的提炼与总结，对我们今天的翻译研究工作具有相当重要的借鉴和参考意义。可以说，对杜博妮翻译思想的研究能在一定程度上丰富汉英文学翻译理论和中国文学外译史研究，能够彰显中国文学翻译活动的特殊性。从这个意义上讲，杜博妮翻译思想研究具有较强的理论意义。

杜博妮是公认的优秀汉英文学翻译家，有着令人瞩目的翻译成就。通过对杜博妮翻译思想的整理和阐述，我们可对其翻译的原则和策略有更为深刻的了解。例如，文学翻译的“快乐原则”中信任读者、“玩具箱”和“工具箱”兼备、选择性使用副文本的方法，翻译语言的历史真实性和风格留存，翻译中保留文化异质性、传播中国文化的翻译立场，不同文学体裁的翻译要点和翻译技巧等。这些翻译原则、策略与方法能为中国现当代文学作品的海外传播提供有益借鉴，促进中国现当代文学作品更好更快地

"走出去"。可以说，杜博妮翻译思想研究有着较好的实践意义。

此外，杜博妮不仅仅是一个个体翻译家，更是海外翻译家群体中的一员。中国现代文学作品在英语世界传播的历史进程中，海外翻译家做出了重要贡献。"（国外的译介）甚至可以视为中国文学向外传播的主导力量"（姜智芹，2011：10），"一代代汉学家译介中国典籍、传播中国文化、塑造中国的世界形象，纠正了世界对于中国的许多误解……他们对于中国文学'走出去'起到了其他群体难以替代的作用"（张贺，2013：15～16）。其中出类拔萃的翻译家有美国的葛浩文、白睿文（Michael Berry）①、金凯筠（Karen Kingsbury）②、金介甫，加拿大的杜迈可，英国的蓝诗玲（Julia Lovell）③，等等。然而，同杜博妮翻译研究所面临的形势相似，这些外籍翻译家"多数未得到足够重视"（刁洪，2016：1）。本书以杜博妮翻译思想为主要研究对象，通过全面深入的梳理、阐释、验证、分析与总结，力图呈现一个相对完整且清晰的翻译家形象，分析杜博妮为中国文学海外传播所做出的贡献，唤起学界对海外翻译家的关注与重视，进一步推动对该群体翻译理论及翻译实践的研究。因此，本书还有着很强的现实意义。

本书的主要内容和发现有以下几方面。

首先，通过阅读大量相关文献资料，包括杜博妮本人著述及其他学者对杜博妮的相关研究，笔者对杜博妮的翻译思想进行梳理、提炼与整合，从四个维度——翻译操作主体、翻译受众、翻译语言和文学多体裁翻译来呈现杜博妮的翻译思想，搭建杜博妮的翻译思想体系，进一步丰富现有对

① 白睿文（Michael Berry），美国加州大学圣巴巴拉分校东亚系副教授，主要研究领域为当代华语文学、电影、流行文化和翻译学。译有王安忆的《长恨歌》（*The Song of Everlasting Sorrow*，2007），余华的《活着》（*To Live*，2004），叶兆言的《一九三七年的爱情》（*Nanjing 1937: A Love Story*，2003），张大春的《我妹妹》、《野孩子》（*Wild Kids: Two Novels About Growing Up*，2000），等等。

② 金凯筠（Karen Kingsbury），美国查塔姆大学教授，张爱玲小说知名英文译者，译有《倾城之恋》（*Love in a Fallen City*）、《〈色戒〉及其他故事》（*Lust, Caution and Other Stories*，与 Julia Lovell、Janet Ng、Simon Patton、Eva Hung 合译）。

③ 蓝诗玲（Julia Lovell），英国汉学家，任教于伦敦大学伯贝克学院，与葛浩文一同被誉为英美中国当代文学翻译的"双子星座"（姜智芹，2011：40），译有韩少功的《马桥词典》（*A Dictionary of Maqiao*，2003）、朱文的《我爱美元》（*I Love Dollars and Other Stories of China*，2007）、阎连科的《为人民服务》（*Serve the People!*，2007）、《鲁迅小说全集》（*The Real Story of Ah-Q and Other Tales of China: The Complete Fiction of Lu Xun*，2009）等。

杜博妮的翻译研究。

第一个维度是杜博妮有关译者主体性及译者权利的思想。译者主体性是译者作为主体在翻译实践活动中所具有的本质属性，最突出的特征是译者的主观能动性，同时译者主体性会受到原作、目的语文化系统、目的语读者等客观因素的制约，也会受到译者自身的双语水平、文化结构、审美特点等主观因素的限制。译者主体性是译者主观能动性和受动性的统一。杜博妮强调在翻译过程中译者应充分发挥主体性。本部分从杜博妮的翻译文本选择、文本理解和文本表达三部分来分析杜博妮的译者主体性思想。杜博妮的翻译选材标准是基于其对作品文学上的欣赏与喜爱，这体现出译者自身的审美标准、文化意识和文化期待，但其文本选择有时也会受到出版社的限制。在理解本书时，杜博妮认为译者可以充分发挥主观能动性对原文做出自己的解读。她对原文作者生平经历、文学成就等进行充分了解，对作品的文学主题、思想内容、历史背景、现实意义等深入研究，从而确保对原作的透彻理解，但译者这一能动性的发挥必须以原作为基础，同时也受制于译者自身知识、文化、审美水平。在表达文本时，杜博妮对译者有着“乐团指挥”之喻，她强调译者可以发挥创造性和想象力在译文中呈现个人对原作的独特理解。杜博妮反对出版社对译者翻译的过多干涉，反对为迎合出版审查制度而采取的保守写作和保守翻译，主张译者拥有更大的翻译决定权，呼吁给予译者主体性更大的发挥空间。杜博妮强调译者的权利和地位，在她看来，译者是原文的读者、译文的创作者，熟悉目的语读者的阅读需求，能够指导出版商如何吸引此类读者的阅读兴趣，可以同时代表出版商和目的语读者以满足各自利益需求。虽然自 20 世纪六七十年代翻译研究进行了“文化转向”，译者的地位和权利有了显著改善，但仍显不足。除了在翻译审查中译者应享有更高的翻译决定权外，杜博妮认为译者还需享有其他权利，譬如翻译作品的署名权，译作首页需介绍译者信息，译评应由有资格的文学翻译家承担等。对于译评的撰写，杜博妮认为尤其应该谨慎，“随意指摘别人的错误是毫无教益的”，翻译应该“多做实践，少说空话”（McDougall，1991b：67）。

第二个维度是杜博妮关于读者的观点。杜博妮重视目的语读者，她将中国现当代文学英译作品的读者分为三类：对中国文化抱有兴趣的英语读者，她称为“忠诚读者”；学习英语的汉语读者、研究文学和翻译的英语或汉语专业人士、文学批评家，即“兴趣读者”；对文学价值有普适性期待的英语读者，即“公允读者”。前两类读者对中国和中国文化有所了解，普遍对其抱有较大兴趣，杜博妮将其统称为“受制读者”。“受制读者”与作为普通读者的“公允读者”在阅读目的、阅读方式、期待视野、阅读需求等方面有着显著区别：“受制读者”数量较少，对中国文化有一定的了解，更倾向于以原文为导向的异化翻译；“公允读者”数量庞大，对中国文化了解不多，往往并不在乎译文的内容，而是看重译文的可读性和风格。鉴于这两类读者有着各自的特点，杜博妮指出译者应根据具体的目标读者群选择合适的翻译策略。为了更大范围地传播中国现当代文学作品，加强中国现当代文学作品的国际影响力，杜博妮认为译者应重视不同读者群体，尤其是数量最为庞大的“公允读者”的阅读习惯和阅读需求。为此，杜博妮提出文学翻译的“快乐原则”，译者应重视读者的阅读感受，文学翻译的首要目标是给读者带来阅读的乐趣。具体来说，实现翻译的“快乐原则”应注意以下三点。第一，译者应“信任读者”。要相信读者的阅读和判断能力，避免过度翻译。“受制读者”对中国文化怀有浓厚兴趣，且一般对中国文化已有所了解，喜欢以原文为导向的异化翻译；而“公允读者”虽然对中国了解有限，但他们喜欢新鲜事物，敢于冒险，且能从上下文获得文本意义，所以译者可以而且应当信任读者。在翻译时译者应适当保留原文的异域文化元素，满足读者的好奇心，使其阅读过程充满新鲜感。第二，译者在翻译中应合理使用包含引号、斜体、粗体、下划线、空格等在内的“工具箱”和包含韵律、隐喻、典故、插图在内的“玩具箱”。“工具”和“玩具”的适当使用可以增加目的语读者的阅读乐趣，增进其对译文的了解。第三，译者应斟酌副文本的使用。当目的语读者为“公允读者”时，她不赞成过多地使用脚注和尾注，因为此类注释容易分散读者的注意力。杜博妮建议在译文正文前添加序言或引文，或是在文后添加术语表。当读者需要参考解释时，可以统一进行查阅；不需要解释时，则可以略过。读者的阅读进展不至于经常被注释打断，可获得相对轻松的阅读体验。

第三个维度是杜博妮的翻译语言观。杜博妮强调对文本语言历史史实的考察和研究，主张谨慎对待小说中的历史语言，同时重视对原文语言风格的保留，力求译文语言与原文在审美特征上保持一致。本部分以阿城小说《棋王》中的历史词汇、方言俗语和宗教哲学词汇为例，分析、验证和归纳了杜博妮的翻译语言观。结果显示，在翻译历史词汇时，杜博妮忠实于原文，力图再现源语文化要素，传达源语文化独特个性；当译文的陌生化和可读性发生冲突时，杜博妮坚持在历史语境中寻求文本的意义，把特定词汇同社会历史、政治立场等因素结合起来进行整体考察，以求准确再现原文含义。在翻译方言俗语时，杜博妮主要采取字面直译方法，力求保留原文文化神韵，移植地道的中国元素；当直译会给目的语读者带来阅读障碍时，译者会结合源语的社会历史语境考察这些方言俗语，适当意译以使译文能准确传达原文的文化内涵。同时，杜博妮还关注译文的审美风格，在翻译方言俗语时，着重再现其地域化、口语化特色。在翻译宗教哲学内容时，其译文用词典雅、韵律优美、结构对称，较好再现了原文道家哲学内容的美学维度。由此可见，杜博妮的翻译实践正体现了她对语言历史真实性，以及原文审美效果的追求，我们将其归纳为求“真”与求“美”。

第四个维度是杜博妮的文学体裁翻译观。在杜博妮看来，不同文学体裁有着不同的特点，译者应认识到每一种文体的特殊性，在翻译中对不同文学体裁的侧重点予以重视，如诗歌的韵律、意象和语域问题，小说语言的多样化问题，戏剧语言的舞台表演问题，以及电影语言的简洁通俗和直观生动问题。本部分结合具体翻译实例对杜博妮提出的各体裁翻译要点进行探讨，阐述其文体翻译思想。

其次，笔者运用接受美学理论和新历史主义文化诗学理论对杜博妮翻译思想进行深入阐发，拓展杜博妮翻译思想的理论深度。

在“杜博妮的译者主体性思想”一章和“杜博妮的读者观”一章中，笔者运用接受美学的相关理论阐发了杜博妮所强调的译者主体性观点及文学翻译的“快乐原则”。杜博妮认为进行文学翻译时译者需要充分发挥主观能动性，译者可以而且应该在翻译中发挥自身想象力和创造力，对作品进行各自的解读与阐释，译者的翻译主体地位应该得到彰显。在翻译活动中，译者具有多重身份，既是原文的“读者”，同时又是译文的“作者”，译者需要先作为“读者”对原文进行解读，然后作为“作者”对解读的内容进行表达。在作为“读者”的原文解读阶段，译者需要结合自己的经验、审美、想象和前理解等来填补原文的“未定点”和“空缺”，调整自身既有视域，形成新的期待视域，使得文本意义潜势向文本意义转化。在作为“作者”的译文创作阶段，译者又需要将所获得的文本意义用目的语进行表述。这两个阶段——理解阶段对原文的解读和剖析，以及表达阶段对原文内容、神韵、风格等的再现与重构，都必然涉及译者主观能动性的发挥。另外，译者主体性也有着受动性的一面。在杜博妮的翻译过程中，无论在选择文本、解读文本还是表达文本阶段，都受到种种客观因素和主观因素的制约与限制，其中主要一点当属来自源语文本的制约。接受理论认为文本意义虽然具有不确定性，但文本如同意义的“内核”，译者仍需遵循文本构成过程中的形式结构、审美特点等对文本意义进行解读与把握。因此译者发挥主体性也必须以原文为基础，不能完全脱离文本。

杜博妮重视读者因素，将中国现当代文学作品英译的读者群体进行细致划分，强调译者要根据具体的读者群选取合适的翻译策略，文学翻译要使读者获得阅读的乐趣。接受理论认为读者是文本接受历史的决定性因素和能动主体，读者实质性地参与了作品的存在，甚至决定着作品的存在。读者在阅读理解之前对作品有着定向性期待，这种期待有一个相对确定的界域，即“期待视域”。同时，本书在具体化过程中读者的理解经验和审美经验各不相同，这种视域和经验圈定了读者理解作品的可能，即杜博妮所指的不同读者有着不同阅读感受和阅读需求。译者在翻译中要根据具体读者群选取合适的翻译策略，必要时需调整原文文本准则，使得译文与读者的期待视域一致，不影响读者的阅读体验。接受理论还提出了文本具有“填补空白、连接空缺和更新读者期待视域”的结构，即文本的“召唤结构”，这使得读者对文本的阅读理解以及想象成为可能，为杜博妮“信任读者”、认为译者应避免随意填补原文空白和未定点的观点提供了理论参考依据。

在第五章，本书运用新历史主义文化诗学理论阐释了杜博妮的翻译语言观。新历史主义文化诗学认为文学与历史密切联系，反对形式主义文学批评将作品视为孤立现象的观点，主要关注历史及社会意识形态对文学的影响，以及文学文本如何参与对历史和社会意识形态的塑造，提倡用历史语境与文化语境相互阐释的方法来解读文学文本。新历史主义提出“历史的文本性”和“文本的历史性”的观点，认为历史意义如同文本，可以被多样化解读，而任何文本意义都是在一定的历史语境中获得的，是一定历史的产物，因此阅读文学只有回到社会历史文化语境中去，如此才能获得真正的意义。中国语境中的新历史主义文化诗学相比西方在研究内容和方法上有所扩充，在强调文学文本历史性和政治性的同时，还关注文本自身的文学性，即追寻文本历史文化语境的同时，也注重对文本诗学审美特征的挖掘。杜博妮在翻译《棋王》多样化语言时，一方面，以文化研究为基础，将文本语汇置于具体的社会历史语境中进行考察，并在译文中充分反映，追求翻译的历史真实效果。另一方面，以诗学审美为基础，追求译文的文学性。在忠实再现原文内容时，充分传达原文语言的美学风格。可以说，杜博妮的翻译语言观体现了新历史主义文化诗学的理论视野。

最后，笔者结合杜博妮的翻译实践对其翻译思想进行了考察和验证。

在“杜博妮在翻译过程中译者主体性的体现”一节中，我们考察了杜博妮的翻译实践。其一，以杜博妮对董启章小说《地图集：一个想象的城市的考古学》和《梦华录》、北岛的诗歌和小说、卞之琳和李广田诗歌的翻译为例阐述了译者的翻译选材观。其二，在文本解读阶段，以杜博妮为《梦中道路：何其芳散文诗歌选》、北岛诗集《八月的梦游者》、阿城小说集《棋王·树王·孩子王》等作品英译所撰写的多篇文论序跋为例分析了她对作品所进行的细致考察。其三，在文本表达阶段，笔者以杜博妮对《孩子王》《遗腹子》《棋王》等作品中的相关翻译为例，考察了杜博妮在尊重原文的基础上，发挥创造性和想象力去表达原文。尤其当原文涉及某些西方读者难以理解的文化意象时，杜博妮会充分发挥译者主体性对原文意象进行适当改写，以适应西方读者的阅读和认知习惯。

在“杜博妮的读者观”一章中，本书以杜博妮对阿城小说《棋王》和《树王》的相关翻译为例，阐述了杜博妮文学翻译“快乐原则”中“信任读者”的思想。杜博妮了解目的语读者的特点和阅读需求，信任读者的阅读和判断能力，在翻译中注重适当保留原文的异质文化元素，满足读者的好奇心，使读者的阅读过程充满乐趣。此外，本书还以《梦中道路：何其芳散文诗歌选》和《棋王》的英译，以及《遗腹子》译文中的插图为例，论述了杜博妮“快乐原则”中“工具箱”与“玩具箱”兼备的观点。

在第五章对杜博妮翻译语言观的分析中，笔者以杜博妮对阿城小说《棋王》的历史词汇和特殊范畴语言——方言俗语和宗教哲学词汇的翻译为例，探讨其翻译语言思想。杜博妮将对目的语读者构成阅读障碍的历史词汇和方言俗语置于源语社会历史语境及文化语境中进行考察，以求取得译文的历史真实性效果。此外，杜博妮还注意方言俗语口语化风格的传达，以及对原文宗教哲学词汇道家审美特征的再现。杜博妮的翻译实践体现了她所强调的翻译中对历史文化语境的追寻，以及对原文语言风格和文学审美效果的再现。

在“杜博妮的文学体裁翻译观”一章中，杜博妮提出了诗歌的三要素——韵律、意象和语域。译者需要根据原诗精髓、诗人的创作意图、译者的翻译思想、目的语读者的特点等因素，在诗歌翻译中选择合适的翻译策略。笔者以杜博妮对北岛诗集《八月的梦游者》和《旧雪》中韵律、意象和语域的翻译为例，考察其对诗歌三要素的处理方法。小说的翻译要点在于其丰富多样的语言。在翻译小说时，杜博妮强调译者应熟悉汉语日常用语，要了解小说语言的历史语境和文化语境，另外还要注意语言的具体化和明晰化。通过考察杜博妮对北岛小说《波动》中多样化语言的翻译情况，可以看出，杜博妮对这些特色词语的字面含义及文化内涵有着充分了解。在具体的翻译中，杜博妮主要采用异化的翻译策略，同时也会对读者阅读有障碍之处进行适当归化处理，提高译文的可读性和可接受性。总的来说，在调和中英两种语言及文化差异的基础上，杜博妮尽最大可能地传播着中国文化特质，展现了杜博妮长期以来的尊重中国文化、传播中国文化的翻译立场。这种异化翻译策略也从侧面印证了译者所倡导的“信任读者”的翻译思想。

通过考察，本书得出的结论是杜博妮的翻译实践基本验证和践行了她的翻译思想。

至此，本书完成了对杜博妮翻译思想的总结概述、理论阐发和实践考察。杜博妮作为一名海外翻译家，在长达半个多世纪的翻译生涯中，为中国现当代文学作品的海外传播做出了重要贡献。将本书第三到六章的标题综合起来，即杜博妮翻译思想的核心内容。

第二节　在汉学与翻译之间：杜博妮的中国现当代文学翻译研究

随着中国综合国力不断增强，开放程度日益加深，中西方文化交流日渐频繁，世界愈来愈关注中国文化及文学作品，“外国人比以往任何一个时期都更想深入地了解中国，所以中国文学的对外翻译任务也比任何一个时期都更加繁重”（黄友义，2010：16）。在中国文学这一对外传播的进程中，汉学家译者起到了十分重要的作用。学界对这一群体的研究也日益增多，主要集中在译者生平与贡献、翻译思想、翻译策略与方法、译者风格、翻译批评等领域（吕敏宏，2011；吴赟，2012；覃江华、刘军平，2013；谢天振，2014；刘江凯，2015；谭业升，2018；李翼，2017，2019等）。较少有研究从宏观、全面的角度探讨汉学家汉学研究与其翻译活动的关系。本书以杜博妮的翻译活动为研究对象，通过描写的方法分析杜博妮的翻译文本选择、文本研究以及文本翻译，考察译者汉学研究和翻译实践的关系，探究杜博妮汉学家研究视野对翻译过程的影响，力求为审视译者的翻译行为提供一个新视角。

在翻译活动中，译者居于中心地位，是翻译活动最活跃的因素之一。从文本的选材、文本的解读、文本的表达，再到文本的传播，译者的主体能动作用贯穿于译文生产和传播的始终。译者的身份直接决定着译者的经验视界，对其翻译思想及翻译实践的各个层面，如翻译动机、翻译选材、翻译策略及方法的选择、文化意识的介入等都产生着深刻的影响。反过来，译者的译介行为无不诠释并巩固着译者身份，昭示着译者身份的个性化差异。

杜博妮是西方汉学界知名的中国现当代文学批评家、翻译家和翻译理论家。50多年来研究中国文学、翻译中国文学、讲授中国文学，“引领着海外汉学研究潮流”（葛文峰，2014：103），被誉为“最为优秀的中国现当代文学批评家和翻译家”之一（Louie，1987：205）。布拉格汉学学派代表人物马力安·高利克（Marián Gálik）称其为“最好的现代中国文学批评史家之一”（高利克，2010：310）。杜博妮的教育背景、职业经历以及学术成就共同建构起其鲜明的译者身份。

杜博妮 1970 年在悉尼大学取得中国文学博士学位，经过两年博士后阶段的学习，先后在悉尼大学、伦敦大学亚非学院、哈佛大学、挪威奥斯陆大学、爱丁堡大学讲授中国文学和中国文学翻译。2006 年在爱丁堡大学荣誉退休后，她受聘为香港中文大学研究教授，同时担任翻译研究中心执行主任一职。2009～2010 年，杜博妮在香港城市大学任访问教授，讲授文学翻译和跨文化研究课程。2010 年后，杜博妮回到悉尼大学任荣誉教授。可以说，早年系统、全面的中国文学教育为杜博妮研究和翻译中国文学作品打下了坚实基础。其后长达半个多世纪致力于中国历史、文化的传播和推广，杜博妮在汉学研究和中国文学翻译领域深耕细作，硕果累累。

作为中国现当代文学的研究者，杜博妮有关中国现当代文学最有分量的学术研究成果当数她与澳大利亚汉学家雷金庆合著的《20 世纪中国文学》。该书对 20 世纪中国文学进行了全面系统的深度论述，堪称 20 世纪中国文学的百科全书。《虚构的作者，想象的读者：20 世纪现代中国文学》是杜博妮一部重要的中国现当代文学研究文集。在书中作者探讨了王安忆“三恋”系列中的女性主体性、陈凯歌导演的电影《霸王别姬》中的反串现象，以及茅盾、冰心、凌叔华和沈从文作品中的女性形象。除专著外，杜博妮还撰写了大量有关中国现当代文学的文章，从跨文化视角、史学视角、文本视角等对中国现当代作家作品进行剖析。这些学术研究成果显示出杜博妮对中国社会与文化、历史及文学的深入独到的见解，展现了杜博妮作为一名汉学家的学识素养及学者风格。

在汉学研究外，杜博妮还译有大量的中国文学作品，其中涉及多种文学体裁。在诗歌方面，杜博妮翻译了多部何其芳和北岛的诗歌集，包括《梦中道路：何其芳散文诗歌选》、北岛的《太阳城札记》《八月的梦游者》《旧雪》等。在小说方面，杜博妮主要译有阿城小说集《棋王·树王·孩子王》、北岛小说集《波动》、王安忆的《锦绣谷之恋》、萧乾的《邓山东》、叶圣陶的《遗腹子》、董启章的《地图集：一个想象的城市的考古学》《梦华录》等。此外，杜博妮还涉及非文学作品的翻译，主要有毛泽东的《在延安文艺座谈会上的讲话》、《两地书》等。

可以说，杜博妮的教育背景、职业经历以及学术成就共同建构了她汉学家的译者身份。汉学研究与文学翻译的紧密结合对其主体意识和译介活动产生了深刻影响，使其呈现典型的汉学家研究视野和学术型翻译的特点，我们将从翻译的过程，即翻译选材、文本解读及文本翻译三方面来进行探讨。

一　翻译选材：汉学家的情怀使命及纵览全局的研究视野

翻译工作的第一步是确定翻译选材。译者的翻译选材主要取决于译者的翻译目的和动机，翻译目的和动机则与译者的身份息息相关。对杜博妮而言，作为一名汉学家，促进文化交流的情怀使命、自身的诗学观念及文化视野是影响其文本选择的主要因素。

杜博妮非常注重作家的叙事特色和写作风格，作品的文学性和创造性是其关注的焦点。关于翻译选材，她提到主要是出于“文学上的喜爱”和“阅读上的享受”——“当我（指杜博妮，笔者注）接触到一部作品，如果它真的非常吸引我，我接下来会大量翻译这位作家的作品”（李翼，2017：96）。例如，译介董启章小说《地图集：一个想象的城市的考古学》时，杜博妮认为这本书优美且特别。作者对历史非常了解，书中有许多有趣又发人深省的观点——比如对“边界”的阐释。什么是边界？边界真的存在吗？还是人们脑中固有的观念造成了边界？如果是人为造就，那就可以被改变，可以被消除。董启章的这本书给人们提供给了一种有关“可能”的设想。人们可以打破常规，没有什么是必然存在的，变好、变坏都有可能。杜博妮喜欢这本书，希望能将它介绍给英语读者（李翼，2017：96）。董启章是香港知名作家，风格独树一帜，代表作有“自然史”三部曲：《天工开物·栩栩如真》、《时间繁史·哑瓷之光》和《物种源始·贝贝重生之学习年代》。《地图集：一个想象的城市的考古学》是董启章的早期作品。该书写作风格与传统小说迥然不同，表现出一种博物志和故事的交织互动。全书分为理论篇、城市篇、街道篇和符号篇四部分，按照理论、城市、街道和符号来呈现一座城市的地图，其中历史、掌故与西方理论杂糅交错，营造出一种荒诞戏谑的错置之感，使得该部小说呈现一种奇幻的百科全书式风格。杜博妮对董启章作品的翻译主要出于对作品思想深度和文学品质的欣赏。翻译的目的是希望传播作品的思想意蕴和独特风格，使英语读者也能获得相似的审美体验。其后，杜博妮与韩安德合作翻译董启章的另一部小说《梦华录》，体现出杜博妮选择文本时对作品认同感的坚持。

杜博妮对北岛作品的翻译同样可看出这位译者对文学性的关注。谈到北岛诗歌，她认为“北岛的诗写得很好，感情充沛、充满力量，‘我不相信，天是蓝的’，他对不相信的事很清楚，可是他相信的是什么呢？他一直没有说出来。这让他的诗别具魅力。他的诗对我影响很深，我翻译了很多”（李翼，2017：96）。北岛是朦胧派代表诗人之一，诗人往往借助象征来表达自己的情感，作品给人朦胧绰约甚至隐晦的感觉。同时，北岛诗作常常流露出浓厚的抗衡色彩和孤独的英雄气质，如成名作《回答》中“卑鄙是卑鄙者的通行证，/高尚是高尚者的墓志铭”以及“我——不——相——信！”，组诗《岛》中“举起叛逆的剑/又一次/风托起头发/像托起旗帜迎风招展”，无不凸显了诗人强烈的否定意识以及怀疑和批判精神。杜博妮在20世纪80年代初曾在中国外文出版社担任专职译员，工作之余也从事私人翻译活动。在这一时期，杜博妮经介绍与北岛相识，被其诗作中独特的冷峻孤独、朦胧隐约而又激烈壮阔的理想主义气质吸引，着手北岛诗歌的系统翻译工作，并帮助其在海外出版。杜博妮翻译的北岛诗集包括1983年美国康奈尔大学出版社出版的《太阳城札记》，1988年由英国Anvil出版社出版的《八月的梦游者》，以及1991年美国新方向出版社出版的《旧雪》。此外，杜博妮还系统翻译了北岛的小说集《波动》，之后陆续在英国和美国推出修订译本。

可以看出，杜博妮的翻译选材观体现了汉学家自身的审美标准、诗学观念和文化期待。作家的创造力、文学叙事风格及作品的文学性是其选择翻译对象的依据。杜博妮希望借翻译去影响、感染目的语读者，促进不同文化特质之间的交流，使读者获得有关异域文学美的感受，体现出作为“沟通中外文化的桥梁”的汉学家所具有的情怀和使命（黄友义，2010：16）。

在具体的翻译选材中，如翻译何其芳和北岛诗歌时，杜博妮选取的诗歌题材、风格、影响力、创作时间等不尽相同，力图全方位介绍诗人作品，突出诗人作品的多样性，体现出汉学家的专业视角和纵览全局的文化视野。为展示北岛创作的全貌，除诗歌翻译外，杜博妮还将目光投向北岛的小说作品。《波动》是北岛最为知名的中篇小说，杜博妮的译文集除收录《波动》外，还选取了多部知名度略低、非传统意义上的代表作，如《旋律》《稿纸上的月亮》《交叉点》《幸福大街十三号》等。这些小说虽非北岛最为闻名的作品，但展现了作者丰富的创作题材、多变的创作视野和独特的艺术风格，共同勾勒出北岛小说创作的全貌，使得作家的形象更为立体生动。

文本选材的特点彰显出杜博妮作为一名汉学家促进中西文化沟通的使命感、独特的文学洞察力，以及多角度全方位展示作家作品的学者情怀和学术底蕴。作为一名汉学家，杜博妮的学术研究视野又使其能对所选作品有深入独到的解读，为目的语读者呈献阅读的盛宴。

二　文本解读：汉学家学术研究成果及治学方法的展现

在翻译活动中，译者具有多重身份，既是原文的读者，同时又是译文的作者。译者需要首先作为读者对原文进行解读，其次作为作者对解读的内容进行表达。在文本解读阶段，译者会“发挥自身的文学鉴赏和文学批评的能力对作品进行阐释，发掘作品的思想内涵和美学意蕴，分析作品的文学价值和社会意义，体现自身的审美创造性”（张敬，2009：99）。相当程度上，译者的身份决定着译者的素养和经验视界，影响着译者对原文解读的深度和广度。汉学家这一学者身份赋予了杜博妮专业的研究视角和深厚的文本细读功底，使之对作品的文学主题、思想内容、现实意义，以及时代背景、社会文化等信息具有深刻的洞察力。

以杜博妮1990年出版的阿城《棋王》《树王》《孩子王》“三王”系列译本 *Three Kings: Three Stories from Today's China* 为例，杜博妮在译本正文前著有25页的序言，详细介绍了小说的“文革”社会背景、主题思想、内涵意义、翻译难点，以及作者阿城的创作特色、文学成就等内容。在正文后，杜博妮又作了包含80条词语的释义表，对一些特色词语的社会、文化、历史等信息进行解释说明。2010 年于美国出版的修订版中，杜博妮调整了副文本形式，删去序言，改为后记，附于译文之后。这些序言和后记既有对作品的外部研究，包括对当时社会历史背景、作者生平经历、宗教哲学内容的详细介绍，也有对《棋王》、《树王》和《孩子王》的内在剖析，包括作品所体现的哲学主题、文体特征、语言特色、人物形象、自身的翻译意图、采用的翻译策略等。杜博妮的译本序跋构成了一个庞大的文化文本，其外部文化研究与内部文本研究相结合的思想凸显了译者的文化诗学视野，是其学术研究思想的直接展现。

又如，翻译《梦中道路：何其芳散文诗歌选》时，杜博妮深入研究何其芳的文学思想及艺术观念，对何其芳作品的内涵进行充分挖掘。在译本前言部分她撰有《何其芳的早年生活》《何其芳和新文化运动》《文学转向政治：抗日战争》，后记部分有《何其芳的文学成就》《爱、思考与自我牺牲》等文章。这些文章详细介绍了何其芳童年“孤独”的成长环境，以及 15 岁外出求学、20 岁到北京大学学习哲学，其后在南开中学及山东莱阳任教的经历。文章指出，诗人早期文风细腻、敏感、精致，散文集《画梦录》及诗歌集《汉园集》体现了这一特点；抗日战争作为何其芳创作生涯的转折点，使这位文学家从“一位个人主义者转变为社会主义者和国家主义者”（McDougall，1976：15）。1938 年，何其芳从四川来到延安，系统学习了马克思主义理论，认为自己以往的作品是“贫瘠的荒地”，开始停止空洞地描述“云”、“月”和“星星”，转而“投入到人民运动中去”，成为一名马克思主义作家。因此，这位作家前期与后期的写作风格迥异，杜博妮强调“翻译时需要谨慎对待”（McDougall，1976：28）。对于何其芳的诗歌创作，杜博妮认为“诗歌不仅是个人感受的表达，或是与自然或人交流的一种形式，还要去创造美。这种美主要通过使用意象或象征来实现，使用不同的韵律手段也可以增添额外的效果”（McDougall，1976：223）。可以看出，杜博妮将何其芳作品置于宏大的历史文化语境中，从社会和历史的角度探究其诗歌风格的流变，同时从美学角度思考如何在翻译中再现原诗的审美意蕴。其文本解读展现了丰富的研究视角，以及严谨求证、注重史实的研究方法，体现出一名汉学家译者纵览历史、横跨多学科的比较研究视野。

由此可见，杜博妮的汉学研究与文学翻译相辅相成、联系密切。其研究所得为翻译的顺利开展打下了基础，翻译作品又处处彰显了她的研究成果，且通过翻译对文本有了更为深入的思考。在翻译北岛作品时，她进一步撰写研究文章《赵振开的小说：文化异化的研究》《北岛的诗歌：启示与交流》《异端文学：七十年代中国官方文学和非官方文学》等；翻译《两地书》后，她以此为基础著有《情书与当代中国隐私：鲁迅与许广平的亲密生活》，以及相关的文化研究文章《现代中国的隐私性》《持久的魅力，未经训练的理解：中国和欧洲的情书》等。另外，还有对中国文学及文学翻译的反思之作——《作为价值的多样性：边缘性、后殖民主义与中国现代文学中的身份特征》等。

作为翻译活动的主体，译者的素养决定着对原文的解读结果及翻译质量。作为一名杰出的汉学家，杜博妮的学术素养使其能从文本、哲学、美学、跨文化、史学等角度对文学作品进行文本内外多方位、多层面的研究，从而对作品有着深刻独到的领会，为下一步翻译活动的顺利开展提供了前提和保障。其翻译作品展示了这位汉学家的研究成果，巩固着译者的学者身份，且能为其文学研究工作提供灵感源泉。可以说，杜博妮的汉学学术研究与翻译实践有机结合，良性互动。

三　文本翻译：基于“快乐原则”的学术型翻译

有关文学翻译，杜博妮提出要“尽可能保留原作（风格）”，译者应仔细“揣摩原文语境”，“熟悉中国人的日常生活和语言表达”（McDougall，1991b：52－53），发掘原文的真正含义，注意为读者补充相关社会历史文化语境知识。她的译文由此呈现学术型翻译的特点，主要表现在两方面：一是文内解释，二是文外的副文本。

以阿城小说为例，其代表作《棋王》《树王》《孩子王》中知青语言和当地村民使用的语言交织混杂，小说有着鲜活自然的口语节奏，包含各种历史词汇、行话口号、市井俚语、方言俗语、宗教哲学词汇等。例如，《棋王》小说中的“外省来取经的革命战士”中“取经”一词，“取经”原指僧侣前往寺庙求取佛经，现多指向先进人物、单位或地区等学习经验。杜博妮结合小说“文革”的历史背景，将“取经”译为“for political enlightenment”，即“政治上的启迪教化”，显示出对相关历史文化背景的追寻与重现。还有小说中的“街上”一词，一般情况下“街上”指“在街道上”；而在原文一些语境中，“街上”指的是“在城里”，这一含义往往会被不熟悉汉语日常语言表达或是未仔细揣摩语言细节的译者所忽略。杜博妮注意区分词语的细微差别，将其译为“in town”，可见其审慎态度和中文功底。由此看出，面对语义多样化问题时，杜博妮能结合历史文化语境发掘词语的真正含义，补充相关社会历史知识，为读者提供准确地道的译文，体现出作为汉学家的研究精神和严谨态度。

杜博妮的学术型翻译还体现为译本中大量副文本的使用。每一部译著均有丰富的序、引言、后记和注释。以《两地书》译本 *Letters between Two: Correspondence between Lu Xun and Xu Guangping* 为例，除引言外，杜博妮在译本正文后单辟“典故”（Allusions）一章，列出鲁迅与许广平通信中涉及的 31 处历史典故及其来源。其后有长达 58 页的词语释义表，内容涵盖历史、人物、文学作品、风土人情、原文本信息等，进一步对原文涉及的社会、历史和文化内容进行阐释。这些引言、典故、词语释义表等副文本“将译本置于深厚的语言和文化背景中，……为译文读者构建了一张信息丰富的意义之网”（Appiah，1993：810）。这样的深度翻译（thick translation）强化了译本的汉学研究色彩，彰显了杜博妮汉学家的学术型译者身份，译文也因此呈现学术型翻译文本的特点。

需指出的是，杜博妮的学术型翻译文本并不因此缺乏可读性，事实上杜博妮高度重视读者因素，并针对性地提出了翻译的“快乐原则”（Pleasure Principle）（McDougall，2007：23）。上文提到，“快乐原则”原本是心理学的一个概念，最早由奥地利心理学家弗洛伊德提出，指为满足生理或心理需求而寻求快乐、避免痛苦的本能机制（Synder and Lopez，2007：147）。“快乐原则”与弗洛伊德人格结构理论中的“本我”紧密相连。杜博妮将“快乐原则”引入文学翻译的范畴。在她看来，“读者阅读的首要动机和目的是获得阅读的快乐”（McDougall，2007：22），译者应关注读者的存在、重视读者的阅读体验，文学翻译的首要目标应是“给读者带来愉悦的享受”（McDougall，2007：22）。对于如何吸引读者兴趣，实现文学翻译的“快乐原则”，我们将其观点归纳为三点：①信任读者；②“工具箱”与“玩具箱”兼备；③选择性使用副文本。信任读者即信任读者的阅读和理解能力。杜博妮强调信任读者自身的阅读能力，主张保留作品的新奇感，反对过度翻译。不过，需要指出的是，杜博妮在翻译中并非一味地采取信任读者、保留原文异质元素的翻译方法。当译文的陌生化和可读性产生矛盾时，杜博妮会适当地改变翻译策略，以适应目的语读者的阅读习惯。

杜博妮还强调译者要善于使用“工具箱”和“玩具箱”，来使读者获得充满乐趣的阅读体验。“工具箱”指一些小的技巧，如合理运用引号、斜体、粗体、下划线、空格等，而“玩具箱”则主要包括翻译时常常会用到的韵律、隐喻、典故、插图等（McDougall，2007：25）。另外，针对副文本，杜博妮认为译者应根据目标读者群来选择性地加以使用。她不赞成过多地使用脚注和尾注，尤其当目标读者群是普通大众时，译者应减少注释的使用，因为“这容易分散读者的注意力，且让读者有被译者屈尊俯就的感觉”（McDougall，1991b：48）。与注释相比，杜博妮更提倡在译作正文前添加序言或引言，主要为目的语读者提供有关原作的社会文化背景知识。此外，必要时可在文末添加词语释义表。词语释义表可以“避免重复、含混、错误和前后不一致”（McDougall，1994：845），也避免了文内注释会频繁打断读者阅读进程的困扰。可以看出，杜博妮追求译文的可读性和流畅感，提倡译者选择性地使用副文本，使读者有较好的阅读体验，实现翻译阅读的“快乐原则”（McDougall，2007：23）。

综上所述，杜博妮基于“快乐原则”的学术型翻译强调源语文化的异质性，力求唤起目的语读者对源语文化的关注和解读，展现了杜博妮尊重中国文化、传播中国文化的翻译立场。同时译者也注意到译文的可读性和可接受性，强调读者阅读的流畅感和阅读乐趣。这使得其译文知识性与可读性兼备。

可以说，杜博妮基于“快乐原则”的学术型翻译既是其翻译策略，也是杜博妮的学术思想的体现，昭示出杜博妮作为汉学家学者型译者与普通译者相比的独特之处：其翻译策略和翻译作品体现了她的学术思想，而学术研究成果又为她的深度翻译保驾护航，提供支持与保障。如此译研结合，杜博妮的译文得到学界的广泛关注。中国文学研究专家雷金庆评价杜博妮为“出色的批评家和翻译家”（Louie，1987：205）。美籍华裔学者、现当代汉语诗歌研究专家奚密认为，“杜博妮给我们带来了一部部优美的诗歌译著，均附有详细、洞察透彻的引言”（Yeh，1990：192）。美国汉学家金介甫在《中国文学（1949—1999）的英译本出版情况述评》中指出，杜博妮对毛泽东《在延安文艺座谈会上的讲话》的翻译和研究“透彻阐述了毛泽东的列宁主义文学观”，“译笔非常地道”，“做到了理想中的优雅与准确”（Kinkley，2000：240）。

综上所述，杜博妮的汉学研究与其翻译活动相辅相成——研之为译、译中有研、以译促研。身为汉学家的杜博妮有着独特的翻译风格和译介方式，无论是翻译文本选材、文本研究，还是文本翻译，都彰显出其典型的汉学家研究视野及学术型翻译的特点。在文本选材中，杜博妮立足于自身审美标准，突出作品的文学性和创造性，借翻译去影响目的语读者，促进不同文化特质间的交流，展现出一名汉学家的情怀和使命。其译本选材涵盖不同的主题、风格、创作时间，影响力范围和具体文学体裁不尽相同，体现了杜博妮纵览全局的汉学家视野及全方位译介中国作品的情怀。杜博妮深厚的学术功底又为她深入解读这些文本提供了知识储备，其译本详细的前言、后记、释义表等均是其学术研究成果的展现。她从文本、美学、哲学、跨文化等视角对作品展开细致剖析，为翻译活动的顺利开展提供了保障，体现出一名汉学家的学识素养和严谨治学方法。在翻译文本时，其审慎的翻译态度、译文对源语社会文化语境知识的补充，以及译本中大量的副文本都使译文呈现严谨缜密、传播知识、带有研究色彩的学术型翻译的特点。同时杜博妮将“快乐原则”引入翻译领域，注重读者的阅读体验，这使她的译作最终成为知识性与可读性并重的佳作。汉学家是中国文学、文化译介传播的重要译者群体。宏观、全面地分析汉学家汉学研究与其翻译活动的关系能为汉学家研究提供新的维度与视角，丰富译者研究的内涵，也能为我国文学文化的译介工作提供有益借鉴。

第三节　本书的不足与后续研究展望

本书主要研究了杜博妮的翻译思想，通过对相关资料的梳理、分析、提炼和总结，构建了杜博妮翻译思想的主体框架，对之进行相关理论阐释，并结合翻译实践对其思想进行考察和验证。然而，本书仍存在一定的局限。

本书的主要研究对象是杜博妮的翻译思想，涉及但并不着重研究杜博妮在翻译实践中所运用的具体翻译策略，其翻译实践只是起证明作用，即是否体现了杜博妮的相关翻译思想。虽然本书试图尽量全面地探讨杜博妮的翻译策略，考察其是否践行了译者的翻译思想，但不可否认这种定性的研究方法仍具有较大程度的主观性。因此，若要更为精确、客观地描述和分析杜博妮的翻译策略，考察翻译实践对翻译思想的践行程度，以及践行的具体方式，则有必要系统全面地搜集译者的翻译作品，建立汉英平行语料库，并与英语原创语料库进行对比分析，如此才可对杜博妮的翻译实践有更为准确和深刻的认识。

本书并不是笔者对杜博妮翻译研究的终止。在本书的基础上，未来还可从以下几方面对杜博妮翻译研究做进一步的拓展与深化。

其一，开展同一原作的多译本研究。杜博妮所翻译的文学作品基本为中国现当代文学史上知名作家的代表作品，大部分作品有其他译本，如阿城小说“三王”系列有 W. J. F. Jenner 译本，北岛诗集还有国内翻译家所译的版本，甚至一些翻译作品已成为国内公认的优秀译著。因此，未来可以进行杜博妮译作与其他译者译作的对比研究，考察不同译作的特点，从而深化对杜博妮翻译的认识。

其二，开展杜博妮非文学翻译研究。除文学作品外，杜博妮还翻译过许多非文学作品，如《永乐宫壁画》（*The Yongle Palace Murals*）、毛泽东《在延安文艺座谈会上的讲话》、鲁迅与许广平的通信集《两地书》等。这些作品虽不属于文学翻译的范畴，但对于杜博妮翻译思想研究同样重要。今后我们可对杜博妮非文学翻译实践进行考察，分析其与杜博妮文学翻译实践的异同，探索二者的关系。这有助于丰富对杜博妮翻译的认识，能勾勒杜博妮翻译思想的全貌。

其三，重视杜博妮“译—研—教”三者有机结合的特点。杜博妮除大量翻译中国现当代文学作品外，还讲授中国现当代文学与翻译课程，并研究中国文学。杜博妮的“译—研—教”是三位一体、相互影响、相互促进的有机整体。因此，未来想要系统考察汉学家杜博妮，研究范围则有必要扩大，进一步从“译—研—教”三方面来展开研究。

其四，注重定量研究与定性研究的有机结合。在研究中单纯采用定性的方法难免有流于主观之嫌，未来的杜博妮翻译研究可采取定量与定性结合的方法，开展基于语料库的翻译研究，使得研究结论更为客观、可信。具体内容可包括基于语料库的杜博妮翻译策略研究、基于语料库的译者风格研究、基于语料库的具体语言对翻译语言特征研究、基于语料库的翻译思想研究等。这都是未来杜博妮翻译研究可着手的方向。

参考文献

一　中文文献

阿城，2014，《阿城精选集》，北京燕山出版社。

阿瑟·米勒，1999，《推销员之死》，英若诚译，中国对外翻译出版公司。

巴赫金，1998，《巴赫金全集·小说理论》（第3卷），白春仁、晓河译，河北教育出版社。

鲍晓英，2013，《中国文化“走出去”之译介模式探索——中国外文局副局长兼总编辑黄友义访谈录》，《中国翻译》第5期。

北岛，1981，《我们每天的太阳》，《上海文学》第5期。

北岛，1986，《归来的陌生人》，花城出版社。

北岛，1987，《北岛诗选》（第2版），新世纪出版社。

北岛，2014，《北岛作品》，长江文艺出版社。

北岛，2015，《北岛 履历 诗选 1972—1988》，生活·读书·新知三联书店。

北塔，2010，《论述何其芳诗的英文翻译》，载北京大学新诗研究所编《中国新诗：新世纪十年的回顾与反思——两岸四地第三届当代诗学论坛论文集》，北京大学出版社。

毕光明、樊洛平，1985，《北岛和他的诗歌》，《湖北师范学院学报》第4期。

曹廷华，1993，《文学概论》（第2版），高等教育出版社。

曹文刚，2015a，《论中国现当代文学的对外译介与传播》，《湖北第二师范学院学报》第3期。

曹文刚，2015b，《王安忆作品在海外的译介、传播与接受》，《哈尔滨师范大学社会科学学报》第2期。

曹英华，2003，《接受美学与文学翻译中的读者关照》，《内蒙古大学学报》第5期。

查明建、田雨，2003，《论译者主体性——从译者文化地位的边缘化谈起》，《中国翻译》第1期。

陈大亮，2004，《谁是翻译主体》，《中国翻译》第2期。

陈大亮，2005，《翻译研究：从主体性向主体间性转向》，《中国翻译》第2期。

陈峰君，2000，《威权主义概念与成因》，《东南亚研究》第4期。

陈吉荣，2012，《翻译建构当代中国形象——澳大利亚现当代中国文学翻译研究》，中国社会科学出版社。

陈奇敏，2010，《从文学翻译的快乐原则来看〈归园田居（其一）〉英译》，《湖北社会科学》第2期。

陈晓红，2013，《文学概论》，武汉大学出版社。

陈伊，2011，《归来的陌生人——从北岛诗歌的英译看“世界文学”的可能性》，硕士学位论文，复旦大学。

程光炜等，2000，《中国现代文学史》，中国人民大学出版社。

程晓堂，2002，《语域理论与诗歌的语义和语用分析》，《外语与外语教学》第4期。

程志强编，2008，《中国成语大辞典》（第2版），中国大百科全书出版社。

辞海编辑委员会编，2009，《辞海》（第6版），上海辞书出版社。

戴延年、陈日浓，1999，《中国外文局五十年大事记（二）》，新星出版社。

邓海丽，2021，《杜博妮英译〈在延安文艺座谈会上的讲话〉的副文本研究》，《文学评论》第3期。

刁洪，2016，《“文学走出去”可借力外籍翻译家》，《中国社会科学报》7月16日，第3版。

刁永康，2011，《从生产性剩余看自由的现实可能性——对马尔库塞〈爱欲与文明〉中快乐原则的解读》，《常熟理工学院学报》第7期。

董健、马俊山，2012，《戏剧艺术十五讲》（第3版），北京大学出版社。

杜志峰、李瑶、陈刚，2013，《基础影视翻译与研究》，浙江大学出版社。

段峰，2008，《文化视野下文学翻译主体性研究》，四川大学出版社。
弗洛伊德，1998，《弗洛伊德文集·精神分析导论》（第4卷），车文博主编，长春出版社。
弗洛伊德，2001，《论文学与艺术》，常宏等译，国际文化出版公司。
弗洛伊德，2004，《弗洛伊德文集·自我与本我》（第6卷），车文博主编，长春出版社。
付文慧，2014，《翻译家朱虹：中国“漫游者”的声音——兼观中国文学英译理论与实践之得失》，《解放军外国语学院学报》第37卷第4期。
傅东华，2014，《文学百题》，生活·读书·新知三联书店。
傅浩，2010，《自由诗》，《外国文学》第4期。
傅洁琳，2015，《格林布拉特文化思想研究》，中国社会科学出版社。
高艾军、傅民，2013，《北京话词典》，中华书局。
高利克，2010，《鲁迅在波西米亚和斯洛伐克》，载周令飞主编《鲁迅社会影响调查报告》，人民日报出版社。
葛文峰，2014，《〈中国文学〉及〈译丛〉：中国文学对外翻译出版模式的范例》，《出版发行研究》第9期。
葛校琴，2006，《后现代语境下的译者主体性研究》，上海译文出版社。
耿振声，2013，《北京话“儿化韵”的来历问题》，《吉林大学社会科学学报》第53卷第2期。
辜正坤，2004，《翻译主体论与归化异化考辩——序孙迎春教授编著〈张谷若翻译艺术研究〉》，《外语与外语教学》第11期。
关纪新，2008，《满族与“京腔京韵”》，《中国文化研究》第1期。
郭著章等编著，2010，《英汉互译实用教程》（第4版），武汉大学出版社。
韩子满，2002，《试论方言对译的局限性——以张谷若先生译〈德伯家的苔丝〉为例》，《解放军外国语学院学报》第4期。
何其芳，1982，《一个平常的故事》，百花文艺出版社。
洪子诚，2005，《北岛早期的诗》，《海南师范学院学报》第1期。
胡安江，2003，《论读者角色对翻译行为的操纵与影响》，《语言与翻译》第2期。
胡庚申，2004，《从“译者主体”到“译者中心”》，《中国翻译》第3期。

胡开宝、胡世荣，2006，《论接受理论对于翻译研究的解释力》，《中国翻译》第3期。

胡宗泽，1997，《礼品与交换——读马歇尔·莫斯〈礼品〉》，《民俗研究》第7期。

黄友义，2010，《汉学家和中国文学的翻译——中外文化沟通的桥梁》，《中国翻译》第6期。

黄忠廉，2012，《方言翻译转换机制》，《北京理工大学学报》第2期。

汲喆，2009，《礼物交换作为宗教生活的基本形式》，《社会学研究》第3期。

贾燕芹，2016，《文本的跨文化重生》，中国社会科学出版社。

江弱水，2010，《抽思织锦：诗学观念与文体论集》，北京大学出版社。

姜智芹，2011，《中国新时期文学：在国外的传播与研究》，齐鲁书社。

蒋单，2015，《哲学阐释视角下的译者主体性研究——杜博妮〈在延安文艺座谈会上的讲话〉英译本个案分析》，硕士学位论文，四川外国语大学。

蒋登科，2012，《西方视角中的何其芳及其诗歌》，《现代中文学刊》第4期。

蒋骁华、张景华，2007，《重新解读韦努蒂的异化翻译理论——兼与郭建中教授商榷》，《南华大学学报》第3期。

金学美，2011，《谈话语体的句式特征分析》，《文学界》第9期。

金元浦，2002，《“间性”的凸现》，中国大百科全书出版社。

柯平，1991，《英汉与汉英翻译教程》，北京大学出版社。

库恩，2002，《古希腊的传说和神话》，秋枫、佩芳译，生活·读书·新知三联书店。

拉金，2015，《快乐原则》，周双卉、章燕译，《诗探索》第4期。

老舍，1999，《茶馆》，英若诚译，中国对外翻译出版公司。

老舍，2012，《我这一辈子·正红旗下》，人民文学出版社。

老舍，2016，《文学概论讲义》，北京出版社。

雷金庆，2004，《澳大利亚中国文学研究50年》，《国外社会科学》第4期。

黎昌抱，2009，《王佐良翻译风格研究》，光明日报出版社。
李德凤、鄢佳，2013，《中国现当代诗歌英译述评（1935－2011）》，《中国翻译》第2期。
李舫，2010，《有一个故事，值得静静叙说——如何增强当代汉语写作的国际传播力和影响力》，《人民日报》11月19日，第17版。
李慧，2014，《汉学家杜博妮的中国文化诗学立场——基于杜博妮与詹纳尔的〈棋王〉英译对比》，《山东大学学报》第2期。
李伟荣，2015，《中国文化"走出去"的外部路径研究——兼论中国文化国际影响力》，《中国文化研究》第3期。
李文婷，2011，《精神文化的异域旅行——中篇小说〈棋王〉的英译研究》，硕士学位论文，山西大学。
李小新、叶一舵，2010，《快乐心理研究述评》，《福建师范大学学报》第2期。
李燕，2013，《从抵抗策略来看北岛诗歌的意象翻译》，硕士学位论文，上海外国语大学。
李翼，2017，《道不离器，译论兼备——澳大利亚汉学家杜博妮教授访谈录》，《外语教学》第2期。
李翼，2019，《杜博妮翻译研究：问题与前景》，《外文研究》第3期。
李渔，1962，《李笠翁曲话》，中国戏剧出版社。
李运兴，2001，《语篇翻译引论》，中国对外翻译出版公司。
梁亚敏，2016，《弗洛伊德人格结构理论在英美文学中的应用与研究》，《语文建设》第30期。
廖七一，2006，《胡适诗歌翻译研究》，清华大学出版社。
林茨，1973，《极权与威权政体》，载 Fred I. Greenstein，Nelson W. Polsby编《总体政治论》，台北：幼师文化事业公司。
林煌天，1997，《中国翻译词典》，湖北教育出版社。
林静怡，2011，《中西格律诗与自由诗的审美文化因缘比较》，秀威资讯科技股份有限公司。
刘江凯，2012，《认同与"延异"——中国当代文学的海外接受》，北京大学出版社。

刘江凯，2015，《衔泥之燕：杜博妮的中国现当代文学研究》，载张清华编《他者眼光与海外视角》，北京大学出版社。

刘恪，2013，《现代小说语言美学》，商务印书馆。

刘克宽，2006，《简淡超越的文化观照体式——谈阿城〈棋王〉的文体审美形态》，《名作欣赏》第13期。

刘宓庆，2001，《翻译与语言哲学》，中国对外翻译出版公司。

刘宓庆，2012，《新编当代翻译理论》，中国对外翻译出版公司。

刘守和，1992，《关于主客体和主体性的几个问题》，《理论探讨》第4期。

刘亚猛、朱纯深，2015，《国际译评与中国文学在域外的"活跃存在"》，《中国翻译》第1期。

刘泽权、朱虹，2008，《"红楼梦"中的习语及其翻译研究》，《外语教学与研究》第6期。

柳无忌，1987，《我所认识的子沅》，载钟叔河主编《文人笔下的文人(1919—1948)》，岳麓书社。

卢正涛，2009，《人类社会政治文明视野中的威权政治》，载杨军昌、蒯继志主编《人口·社会·法制研究》，知识产权出版社。

罗荣渠，1993，《各国现代化比较研究》，陕西人民出版社。

吕敏宏，2011，《葛浩文小说翻译叙事研究》，中国社会科学出版社。

马会娟，2013a，《英语世界中国现当代文学翻译：现状与问题》，《中国翻译》第1期。

马会娟，2013b，《中国文学英译的两种模式研究——评介杜博妮教授的新作〈现代中国翻译区〉》，《东方翻译》第1期。

马良灿，2011，《论"莫斯精神"在当代社会学中的遭遇》，《青年研究》第1期。

毛玲莉、王琼，2009，《西方"太阳"意象汉译的创作空间》，《甘肃社会科学》第5期。

《毛泽东 邓小平 江泽民论科学发展》，2009，中央文献出版社、党建读物出版社。

孟伟根，2012，《戏剧翻译研究》，浙江大学出版社。

苗兴伟、廖美珍，2007，《隐喻的语篇功能研究》，《外语学刊》第6期。

莫斯，2005，《礼物：古式社会中交换的形式与理由》，汲喆译，上海人民出版社。

穆雷、诗怡，2003，《翻译主体的“发现”与研究——兼评中国翻译家研究》，《中国翻译》第1期。

牛殿庆，2010，《北岛这个诗人》，《宁波大学学报》第6期。

欧阳昱，2008，《澳大利亚出版的中国文学英译作品》，《四川大学学报》第4期。

朴哲浩，2008，《影视翻译研究》，黑龙江人民出版社。

普多夫金，1980，《论电影的编剧、导演和演员》，中国电影出版社。

邱芝，2009，《权威主义及其转型的理论分析》，《山东省青年管理干部学院学报》第1期。

热奈特，2009，《热奈特论文选：批评译文选》，史忠义译，河南大学出版社。

任一雄，2002，《东亚模式中的威权政治：泰国个案研究》，北京大学出版社。

塞缪尔·亨廷顿，1989，《变化社会中的政治秩序》，王冠华等译，生活·读书·新知三联书店。

塞缪尔·亨廷顿，1998，《第三波：二十世纪后期的民主化浪潮》，刘军宁译，上海三联书店。

盛宁，1996，《新历史主义》，扬智文化事业股份有限公司。

石峰，2003，《北京话儿化韵的声学表现》，《南开语言学刊》第6期。

舒晋瑜，2005，《十问葛浩文》，《中华读书报》8月31日，第13版。

宋晓英，2006，《欧洲中国现当代文学研究之分析》，《烟台大学学报》第1期。

苏丁、仲呈祥，1985，《〈棋王〉与道家美学》，《当代作家评论》第3期。

苏雪林，1987，《我所见于诗人朱湘者》，载钟叔河主编《文人笔下的文人(1919—1948)》，岳麓书社。

孙代尧，2000，《改革时期中国政治转型分析》，《华东理工大学学报》第4期。

覃江华，2013a，《中国当代文学英译的首部理论专著——〈当代中国翻译地带：威权命令与礼物交换〉评介》，《外国语》第1期。
覃江华，2013b，《交互报偿：翻译社会学研究新视角》，《民族翻译》第3期。
覃江华、刘军平，2012，《杜博妮的翻译人生与翻译思想——兼论西方当代中国文学的译者和读者》，《东方翻译》第2期。
覃江华、刘军平，2013，《澳大利亚汉学家杜博妮的文学翻译思想探析》，《湖北大学学报》第1期。
谭业升，2018，《美国汉学家陶忘机的中国小说翻译观》，《外语学刊》第6期。
谭载喜，2004，《西方翻译简史》，商务印书馆。
檀作文，2000，《“饰小说以干县令”新解》，《镇江师专学报》第3期。
陶海鹰，2010，《“门当户对”——中国传统民居涉及造型的意象分析》，《设计艺术》第1期。
童庆炳，2002，《新理性精神与文化诗学》，《东南学术》第2期。
屠国元、朱献珑，2003，《译者主体性：阐释学的阐释》，《中国翻译》第6期。
王宝童，2002，《关于英语诗用韵的思考》，《外国语》第2期。
王干，1988，《北岛：孤独的岛，真诚的岛》，《当代作家评论》第4期。
王光明，2013，《现代汉诗论集》，中国社会科学出版社。
王宏印，2014，《意象的萌发：新诗话语释读》，南开大学出版社。
王进，2012，《新历史主义文化诗学：格林布拉特批评理论研究》，暨南大学出版社。
王力，1959，《中国格律诗的传统和现代格律诗的问题》，《文学评论》第3期。
王庆生，1999，《中国当代文学》（下卷），华中师范大学出版社。
王确，2015，《文学理论研究》（第2版），东北师范大学出版社。
王颖冲，2014，《中文小说译介渠道探析》，《外语与外语教学》第2期。
王玉樑，1995，《论主体性的基本内涵与特点》，《天府新论》第6期。
王岳川，1997，《新历史主义的文化诗学》，《北京大学学报》第3期。
危令敦，2005，《导论》，载阿城《棋王》，W. J. F. Jenner 译，香港中文大学出版社。

韦勒克、沃伦，2010，《文学理论》，刘向愚等译，文化艺术出版社。

魏小萍，1998，《“主体性”涵义辨析》，《哲学研究》第2期。

文军，2000，《翻译批评分类、作用、过程及标准》，《重庆大学学报》第1期。

沃尔夫冈·凯塞尔，1984，《语言的艺术作品：文艺学引论》，陈铨译，上海译文出版社。

吴赟，2012，《陌生化和可读性的共场：〈长恨歌〉的英译研究》，《外语教学理论与实践》第4期。

夏志清，1996，《大时代——端木蕻良四十年代作品选》，立绪文化出版社。

萧乾，2005，《萧乾全集·小说卷》（第1卷），湖北人民出版社。

谢天振，2014，《隐身与现身：从传统译论到现代译论》，北京大学出版社。

辛红娟，2012，《文学翻译读本》，南京大学出版社。

熊辉，2013，《外国诗歌的翻译与中国现代新诗的文体建构》，中央编译出版社。

徐芳，2006，《中国新诗史》，秀威资讯科技股份有限公司。

许开轶，2008，《试析比较政治学的一种分析范式》，《云南行政学院学报》第5期。

许开轶，2009，《东亚威权主义意识形态的特征解析》，《暨南学报》第5期。

许瑶，2013，《威权主义：概念、发展与困境》，《国外理论动态》第12期。

亚里士多德，2006，《诗学》，罗念生译，上海人民出版社。

亚思明，2015，《全球性影响的焦虑还是传统与现代的对接？——关于汉语新诗的“去中国化”误读》，《文学评论》第1期。

阎云翔，2000，《礼品的流动：一个中国村庄的互惠原则与社会网络》，上海人民出版社。

杨朝晖，2013，《权威主义的终结与中国政治的渐进发展》，《国际政治研究》第1期。
杨四平，2013，《中国学家对现代中国文学的译介与研究》，《文学评论》第4期。
杨四平，2014a，《跨文化的对话与想象现代中国文学海外传播与接收》，东方出版中心。
杨四平，2014b，《现代中国文学域外传播的历史脉络考察》，《西部学刊》第12期。
杨玉英，2014，《英语世界的毛泽东译介研究》，《毛泽东思想研究》第3期。
姚斯、霍拉勃，1987，《接受美学与接受理论》，周宁、金元浦译，辽宁人民出版社。
佚名，2010，《中国文学与当代汉学的互动——第二届世界汉学大会文学圆桌会纪要》，《文艺争鸣》第7期。
一平，2003，《孤立之境——读北岛的诗》，《诗探索》第3期。
伊瑟尔，1991，《阅读活动：审美反应理论》，金元浦、周宁译，中国社会科学出版社。
于建嵘，2008，《共治威权与法治威权》，《当代世纪社会主义问题》第4期。
俞敏，1987，《驻防旗人和方言的儿化韵》，《中国语文》第5期。
袁行霈，2010，《中国文学概论》（增订本），北京大学出版社。
约然·格莱德尔，1990，《什么样的自行车?》，陈迈平译，《今天》第2期。
曾文华，2016，《称谓情感的二度隐退——〈两地书〉的编辑与英译》，《北京社会科学》第6期。
张伯江，2007，《北京方言浅说》，《文史知识》第8期。
张贺，2013，《“中国通”，通中外》，《人民日报》12月5日，第15版。
张敬，2009，《从霍译〈红楼梦〉看译者主体性在文学翻译改写中的表现》，《中国外语》第4期。
张世方，2003，《从周边方言看北京话儿化韵的形成和发展》，《语言教学与研究》第4期。

张台萍，2015，《挪威的汉学研究》，载张西平编《欧美汉学研究的历史与现状》，大象出版社。

张廷琛、梁永安，1989，《接受理论》，四川文艺出版社。

张修海，2015，《影音翻译的策略与方法》，中国电影出版社。

赵华，2007，《北岛诗歌中西接受程度探讨》，硕士学位论文，新疆大学。

赵敏俐、吴思敏，2012，《中国诗歌通史·当代卷》，人民文学出版社。

赵文通，2008，《翻译研究文化转向下译者风格的彰显——以张谷若译〈苔丝〉为例》，《首都师范大学学报》第2期。

赵小兵，2011，《文学翻译：意义重构》，人民出版社。

赵运锋，2014，《威权主义模式与刑法解释观》，《法政探索》第3期。

郑海凌，2000，《谈翻译批评的基本理论问题》，《中国翻译》第2期。

中国社会科学院语言研究所词典编辑室编，2012，《现代汉语词典》（第6版），商务印书馆。

仲伟合、周静，2006，《译者的极限与底线》，《外语与外语教学》第7期。

周方珠，2014，《文学翻译论》，中国对外翻译出版公司。

周兰秀，2007，《译文读者对翻译行为的影响——以晚清小说的翻译为例》，《南华大学学报》第1期。

周一民，1998，《北京口语语法·词法卷》，语文出版社。

朱光潜，2008，《诗论》，武汉大学出版社。

朱立元，1997，《当代西方文艺理论》，华东师范大学出版社。

朱湘，1984，《雌夜啼》，载 Bonnie S. McDougall, "Thirteen Lyric Poems by Chu Hsiang." Renditions (21 &22). pp. 241 - 251。

二　英文文献

Appiah, K. A. 1993. "Thick Translation." *Callalo*. Vol. 16 (4). pp. 808 - 813.

Benjamin, W. 2000. "The Task of the Translator." trans. Harry Zohn, in L. Venuti, ed. *The Translation Studies Reader*. London and New York: Routledge.

Cayley, J. 1990. "Bonnie S. McDougall (tr.): Bei Dao: The August Sleepwalker." *Bulletin of the School of Oriental and African Studies*. Vol. 53 (3).

pp. 558 –559.

Chan, C. 1981. "Mao Zedong's 'Talks at the Yan'an Conference on Literature and Art': A Translation of the 1943 Text with Commentary by Bonnie S. McDougall." *Chinese Literature: Essays, Articles, Reviews*. Vol. 3 (2). pp. 292 –295.

Cheek, T. 2002. *Mao Zedong and China's Revolutions: A Brief History with Documents*. Bedford: St. Martin's.

Cheung, D. 1978. "Paths in Dreams: Selected Prose and Poetry of Ho Ch'i-fang by Ho Ch'i-fang; Bonnie S. McDougall." *World Literature Today*. Vol. 52 (1). pp. 176 –177.

Cohen, B. 2005. "Globalization and Diversity, What Do They Mean for Translators?" *Chinese Translators Journal*. Vol. 26 (1). pp. 8 –9.

Descartes, R. 2000. *The Philosophical Essays and Correspondence*. Indianapolis and Cambridge: Hackett.

Duke, M. 1984. "Paths in Dreams: Selected Prose and Poetry of Ho Ch'ifang." Translated and edited by Bonnie S. McDougall. *The Journal of Asian Studies*. Vol. 44 (1). pp. 184 –185.

Duke, M. 1986. "Reviewed Work (s): Waves, Stories by Zhao Zhenkai, by Bonnie S. McDougall and SusetteTernent Cooke." *Pacific Affairs*. Vol. 59 (2). pp. 311 –312.

Eagleton, T. 2004. *Literary Theory: An Introduction*. Beijing: Foreign Language Teaching and Research Press.

Frier, R. 1997. *Subjectivity & Intersubjectivity in Modern Philosophy & Psychoanalysis*. Lanham: Rowman & Littlefield.

Genette, G. 1997. *Paratexts: Thresholds of Interpretation*. trans. Jane E. Lewin. London: Cambridge University Press.

Goldblatt H. 1999. "Why I Hate Arthur Waley?" *Translation Quarterly* (13 & 14). pp. 33 –48.

Goldblatt, H. 2000. "Of Silk Purses and Sows' Ears: Features and Prospects of Contemporary Chinese Fictions in the West." *Translation Review* (59).

pp. 21 – 27.

Greenblatt, S. 1985. "Shakespeare and the Exorcists." in Patricia Parker, and G. Hartman. ed. *Shakespeare and the Question of Theory.* New York: Methven.

Greenblatt, S. 1989. "Towards a Poetics of Culture." in H. Veeser, ed. *The New Historicism.* London and New York: Routledge.

Haddon, R. 2000. "The Literature of China in the Twentieth Century by Bonnie McDougall and Kam Louie." *The China Journal* (44). p. 160.

Halliday, M. A. K. 1973, 1978. *Explorations in the Functions of Language.* London: Edward Arnold. *Language as Social Semiotic.* London: Edward Arnold.

Halliday, M. A. K. and Hasan, R. 1989. *Language, Context, and Text: Aspects of Language in A Social-semiotic Perspective* (Second edition). Oxford: Oxford University Press.

Halper, S. 2010. *The Beijing Consensus.* New York: Basic Books.

Hauf, K. 1991. "Reviewed Work (s): The August Sleepwalker by Bei Dao and Bonnie S. McDougall; Waves by Bei Dao, Bonnie S. McDougall and Susette Ternent Cooke." *Harvard Book Review* (19/20). pp. 27 – 28.

Hermans, T. 2014. *Translation in Systems: Descriptive and System-oriented Approached Explained.* London & New York: Routledge.

Hudson, R. A. 1996. *Sociolinguistics* (Second edition). Cambridge: Cambridge University Press.

Jenner, W. J. F. 1990. "The August Sleepwalker by Bei Dao; Bonnie S. McDougall." *The Australian Journal of Chinese Affairs* (23). p. 195.

Jenner, W. J. F. 2005. *The Chess Master.* trans. by Ah Cheng. Hong Kong: The Chinese University Press.

Kinkley, J. C. 2000. "A Bibliographic Survey of Publications on Chinese Literature in Translation from 1949 to 1999." in Pang-Yuan Chi, and David Der-Wang. eds. *Chinese Literature in the Second Half of a Modern Century: A Critical Survey.* Bloomington: Indiana University Press. pp. 239 – 286.

Koepp, J. S. 1992. "Reviewed Work (s): Old Snow by Bei Dao, Bonnie

S. McDougall and Chen Maiping." *World Literature Today*. Vol. 66 (3). p. 578.

Kowallis, J. E. 2004. "Love-letters and Privacy in Modern China: The Intimate Lives of Lu Xun and Xu Guangping." by McDougall, B. S. *The Journal of Asian Studies*. Vol. 63 (1). pp. 158 - 160.

LaFleur, F. 1993. "Brocade Valley by Wang Anyi; Bonnie S. McDougall; Chen Maiping." *World Literature Today*. Vol. 67 (4). p. 891.

Lee, G. B. 1989. "Waves." By Bei Dao. Translated by Bonnie S. Mcdougall and Susette Cook. *The China Quarterly* (117). pp. 152 - 154.

Lee, G. B. 1990. "The August Sleepwalker." by Bei Dao, Bonnie S. McDougall. *The China Quarterly* (121). pp. 149 - 151.

Louie, K. 1987. "Reviewed Work: Notes from the City of the Sun: Poems by Bei Dao." *The Australian Journal of Chinese Affair* (18). p. 205.

Lovell, J. 2005. "The Great Leap Forward." *The Guardian*.

McDougall, B. S. 1976. Paths in Dreams. trans. by He Qifang. Brisbane: University of Queensland Press.

McDougall, B. S. 1979. *A Posthumous Son and Other Stories*. trans. by Ye Shengtao. Hong Kong: Commercial Press.

McDougall, B. S. 1984a. *Chestnuts and Other Stories*. trans. by Xiao Qian. Beijing: Panda Books.

McDougall, B. S. 1984b. "Thirteen Lyric Poems by Chu Hsiang." *Renditions* (21 & 22). pp. 241 - 251.

McDougall, B. S. 1990a. *Three Kings*. trans. by Ah Cheng. London: Collin Harvill.

McDougall, B. S. 1990b. *The August Sleepwalker*. trans. by Bei Dao. New York: New Directions Publishing.

McDougall, B. S. 1990c. *Waves: Stories by Bei Dao*. trans. by Bei Dao. New York: New Directions Publishing.

McDougall, B. S. 1991a. *Old Snow*. trans. by Bei Dao. New York: New Directions Publishing.

McDougall, B. S. 1991b. "Problems and Possibilities in Translating Contemporary Chinese Literature." *The Australian Journal of Chinese Affairs* (25). pp. 37 – 67.

McDougall, B. S. 1994. "From May Fourth to June Fourth: Fiction and Film in Twentieth Century China." Edited by Ellen Widmer and David Der-Wei Wang. *The China Quarterly* (90). pp. 844 – 845.

McDougall, B. S. 2003. *Fictional Authors, Imaginary Audiences: Modern Chinese Literature in the Twentieth Century*. Hong Kong: Chinese University Press.

McDougall, B. S. 2007. "Literary Translation: The Pleasure Principle." *Chinese Translators Journal* (5). pp. 23 – 26.

McDougall, B. S. 2010. *The King of Trees*. trans. by Ah Cheng. New York: New Directions Publishing.

McDougall, B. S. 2011. *Translation Zones in Modern China: Authoritarian Command Versus Gift Exchange*. New York: Cambria Press.

McDougall, B. S. 2012. "Ambiguities of Power: The Social Space of Translation Relationships." *Journal of the Oriental Society of Australia* (44). pp. 1 – 15.

McDougall, B. S. 2014. "World Literature, Global Culture and Contemporary Chinese Literature in Translation." *International Communication of Chinese Culture* (1). pp. 47 – 64.

McDougall, B. S. and Louie, Kam. 1997. *The Literature of China in the Twentieth Century*. New York: Columbia University.

Montrose, L. A. 1989. "The Poetics and Politics of Culture." in H. A. Veeser, ed. *The New Historicism*, London and New York: Routledge.

Newmark, P. 2002. *Approaches to Translation*. Shanghai Foreign Language Education Press.

Nida, E. A. 2004. *The Theory and Practice of Translation*. Shanghai Foreign Language Education Press.

Owen, S. 1990. "What is World Poetry?" *The New Public*.

Palandri, A. J. 1978. "Paths in Dreams: Selected Prose and Poetry of Ho Ch'i-fang." Translated and edited by Bonnie S. McDougall. *The Journal of Asian Studies* (37). pp. 340 – 342.

Patton, S. 1993. "Reviewed Work (s): Old Snow. by Bei Dao, Bonnie S. McDougall and Chen Maiping." *The Australian Journal of Chinese Affairs* (30). pp. 205 – 207.

Pollard, D. E. 1977. "Paths in Dreams: Selected Prose and Poetry of Ho Ch'i-fang." Translated and edited by Bonnie S. McDougall. *The China Quarterly* (72). pp. 849 – 851.

Pollard, D. E. 1984. "Reviewed Work (s): Notes from the City of the Sun: Poems by Bei Dao by Bonnie S. McDougall." *The China Quarterly* (100). pp. 886 – 888.

Qilin, Fu, 2015. "The Reception of Mao's 'Talk at the Yan'an Forum on Literature and Art'in English-language Scholarship." *Comparative Literature and Culture.* Vol. 17 (1). pp. 12 – 20.

Quan, S. N. 2010. "Cheng, Ah. The King of Trees." *Library Journal* (57).

Radford, A., Atkinson, M., Britain, D., Clahsen, H., and Spencer, A. 1999. *Linguistics: An Introduction.* Cambridge: Cambridge University.

Robinson, D. 2006. *Western Translation Theory: From Herodotus to Nietzsche.* Beijing: Foreign Language Teaching and Research Press.

Saich, A. J. 1982. "Mao Zedong 'Talks at the Yan'an Conference on Literature and Art': A Translation of the 1943 Text with Commentary." By Bonnie S. McDougall. *The China Quarterly* (90). pp. 323 – 324.

Savory, T. 1960. *The Art of Translation.* Philadelphia: Dufour Editions.

Shakespeare, W. 1999. *Shakespeare: The Sonnets.* New York: Penguin Random House.

Synder, C. R. and Lopez, S. J. 2007. *Positive Psychology: The Scientific and Practical Explorations of Human Strength.* Thousand Oaks: Sage.

Venuti, L. 1998. *The Scandals of Translation.* London and New York: Routledge.

Venuti, L. 2004. *The Translator's Invisibility: A History of Translation.* Shanghai Foreign Language Education Press.

Wei-Arthus, H. 2000. *A Study of Authority and Relations in Chinese Governmental Agencies and Institutional Work Units*. New York: Edwin Mellen Press.

White, H. 1989. "New Historicism: A Comment." in H. Veeser. ed. *The New Historicism*. London and New York: Routledge.

Williams, P. 1991. "Waves: Stories by Bei Dao; Bonnie S. McDougall; Susette Ternent Cooke." *Chinese Literature: Essays, Articles, Reviews* (13). p. 179.

Yeh, M. 1990. "Reviewed Work (s): The August Sleepwalker by Bei Dao and Bonnie S. McDougall." *World Literature Today*. Vol. 64 (1). pp. 191 – 192.

附录一
杜博妮翻译作品一览表

表 1　杜博妮的翻译著作

序号	译著	原著	出版社	出版时间	备注
1	*Paths in Dreams: Selected Prose and Poetry of Ho Ch'i-fang*	含选自何其芳的《汉园集》及《刻意集》中的诗文 17 篇；选自《画梦录》的散文及散文诗 6 篇；选自《还乡日记》的散文 6 篇；莱阳诗 5 首；选自《星火集》的散文 8 篇；选自《夜歌》的诗 12 首	University of Queensland Press	1976	
2	*A Posthumous Son and Other Stories*	叶圣陶的短篇小说《遗腹子》等	Commercial Press Hong Kong	1979	
3	*Mao Zedong's Talks at the Yan'an Conference on Literature and Art*	毛泽东的《在延安文艺座谈会上的讲话》	Universityof Michigan Center of Chinese Studies	1980，1992 年再版	
4	*Notes from the City of the Sun: Poems by Bei Dao*	北岛诗集《太阳城札记》	Cornell University China-Japan Program	1983	
5	*Literature and the Arts, China Handbook Series*		Foreign Languages Press	1983	
6	*Lu Xun, A Biography*	王士菁的《鲁迅传》	Foreign Languages Press	1984	
7	*The Yongle Palace Murals*		Foreign Languages Press	1985	

续表

序号	译著	原著	出版社	出版时间	备注
8	*Chestnuts and other Stories*	《萧乾短篇小说选》	Panda Books	1985	
9	*Waves*	含北岛小说《在废墟上》《归来的陌生人》《旋律》《稿纸上的月亮》《交叉点》《幸福大街十三号》《波动》	Chinese University Press	1985	与 Susan Ternent Cooke 合译
			Heinemann	1987	
			Sceptre	1989	
			New Directions	1990	
10	*The August Sleepwalker*	《北岛诗选》	Anvil Press	1988	
			New Directions	1990	
11	*King of the Children by Chen Kaige*	陈凯歌拍摄的电影《孩子王》	Faber and Faber	1989	字幕翻译
12	*Three Kings: Three Stories from Today's China*	阿城小说《棋王》《树王》《孩子王》	Collins Harvill	1990	
13	*The Yellow Earth: A Film by Chen Kaige*	陈凯歌拍摄的电影《黄土地》	Chinese University Press	1991	台本翻译
14	*Old Snow: Poems by Bei Dao*	北岛诗集《旧雪》	New Directions	1991	
			Anvil Press Poetry	1992	
15	*Brocade Valley*	王安忆小说《锦绣谷之恋》	New Directions	1992	与陈迈平合译
16	*Letters between Two: Correspondence between Lu Xun and Xu Guangping*	鲁迅、许广平通信集《两地书》	Foreign Languages Press	2000	
17	*The King of Trees*	阿城小说《棋王》《树王》《孩子王》	New Directions	2010	*Three Kings* 修订版
18	*Atlas: The Archeology of an Imaginary City*	董启章的小说《地图集：一个想象的城市的考古学》	Columbia University Press	2012	与董启章、韩安德（Anders Hansson）合译
19	*A Catalog of Stuff as Dreams Are Made on*	董启章的小说《梦华录》	Penguin Special	2017	与韩安德合译

表 2 杜博妮的翻译文章

序号	翻译文章	出处	发表时间/卷期号	备注
1	" 'Clouds' by Ho Ch'i-fang"	*Stand*	XV. 3, 1974	
2	"Three Poems from Pi Lin pi Kong zhan ge"	*Modern Chinese Literature Newsletter* (MCLN)	II. 2, 1976	
3	" 'Let There be Trees ...' by Li Kuang-t'ien"	*Christian Science Monitor*	1976/12/16	
4	" 'The Mountain and the Plain' by Li Kuang-t'ien"	*Christian Science Monitor*	1976/12/16	
5	" 'Waiting for Rain' by Ho Ch'i-fang"	MCLN	III. 2, 1977	
6	" 'Postscript to the Reprinting of Family' by Ba Jin"	MCLN	Spring 1978	
7	" 'Smoke Shadows' by Yu Ta-fu"	*Renditions*	Spring 1978	
8	" 'A Posthumous Son' by Ye Shao-jun"	见 *A Posthumous Son and Other Stories*, Commercial Press	1979	
9	"Poems by Ho Ch'i-fang, Ho Ching-chi, Fang Ching-yuan etc in Hsu Kai-yu"	见 *The Literature of the People's Republic of China*, Indiana University Press	1980	
10	" 'The Sparkling Milky Way' by Fang Mu & 'The Paperwork Chief' by Yi Heyuan"	MCLN	VI. 1, Spring 1980	
11	"Two Poems by Cao Changqing"	MCLN	VI. 2, Fall 1980	
12	" 'New Poems from China': Eleven Poems by Bei Dao"	MCLN	VI. 2, Fall 1980	
13	"Three Poems by Gu Cheng"	MCLN	VII. 1 – 2 (1981)	
14	"Three Poems by Bei Dao"	MCLN	VII. 1 – 2 (1981)	
15	" 'Varieties of Contemporary Chinese Poetry' (Poems by Zou Difan, Feng Jingyuan and Qiu Xiaolong)"	*Westerly, Contemporary China Issue*	1981/9	
16	" 'Voices of Spring' by Wang Meng"	*Chinese Literature*	Spring 1986	

续表

序号	翻译文章	出处	发表时间/卷期号	备注
17	"Poems by Luo Gengye and Qiu Xiaolong"	见 *Stubborn Weeds: Popular and Controversial Chinese Literature after the Cultural Revolution*, Indiana University Press	1983	
18	"Fifteen Poems by Bei Dao"	*Renditions, Special Issue on Chinese Literature Today*	19 & 20 (Spring & Autumn 1983)	
19	" 'Moon on the Manuscript' by Zhao Zhenkai"	*Renditions, Special Issue on Chinese Literature Today*	19 & 20 (Spring & Autumn 1983)	
20	"Thirteen Lyric Poems by Chu Hsiang"	*Renditions, Special Issue on Poetry and Poetics*	21 & 22 (Spring & Autumn 1984)	
21	"Ten Poems by Bei Dao"	*Renditions*	Spring 1985 (23)	
22	" 'Thirteen Happiness Street' by Bei Dao"	*Renditions*	Autumn 1985 (24)	
23	"Poems by Bei Dao and Fiction by Chen Maiping"	*Bulletin of Concerned Asian Scholars, Special Issue*	16.3 (July-Sept. 1984)	
24	"Six Poems by Lu Li"	*Chinese Literature*	Winter 1985	
25	"Poems by Seven Women Poets: Zheng Min, Wang Erbei, Zheng Ling, Lin Zi, Shu Ting, Bai Hong, Wang Xiaoni"	*Chinese Literature*	Spring 1986	
26	" 'A Comparison of Chinese and Western Poetry' by Zhu Guangqian"	*Chinese Literature*	Summer 1986	
27	" 'The Chiming Clock' by Chen Maiping"	*Renditions*	Autumn 1986 (26)	与 Kam Louie 合译
28	" 'Thirteen Happiness Street' by Zhao Zhenkai"	*Seeds of Fire: Chinese Voices of Conscienc*, edited by Geremie Barmé and John Minford, *Far Eastern Economic Review*	1986	
29	"Two Poems by Ho Ch'i-fang"	*Twentieth Century Asian Verse*, Roth Publishing	1989	
30	"Two Poems by Bei Dao"	Grand Street	1990 (36)	

续表

序号	翻译文章	出处	发表时间/卷期号	备注
31	"Six Poems by Bei Dao"	见 *New Directions: An International Anthology of Prose and Poetry*, New Directions	1990	与陈迈平合译
32	Ten Poems by Bei Dao	*The Manhattan Review*	Vol. 5, No. 2 (Fall 1990)	与陈迈平合译
33	"One Poem by Qiu Xiaolong and Two Poems by Bei Dao"	见 *Chinese Poetry Through the Words of the People*, Ballantine Books	1991	
34	" 'Language' by Bei Dao"	见 *On Prejudice: A Global Perspective*, Anchor Books	1993	
35	"Ten Poems by Bei Dao"	见 *Out of the Howling Storm: The New Chinese Poetry*, University Press of New England	1993	
36	" 'Requiem' by Bei Dao"	*Chicago Review*	Vol. 39, Nos. 3 & 4, 1993	与陈迈平合译
37	"Four Poems by Bei Dao"	见 *Under-sky Underground: Chinese Writing Today*, Wellsweep Press	1994	与陈迈平合译
38	"Three Poems by Bei Dao"	见 *The Columbia Anthology of Modern Chinese Literature*, Columbia University Press	1995	
39	"Three Stories by Chen Maiping"	*Renditions*	Autumn 1999 (52)	与 Kam Louie 合译
40	" 'He Opens Wide a Third Eye' and 'Old Snow" by Bei Dao' "	见 *Longman Anthology of World Literature*, Longman	2004	
41	" 'Night: Theme and Variations' " by Bei Dao"	见 *Approaching Literature in the 21st Century: Fiction, Poetry, Drama*, Bedford/St. Martins	2005	
42	" 'Spring Garden Lane' by Dung Kai Cheung"	*Renditions*	Autumn 2006 (66)	与 Wong Nim Yan 合译
43	" 'Dear Husband' by Ding Xilin"	*Renditions*	Spring 2008 (69)	与 Flora Lam 合译

续表

序号	翻译文章	出处	发表时间/卷期号	备注
44	" 'The Bowl' by Xi Xi"	*Renditions*	Spring 2008 (69)	与 Wong Nim Yan 合译
45	" 'Beijing Sketches' by Leung Ping-kwan"	*Renditions*	Spring 2008 (69)	
46	" 'The Cold and The Dark: Extracts' by Pu Songling"	*Renditions*	Autumn 2008 (70)	与 C. D. Alison Bailey 合译
47	" 'Rainstorm' by Ng Mei-kwan"	*Long Paddock*	2012	
48	"Eight Poems by Bei Dao"	见 *Jade Ladder: Contemporary Chinese Poetry*, Bloodaxe Books	2012	与陈迈平合译
49	" 'Irina's Hat' by Tie Ning"	见 *Irina's Hat: New Short Stories from China*, Merwin Asia	2013	
50	" 'On Conducting Ourselves as Fathers Today' by Lu Xun; 'My Hopes for the Critics'; 'What Happens after Nora Walks Out' "	见 *Jottings Under Lamplight*, Eileen J. Cheng & Kirk A. Denton eds., Harvard University Press	2017	
51	"Seven Poems by Ng Mei-kwan"	*Cha: An Asian Literary Journal*	Issue 39, 2018	

附录二

杜博妮论（及）翻译的文章、著作一览表

表 1　杜博妮论（及）翻译的著作

序号	著作	出版社	出版时间
1	*Popular Chinese Literature and Performing Arts in the People's Republic of China, 1949 – 1979*	University of California Press	1984
2	*Fictional Authors, Imaginary Audiences: Modern Chinese Literature in the Twentieth Century*	Chinese University Press	2003
3	*Translation Zones in Modern China: Authoritarian Command Versus Gift Exchange*	Amherst	2011

表 2　杜博妮论（及）翻译的文章

序号	文章	出处	发表时间
1	"Dissent Literature: Official and Nonofficial Literature in and about China in the Seventies"	*Contemporary China*	III. 4 (Winter 1979)
2	"Problems and Possibilities in Translating Contemporary Chinese Literature"	*Australian Journal of Chinese Affairs*	No. 25 (January 1991)
3	"Censorship & Self-censorship in Contemporary Chinese Literature"	*After the Event: Human Rights and their Future in China*, Susan Whitfield, ed., Wellsweep Press, pp. 73 – 90	1993
4	"Contemporary Chinese Poetry: Poems by Bei Dao as an Example"	*An Encyclopaedia of Translation: Chinese-English English-Chinese*, Chinese University Press	1995

续表

序号	文章	出处	发表时间
5	"Literary Decorum or Carnivalistic Grotesque: Literature in the PRC after 50 Years"	*The China Quarterly*	No. 159 (September 1999)
6	"Literary Translation: The Pleasure Principle"	*Chinese Translators Journal*	No. 185, Vol. 28 (October 2007)
7	"CELT 09: The Suzhou Experience"	*In Other Words*	No. 33 (Summer 2009)
8	"Diversity As Value: Marginality, Post-Colonialism and Identity in Modern Chinese Literature"	*World Sinology*	Vol. 10 (2012)
9	"Ambiguities of Power: The Social Space of Translation Relationships"	*Journal of the Oriental Society of Australia*	Vol. 44 (2012)
10	"Contemporary Chinese literature, Global Culture and Translation"	*World Sinology*	Vol. 13 (2014)
11	"World literature, Global Culture and Contemporary Chinese Literature in Translation"	*International Communication of Chinese Culture*	2014
12	杜博妮译著 *Three Kings* 前言 (Introduction) *The King of Trees* 后记 (Afterword) *The August Sleepwalker* 前言 *Old Snow* 序言 (Preface) *Waves* 前言与序言 *The Yellow Earth* 序言	具体见译本	具体见译本
13	"The Personal Narrative of a Literary Translator"	*Routledge Handbook of Chinese Translation*, Chris She and Zhao Ming-Ming Gao ed., pp. 388－400	2017/11
14	"Intuition and Spontaneity in Chinese-English Multiple-voice Literary Translation: Collaboration by Accident or Design"	*Chinese Literature in English: Translation, Publication and Reception*, Rick Qi ed., Routledge	2020

附录三

杜博妮教授访谈录[*]

2015 年 12 月，杜博妮教授应邀来到上海交通大学外国语学院进行学术交流。在此期间，笔者就中国现当代文学作品英译这个主题对她进行专访，内容涉及其文学翻译的实践、汉英文学翻译理论以及中国文学“走出去”等具体问题。虽时值隆冬，但这位老人对翻译的热爱、对中国文化和文学的热情，却使人备感温暖。以下是笔者同杜博妮教授的访谈记录。鉴于访谈是以面对面的方式进行的，因此适当保留了谈话的口语体风格。文中“杜”为杜博妮教授，“提问者”为笔者。

1. 汉学研究与翻译实践

提问：杜博妮教授您好，很荣幸有机会采访您！作为知名的现当代中国文学研究者、翻译家和翻译理论家，请问您是如何与中文结缘，并选择将中国文学研究作为毕生的事业的呢？

杜：这要追溯到 1958 年 1 月，我当时被派到中国学习中文，大约一年后我回到悉尼，之后进入悉尼大学学习中国文学。我们的课程非常丰富，主要是关于中国古代文学，还有唐、宋、明的历史等，这些内容非常有意思。之前我没想过要拿这个专业的学位，只计划学一两年而已，但后来就迷上了，之后我这一辈子就交给了中国文学了！

我研究中国文学也深受我的导师戴维斯（A. R. Davis）教授的影响。

---

* 此文由笔者与杜博妮教授的英文访谈稿翻译而成，中文稿由受访者审阅和修订。此访谈稿的精简版已发表，见李翼《道不离器，译论兼备——澳大利亚汉学家杜博妮教授访谈录》，《外语教学》2017 年第 2 期，第 95 ~ 98 页。

他是研究中国古代诗歌的著名学者。他鼓励我往中国文学研究这条路上发展，特别是建议我研究中国现当代文学，他认为这是一条更好的出路。

提问：您翻译过大量中国现当代文学作品，那您是怎么走上翻译道路的呢？

杜：我还在读本科的时候就开始做一些翻译，我的本科毕业论文研究的就是杜牧诗歌翻译。杜牧是 Davis 教授建议我做的，他本人研究杜甫诗歌，而杜牧被称为“小杜”，和杜甫有些联系。我在毕业论文里翻译了很多杜牧的诗歌，我非常享受那个翻译的过程。在读硕士阶段我转向了中国现当代文学，主要研究和翻译何其芳的诗歌和散文。在读博士期间我没有怎么翻译东西。1977～1978 年我在哈佛大学访学期间，翻译了一些中国“文革”时期的诗。虽然那些诗歌质量一般，但是翻译起来还是非常有趣的。一直等我 1980 年去了中国我才开始大量地翻译中国小说。

提问：是在外文出版社工作期间吗？

杜：我在外文社工作了三年，在外交学院干了一年半。那段时间我结识了很多中国作家，对他们的作品比较了解，于是我就开始了小说的翻译，但是大部头的长篇小说我涉及得比较少，主要是王蒙、萧乾、郁达夫等人的短篇小说。

提问：众所周知，在文学翻译之外，您在中国现当代文学研究方面也是累累硕果，著作等身。请问文学研究对您的文学翻译工作有何影响？二者关系如何？

杜：它们的联系非常紧密，但我还要加上一点：教学。在我的生活里，教学、研究和翻译密切结合，相互促进。我会选取一位作家的作品作为教学素材，并对它进行研究。有时我会先研究某部作品，然后将之翻译成英文，有时则会先进行翻译。比如我在翻译《两地书》时，我对这部作品有了些想法，之后就写了一些研究文章。所以说我的中国文学研究、教学和翻译是紧密联系在一起的。

提问：您曾经说翻译是您的第二职业？

杜：是的，我的主要职业是教书。我自己养活自己，我自己挣钱，我是一个女性主义者（笑）。教学和科研是我的主要工作，我并不从翻译里获取物质回报，或者说只有很少的回报。但这也同时意味着我可以自由地选择作品来翻译，我可以自己做决定。

我是在 20 世纪 80 年代大量翻译了北岛诗歌之后，才发现自己有这么多的读者。他们喜欢我的翻译，翻译原来可以有这么大的影响，我这时认识到翻译真的非常重要。

提问：那翻译算是您的兴趣爱好喽？

杜：确切地说，应该是我的热情所在。我热爱翻译，我享受翻译的快乐。同时我也爱研究、爱写学术文章、爱教学。这些构成了我的生活，我乐在其中。

提问：能从事自己热爱的工作确实很幸福！能介绍下您的学术历程吗？

杜：我推荐你去看我的个人网站 www. bonniesmcdougall. com，上面有详细的介绍。我 1970 年取得悉尼大学中国文学的博士学位，之后做了两年的博士后，然后留在母校任教。之后我去了哈佛大学，在费正清研究中心担任研究员，同时也从事着中国文学的教学工作。1980 年我和先生来到中国，先在外文社任专职译员，后来在外交学院教翻译。1987 年我们去了挪威奥斯陆大学，在那里我讲授中国现代文学。后来我们又搬家去了英国的爱丁堡，我在爱丁堡大学工作了 15 年，是首任汉学教授，2006 年荣誉退休。之后我受香港中文大学的聘请，任研究教授，同时也是翻译研究中心的代理主任。我还在香港城市大学讲授文学翻译和跨文化研究课程。我在 2010 年回到了悉尼大学，任汉学客座教授。

提问：您真的是一位国际化学者！现在我们转到翻译上来，您翻译过大量中国现当代文学作品，包括何其芳、北岛的诗歌，阿城、王安忆、萧乾、王蒙、北岛、董启章等人的小说，还有鲁迅与许广平的信件，等等。除了出版社指定的作品外，您自己选择作品时，您的翻译选材标准是什么？

杜：一些作品是我的导师推荐的，比如我对杜牧和何其芳诗歌的翻译；有一些是出版社指定的，比如阿城的“三王”系列就是一家伦敦的出版公司让我翻译的；还有一些来自朋友的介绍，如北岛和董启章的作品。也有一些是我自己选的，在翻译何其芳诗歌时，我还翻译了卞之琳、李广田的不少诗。

当我接触到一部作品时，如果它真的非常吸引我，我接下来会关注这个作家的其他作品，就像董启章的《地图集：一个想象的城市的考古学》，作者对历史很了解，书里有许多有趣又发人深省的观点，我喜欢这本书，希望将它介绍给英语读者。现在我和我的先生韩安德（Anders Hansson）正在合作翻译董启章的另外一部作品《梦华录》。

还有北岛的诗歌，写得很好，感情充沛、充满力量——“我不相信，天是蓝的”，他对不相信的事很清楚，可是他相信的是什么呢？他一直没有说出来，这让诗别具魅力。他的诗对我的影响很深，我翻译了不少。

提问：那您比较喜欢翻译哪一类作品呢？

杜：20 世纪 80 年代我主要翻译诗歌，这些年我转向了小说，因为我喜欢董启章的作品，而他主要写小说。也许以后我会再转向诗歌，这个说不准。我也喜欢鲁迅的杂文，还有他和许广平的信件，等等。但戏剧是例外，我不太翻译戏剧，因为我对口语化的语言表达不很在行。这方面我很佩服蓝诗玲（Julia Lovell），她很擅长翻译小说中的口语体对话，比我翻译得要好。

提问：您太谦虚了。您在翻译作家作品之前，是否首先跟他们进行沟通，或者译完之后再与作者沟通以便修改？

杜：能有沟通最好，但这也要看具体的情况。有时候我会提前和作者沟通，有时候则不然。比如说陈迈平，我就可以和他讨论他的作品；北岛呢，他不太喜欢谈论自己的作品，所以我经常和陈迈平讨论对北岛作品的翻译。还有一些作者根本不会和我交流，比如阿城，当然他应该不是故意避开我，但是他就是不想和译者交流。这是他的选择，我不能说这不好，因为有些人认为和译者走得太近，也许会影响到自己作品的风格。比如就有人说北岛的作品翻译成了那么多种语言，他的诗歌语言已经有些受到影响。我不知道这种说法是否正确，但是的确他有些句子用英语表达比用中文更好，当然这只是极少数情况。

我在翻译董启章的《地图集：一个想象的城市的考古学》时，书的第一部分和第二部分比较难，我没有足够的知识储备，对里面涉及的香港内容不够了解，因此我和董启章、我的先生韩安德一起翻译。Anders 在香港生活了很多年，粤语要比我好很多，而且他本人就是研究中国历史的。这样每个人负责一点，完成初稿了就交给下一个人去检查，然后再交给另外一个人，这样一轮一轮的，用了两年时间完成了翻译。

提问：在翻译时您有自己特殊的习惯吗？

杜：我喜欢连续工作2～3个小时，然后休息。在这期间，我的注意力能高度集中，然后我把译稿放在一旁，之后带着全新的眼光来检查翻译。我喜欢翻译诗歌，因为我一般几个小时就可以完成初稿，把它放在一边，几天或是几周之后我会拿过来修改，这几天时间能让我对之前的译文产生距离感，能让我对翻译进行全新的审视。但同时这几天翻译的东西也会在我脑子里不停地闪现，我晚上睡觉前都会再看会书，有时候我翻译中苦苦寻觅的那个词会突然出现在那页纸上，我立马起身去记下来。这种感觉太妙了，而且这种事情也经常发生。

提问：也许这就说明了多读书的必要性。在您看来，从事文学翻译，译者应该具备哪些素养或条件呢？

杜：首先必须有扎实的中英文功底；其次我建议翻译家要有合作者，有能和你讨论翻译的人，而且合作者最好和你在年龄、背景、经历或是性别上有所不同，这对翻译有很大好处；还要有对翻译比较了解的出版商；最后还要有好的读者，译者能从他们那里得到翻译作品的反馈，这一点非常重要。

对于译者，我还有一些建议。如果翻译的是一位在世作家的作品，那么译者非常有必要去作家的国度生活几年，多了解这个国家的社会、文化、习俗、人际关系等；翻译时最好不要过多依赖字典，避免把同一个字词翻译成相同的英文，因为在不同语境下词的意思是变化的；每部作品的翻译策略都应是独特的，不要只是固守一种；然后要大量阅读，不要迷信理论。

提问：您从事中国文学作品英译工作已有51年的时间，请问您对翻译有什么感悟可以与我们分享吗？

杜：这是一件非常有意义的工作，你可以一辈子从事这一事业。翻译需要辛苦的工作，但它是有回报的。如果作品挑选得好，你的翻译过程将会充满乐趣，当然也会有挑战。通过翻译，可以把优秀的作品传播得更远，会有更多国家的人阅读中国的文学作品，这真的是一件很棒的事情！

2. 对文学翻译理论的思考

提问：您曾经提到文学作品语言的首要功能是表达思想和感情，交际功能次之。而文学翻译也应是如此。您能具体谈谈您对文学翻译的看法吗？这对您的翻译有何影响？

杜：语言有很多功能，比如可以表达自己、可以用来和人交流，语言还可以把人区分开来，你说这种语言，我说的是那种语言。语言的表达功能对于文学作品非常重要，作家写作是为了表达他们的思想，翻译也应该这样。翻译过程是一个表达自我的过程，是译者对原文内容思考、感悟的一种外部表达。我们的译者应该认识到这一点，译者是可以在其中发挥主动性的，我们应该更加自信。

提问：能进一步谈谈您对译者的看法吗？您曾经将译者角色比作“剧本改编自小说的电影导演”，能具体解释下吗？您是怎么看待译者主体性的？

杜：首先要申明这个比喻不是我提出的，我只是借用别人的说法。电影导演的表演根植于原著小说，但同时自身也拥有充分的创作自由。与电影导演类似，译者也是集继承与创作于一身。但现在我觉得将译者比作“乐团的指挥”也许会更加合适，就是说作曲家写了首乐曲，这个人指挥了，听上去很美，那个人也来指挥，曲子听起来和前面的不一样，但仍然悦耳。虽然是同一首曲子，但风格演绎得完全不同，听上去也没有高低之分。翻译也是这个道理，两个人翻译同一部作品，产生的译文给人不同的感受，可能都非常好，或者非常糟，或者一好一坏，这都是有可能的。翻译不应该是封闭的、唯一的。译者可以发挥能动性对文学作品做出自己的阐释。比如我在研究徐志摩的《再别康桥》时，看到网上有许多不同的英语译文，有的很好，有的一般。但不管怎样，这都是一个好现象。

至于译者的主体性，以前流行的说法是翻译是背叛、模仿等，这些早就该扔进历史的垃圾堆了。难道作曲家作了曲子，只有他自己有资格演奏吗？指挥应该隐身？好在如今有了很大转变，不管你是支持还是反对，对于译者都不再是以前的那些说法了，译者能够按照自己的情况在翻译中发挥能动性。

提问：您认为译者可以有自己的翻译风格吗？

杜：我确信有些翻译家有自己独特的风格。也许研究我的翻译，也会发现我的一些风格，只是我自己还不知道。

提问：您翻译时有没有特定的翻译目的？

杜：我一般没有很明确的目的，我的一些翻译活动是出于对作品的欣赏，比如对董启章作品的翻译就是源于文学上的喜爱，我享受阅读的过程，所以翻译了他的作品。我也有考虑到读者因素，我希望译文能被大多数读者接受，不要仅限于学术读者圈，因此我在翻译中往往不会添加脚注，频繁使用脚注很容易让读者分心。翻译中我没有特别考虑要用哪种翻译策略，想得太多只会让我的译文变得机械和生硬。我主要是听从自己的内心，发掘原文，回应原文。

提问：您曾经提出翻译的“快乐原则”，认为翻译要考虑译文读者的感受，尤其要给大众读者带来阅读的乐趣，请问“快乐原则”是您翻译一贯遵循的原则吗？

杜：我的确非常重视读者因素。在翻译中译者也许出于一些原因，需要向原文负责、向作者负责；但无论怎样，译者都不能忽视读者，翻译时要考虑到他们，但是具体怎么处理需要依据作者、原文类型以及译者当时的情况来定，要具体情况具体分析。

另外，说到读者，我还想强调一点，就是要信任读者，这也是“快乐原则”很重要的一点。有些人翻译喜欢过度明示，把原作的文学特质、含义和相关文化信息一股脑儿地传递给英语读者，这样做往往会产生相反的效果。译者应该信任读者的理解和判断能力，有些意思其实可以从上下文猜到。如果遇上读者不熟悉的，他们一般直接忽略掉，或者自己去上网查，他们知道该怎么处理。过度翻译会让译文不伦不类，原作的魅力也会打折扣。译者要信任读者，避免过度翻译。当然了，这仅是我个人的观点。

提问：您的意思是可以适当保留原文的陌生元素吗？

杜：是的，译者不要把读者当傻子，要相信他们。

提问：您翻译过大量不同体裁的作品，如诗歌、小说、电影剧本等等，您能简要谈谈翻译这些不同体裁作品时的体会吗？

杜：我可以结合我的翻译作品简要谈一下。翻译诗歌时，译者应尽可能兼顾对原诗内容和形式的忠实，但在具体的翻译活动中，诗歌自身特殊的文体特征又使这种理想境界的实现困难重重。因此译者需要在语义和形式之间做出平衡，要抓住诗的精髓。比如我翻译朱湘作品时，他的诗比较注重形式，诗的形式、风格要比字面的词重要，因此翻译中我特别注意把形式呈现出来，译得比较灵活，比如为了句法形式上的对应，“草”有时我会译成“tree”。而对于北岛的诗，我基本是逐字逐句地翻译，尽量直译，因为他的诗更重内容，很少押韵；而且他强调诗的现代性，而现代英语诗歌是不重韵律的，所以我翻译时更多地去营造一种口语化的节奏，而不是传统意义上的诗歌韵律。

小说翻译就复杂一些，译者要感受作品的风格，而且小说的语言一般较为宽泛和多样化，比如我翻译的阿城“三王”系列就有很多术语、方言等，还有小说的叙事结构和对话的模式也要谨慎对待。我一般翻译小说时，初稿会偏直译，然后不断地演绎修改。

对于电影，我翻译得比较少。记得我有一次译过改编自蒋子龙小说《乔厂长上任记》的电影字幕。开始他们只给了我台本作为参考，但这还不够，翻译字幕必须对着电影，手头要有能随时播放和暂停的设备，没有这个做不好字幕翻译。后来我还做过陈凯歌导演《黄土地》的台本翻译，这个和字幕翻译很不同，有点类似戏剧翻译。对于电影翻译，我们要注意抽象词汇的具体化和场景化，还有翻译的即时效果，这一点对于字幕翻译尤其重要。

谈到戏剧翻译，我前面说过我并不擅长。因为戏剧翻译要求译者能够自如地驾驭口语化语言，比如人们是怎么随意聊天的、他们的语气又是怎样根据环境来变化的。我的语言比较正式，对英语口语的表达和转换掌握得不够好，而中国当代戏剧又往往牵涉到这些内容。

提问：那您是怎么看待翻译作品的准确性、可读性和可接受性这几个问题的呢？

杜：我认为它们对于翻译来说都很重要，而且也并非不能共存。译者有许多责任，对作者负责、对原作所处的社会历史语境负责、对目的语读者负责、对目的语文化负责、对自己负责……怎么翻译要依据具体情况而定，就像我前面说的，要考虑你翻译的作家、作品特点、所处的环境，甚至还有你的心情，等等，许多因素都会影响到译者当时的策略。如果一直只用一种方法、一种态度来翻译，那岂不是很乏味？就像作家也要经常想想是为谁创作、为什么创作、怎么创作一样，如果一直只为一个目的、只用一种方法写作，那也太可怕了。

我喜欢“直觉”“灵活”“反应”“经验”这些词，因为它们表示我能适应发生的事情，我乐于做出改变、乐于去拥抱多样性，当然这也包括翻译中的多样性。

提问：在《现代中国翻译地带：权威—命令与礼物—交换》一书中，你提到对于中国的翻译活动要用“中国中心主义”视角来进行研究，反对随意套用西方的文学理论。请问您是怎么看待中国的翻译活动的呢？

杜：我这本书的“中国中心主义”是指我讨论的是中国的翻译活动，具体来说是 20 世纪 80 年代及其前后中国文学作品的英译活动。我写这本书的初衷是因为还没看到其他西方的翻译理论书籍有这方面的讨论。现在的翻译研究发展很快，但是翻译话语主要还是“欧洲中心主义”。西方翻译研究不怎么关注中国的情况，中国本土的翻译研究也常常不假思索地用西方的翻译理论来描述中国的翻译活动，这是不合理的，我们要看到中国翻译实践的独特性，要加强这方面的研究。这算是我这本书的出发点吧，更多地介绍中国有别于西方的翻译活动。

3. 对中国文学“走出去”的看法

提问：在您看来，中国文学的英译由谁来充当主导译者更为合适？

杜：我认为译入语必须是译者的母语，也就是说汉英文学翻译应由英语母语者来承担，或者是从小在英语国家生活的中国人。这样译者才能更了解英语读者的特点、表达习惯等。我翻译时一般还有合作的中国人，初稿完成后可以让他们来修改，当然也可以让懂中文的出版商来看，或者课堂上的中国学生，有很多方法可以确保我对中文的理解是正确的。

提问：您能介绍下现当代中国文学在国外的传播现状吗？存在什么问题？

杜：还不是很令人满意，中国文学作品的翻译量还比较小，而且有些作品的翻译质量一般，不太受西方读者的欢迎。我们应该思考怎样能将优秀的翻译家和优秀的中国作家对接起来，怎样找到合适的出版机构，怎么才能让西方读者爱读中国文学。

为什么中国现当代文学会在国外遇冷？有翻译上的问题，比如一些译作的语言偏离了外国读者的阅读习惯。还有就是中国政府对中国文学对外译介的扶持力度还不够，应进一步加大。

提问：是的，现在中国正在大力倡导中国文学“走出去”。那么从您的角度来看，如何能有效地改善现状，让中国文学和文化更快地“走出去”？

杜：我认为首先中国政府要鼓励外国翻译家来翻译中国文学作品，因为在我看来他们是最理想的译者。政府可以邀请外国翻译家、文学评论家来中国访问，与中国作家见面交流，同时设立更多的奖金、赞助等支持他们的翻译工作。商业机构可以招募更多的译者去翻译中国文学、委派更多的编辑者去编辑作品，同时委托更多的出版商为其出版。另外，海内外的文学批评家和评论者可以更多地评价和宣传中国文学翻译。还可以鼓励中国作家学习英语、阅读英语文学作品。还有翻译研究的学术领域，比如翻译家研究、翻译理论研究等也能促进翻译的发展，最终对中国文学的传播也有推动作用。

提问：最后请您对中国现当代文学和现当代文学翻译说几句，您有什么想说的吗？

杜：我期待看到越来越多的中国优秀文学作品被翻译成外文，我期待中国当代文学更繁荣、更多样化、更有创造性、更有想象力！

与杜博妮教授交流的这几天，笔者深切地感受到这位翻译家对生活、对文学、对中国文化的热爱。虽年逾古稀，但老人仍然举止优雅、思想敏锐、精力充沛，仍然孜孜不倦地从事着一生热爱的翻译工作。正是有了这些可亲可敬的文化交流使者的存在，我们的“中国故事”、“中国声音”和“中国形象”才越来越多、越来越好地被世界所熟悉和了解。我祝愿这位开朗乐观、幽默风趣的老人身体康健，生命和艺术之树常青！

后　记

这部书稿在我的博士学位论文基础上修改而来。回首读博时光，如在昨日。其间既有过彷徨、焦灼与痛苦，也有过坚持、释然与快乐；既有崩溃痛哭的时刻，也有喜极而泣的瞬间。现在提笔为本书写下后记，我体会到痛苦与欢乐都已过去，此刻心中所余唯有感恩。

首先我要感谢我的博士生导师，上海外国语大学语料库研究院胡开宝教授。我在 2012 年秋于上海交通大学师从胡开宝教授攻读英语语言文学博士学位，2017 年春毕业。无论是在读博时还是工作后，胡老师一直对我予以提携和扶持，关注我的学术成长。读博期间，胡老师给予我谆谆教导，为我的博士学位论文写作指定了方向。确定选题之后，胡老师专程请来远在澳大利亚的杜博妮教授夫妇来学院举办讲座，使我得到了与这位翻译家面对面交流的宝贵机会。我得以有幸聆听她对翻译的种种看法，深入了解其半个多世纪的翻译经历，并与她探讨与论文有关的诸多问题。这些都为我的顺利写作奠定了基础。无论是论文的选题，还是之后论文框架的确定、内容的修改、语言的完善等，无不浸透着老师的心血和教诲。当我在写作过程中遇到困难时，胡老师总会在百忙之中抽出时间为我耐心解答，指出文章存在的问题，并提出中肯的建议。每一次的修改稿都有着老师密密麻麻的修改意见，甚至细致到标点符号及语法错误的圈点，我内心既惭愧又感激。但凡这部书稿有一点闪光之处的话，都得益于胡老师的指导。老师治学严谨，为人宽厚大度，待学生更是真诚亲切，用心良苦。我拙于表达，但皆铭记在心。老师的治学精神及人格涵养为我今后的学习和生活树立了榜样。

另外，上海交通大学的王振华教授、杨炳钧教授、刘华文教授，华东师范大学的张春柏教授，曲阜师范大学的秦洪武教授，同济大学的陈琳教授都在论文的构思和写作中提出了许多宝贵的意见。对于师长们的关心、指导与帮助，我表示由衷的谢意。

我还要感谢杜博妮教授。她不仅是一位学识渊博的汉学家和翻译家，更是一位开朗热情、平易近人的长者。当我在写作中遇到问题时，总能得到她迅速的回应及热心的建议。通过与杜博妮教授的交流，我深切地感受到她对中国、中国文学及中国人民的深厚感情。在此我衷心祝福这位老人健康长寿，永葆艺术青春。

感谢北京第二外国语学院领导和同事们给予的关心与帮助，尤其感谢武光军教授、周长银教授以及校科研处老师们对本书出版的大力支持。我还要特别感谢社会科学文献出版社编辑的精心审校和修订文稿，是他们的辛勤付出保证了作品的出版质量。

最后，我要对我的父母说声“谢谢”，感谢他们在我求学路上的一路支持和鼓励。因我的身体原因，母亲在我撰写博士学位论文期间特意来上海照顾我的饮食起居，事事妥帖，只为我安心学习和写作。父亲在家乡每隔一天就打来鼓励的电话，舒缓我的焦虑与疲惫。我想，对于他们的付出，“谢谢”二字也许太少太少。对于我的先生，我想我不用说得太多，一切尽在不言中，你是我永远的情感支撑。

纸短情长，辍笔之际，再次感谢所有关心、帮助过我的师长、朋友和亲人。我会带着你们的期盼，在文学翻译研究这条道路上继续前行。

李　翼

2021 年 12 月 30 日

图书在版编目(CIP)数据

杜博妮文学翻译思想考 / 李翼著. -- 北京 : 社会科学文献出版社, 2022.5

ISBN 978-7-5228-0130-8

Ⅰ.①杜… Ⅱ.①李… Ⅲ.①杜博妮-文学翻译-思想评论 Ⅳ.①I046

中国版本图书馆 CIP 数据核字(2022)第 087591 号

杜博妮文学翻译思想考

著　　者 / 李　翼

出 版 人 / 王利民
责任编辑 / 张　萍
文稿编辑 / 顾　萌
责任印制 / 王京美

出　　版 / 社会科学文献出版社 · 当代世界出版分社 (010) 59367004
地址：北京市北三环中路甲 29 号院华龙大厦　邮编：100029
网址：www. ssap. com. cn
发　　行 / 社会科学文献出版社 (010) 59367028
印　　装 / 三河市尚艺印装有限公司

规　　格 / 开 本：787mm × 1092mm　1/16
印 张：16　字 数：251 千字
版　　次 / 2022 年 5 月第 1 版　2022 年 5 月第 1 次印刷
书　　号 / ISBN 978-7-5228-0130-8
定　　价 / 98.00 元

读者服务电话：4008918866